VACANCES MORTELLE

LES MYSTÈRES DE MOLLY SUTTON

TOME VI

NELL GODDIN

ISBN: 978-1-949841-34-3

Pour mon père, C. Hobson Goddin, qui reste à mes côtés même quand il pense que je suis folle.

I

2007

La deuxième semaine de février, froide et humide. Molly Sutton se tenait debout devant les portes-fenêtres de La Baraque, contemplant le paysage givré, luttant contre le sentiment qu'elle aurait dû être bien plus heureuse qu'elle ne l'était.

Après tout, son déménagement en France s'était avéré encore mieux que dans ses rêves les plus fous : elle adorait son village, avait de bons amis et menait une vie pleine et satisfaisante. De plus, elle avait récemment résolu une affaire difficile et avait été récompensée par une belle somme d'argent, et même si tout le monde connaissait le vieux dicton selon lequel l'argent ne fait pas le bonheur, quelqu'un y croyait-il vraiment ? Et il n'y avait que de bonnes nouvelles dans tous les sens. Habituellement une période de l'année morne pour les réservations, son activité de gite affichait complet pour la semaine suivante grâce à une campagne marketing qu'elle avait lancée, mettant en avant le côté romantique de La Baraque pour la Saint-Valentin. Benjamin Dufort, l'ancien chef des gendarmes, séduisant et complexe, était de retour en ville. Et pourtant...

Elle se tenait à la fenêtre, regardant dehors et broyant du noir.

Finalement, Molly décida qu'un peu de compagnie pourrait l'aider à sortir de sa morosité. Elle s'emmitoufla donc, caressa Bobo, et sauta dans sa nouvelle Citroën Coupé, car il faisait trop froid pour utiliser le scouteur. La voiture avait été une folie totale, et plutôt idiote d'ailleurs, puisqu'elle ne se souciait pas vraiment du type de voiture qu'elle conduisait. Il y avait quelque chose dans le fait de devenir soudainement riche qui lui avait fait perdre la tête pendant un moment, et la voiture n'était que la partie émergée de l'iceberg.

La Baraque disposait désormais de trois nouvelles chambres d'hôtes, dans une aile autrefois délabrée, attenante à la maison principale où elle vivait. Une piscine était en cours d'installation, les travaux devant commencer le mois d'après. Sa salle de bain avait été rénovée à un niveau de luxe qui dépassait largement le « grand confort », pour frôler l'excessif. Le mois d'après, un jardinier à temps partiel devait commencer à travailler.

Bien que toutes ces choses fussent délicieuses à bien des égards — et pour être honnête, elle ne regrettait aucune d'entre elles — elle se réveillait néanmoins chaque matin et, eh bien, elle était toujours la même. La même Molly, avec la même masse indomptable de cheveux roux, le même désir de maternité, la même incertitude dans le domaine de l'amour, et le même pantalon qui devenait trop serré.

Elle se rappela, pendant le trajet vers le village, que ça n'était pas particulièrement charmant de se plaindre du fait qu'une soudaine aubaine n'était pas aussi transformatrice qu'on le pensait. Après s'être garée, elle prit un moment pour regarder à travers la grande fenêtre de Chez Papa, le bistrot qui était devenu sa seconde maison à Castillac. Elle était amie, comme tout le monde, avec le propriétaire à la tignasse hirsute, Alphonse, et savait qu'elle pouvait compter sur la présence d'au moins une connaissance si elle passait prendre un repas, un verre ou une assiette rapide de frites.

Ce soir-là, à son grand soulagement, son ami Lawrence était assis sur son tabouret habituel, buvant son Negroni habituel. Il sourit quand il la vit regarder à travers la fenêtre.

— Tu essaies de nous surprendre en train de faire des bêtises ? demanda-t-il avec un clin d'œil quand elle entra.

Molly haussa les épaules.

— Oh, tu sais... parfois j'aime bien observer au lieu de me jeter directement dans le bain. Alors, comment vas-tu ? C'est tellement étrange d'être Chez Papa sans Nico, n'est-ce pas ?

— J'ai reçu une carte postale hier, ce qui m'a fait excessivement plaisir. Je ne m'attendais pas à recevoir autre chose que des SMS occasionnels.

Nico, le barman, et sa petite amie Frances, la meilleure amie de Molly de chez elle, étaient partis pour un mois aux Maldives.

— Frances m'a envoyé quelques photos. Je suis *tellement* jalouse. Cette plage ! Cette eau bleu cristal !

— Je sais. Eh bien, pourquoi n'es-tu pas partie avec eux ? Il te reste bien quelque chose de ton énorme tas d'or, non ?

— Bah, qui a envie d'être la cinquième roue du carrosse ? En plus, j'ai une grosse semaine qui arrive, La Baraque est complète pour la Saint-Valentin. Non pas que je ne sois pas reconnaissante. À la même époque, l'année dernière, j'étais sur le point de commencer à manger de la nourriture pour chat, tellement mes revenus étaient bas.

— Eh bien, ma chère, personne n'est plus heureux que moi que ta situation financière soit devenue si rose. Tu ressens déjà le contrecoup ?

Molly se tourna brusquement vers Lawrence.

— Le contrecoup ?

— Bien sûr. Quelque chose de grand comme un héritage, ou gagner un prix tant convoité, accomplir enfin quelque chose pour lequel on a travaillé pendant des années, ce genre de choses — j'imagine que près de cent pour cent du temps — les gens deviennent totalement déprimés après. L'extase, suivie de la morosité. Parce que, bien sûr, obtenir la chose est merveilleux, mais ça ne te change pas vraiment.

— Honnêtement, parfois je pense que tu vis dans ma tête.

Lawrence se contenta de sourire et de siroter son verre.

— J'espère, au moins, que tu as continué à dépenser l'argent de manière frivole ?

— Il faut que je t'invite pour que tu jettes un coup d'œil à ma salle de bain.

Lawrence rit.

— Oh, j'adore une rénovation de salle de bain. C'est très kitch ?

— *Lifestyles of the Rich and Not-at-All Famous* jusqu'au bout.

Ils rirent.

— Et, si je peux me permettre d'être indiscret... qu'en est-il de Ben ? Tu l'as vu récemment ?

Molly haussa à nouveau les épaules.

— Je ne sais pas. C'est... incertain. J'étais tellement contente de le voir quand il est revenu, et je suis presque sure qu'il ressentait la même chose. Mais maintenant... on est un peu prudents l'un envers l'autre, tu vois ? Amicaux, intéressés... mais un peu...

— Méfiants ?

— Oui. Si quelque chose doit se passer, il faut que quelqu'un fasse le premier pas, mais on attend tous les deux de voir ce que l'autre va faire.

— Qu'est-ce que tu veux qu'il se passe ?

— Si je le savais...

CONSTANCE S'APPUYA contre le montant de la porte, les bras croisés.

— Si tu veux mon avis, Molls — et bien sûr, je sais que tu en meurs d'envie, haha ! — tu devrais simplement passer outre et te remettre avec Ben. Tu broies du noir depuis qu'il est revenu. Qu'est-ce que tu attends ?

— D'accord, oui, j'admets que j'ai eu un peu le cafard. Mais je ne pense pas que ce soit pour ça. Vraiment pas.

— Alors pourquoi tu fais cette tête d'enterrement à chaque fois que je parle de ma relation avec Thomas qui marche du tonnerre ? Je pense que c'est parce que tu te sens mise à l'écart. Je nage dans le bonheur, ton amie Frances aussi, et toi, où en es-tu ? Tu restes à la maison à manger des croissants aux amandes jour et nuit ?

— Je te signale que j'ai arrêté les croissants aux amandes. Je n'en ai pas mangé depuis des semaines.

— Tu es passée à quoi, au pain au chocolat ?

— Je trouvais que c'était un bon changement.

— Molly !

Molly poussa un soupir théâtral.

— D'accord, je vais l'appeler si ça peut arrêter tes jérémiades. J'ai vraiment envie que ça marche entre nous, c'est juste que... je ne sais pas, on prend notre temps. C'est pourquoi je ne pense pas que ma mauvaise humeur ait quoi que ce soit à voir avec lui.

— Appelle-le !

— J'ai dit que je le ferais, bon sang. Tiens, voilà la serpillère, Mademoiselle Je-sais-tout.

Molly prit un seau et l'aspirateur.

— Commençons par le gite, dit-elle.

Elles ne prirent pas la peine de mettre leurs manteaux pour le court trajet. Le chauffage n'était réglé qu'à dix degrés puisque personne n'y séjournait, et elles frissonnèrent en entrant.

— Oups, désolée pour le chauffage.

Molly s'assit sur le canapé et fixa le vide.

Constance posa le nettoyant pour vitres et une pile de chiffons et regarda son amie.

— Molly ?

— Ouais ?

— Je peux monter le chauffage ?

Molly la regarda d'un air absent comme si elle avait perdu la capacité de comprendre le français.

— Molly, tu te sens bien ?

Molly soupira à nouveau.

— En fait, maintenant que tu en parles, non. Je ne me sens pas exactement malade, mais je suis tellement fatiguée. Comme si je pouvais rester assise sur ce canapé pour presque toute l'éternité sans jamais me lever.

Constance lui toucha le front.

— Tu n'as pas de fièvre.

— Je ne me sens pas malade. Juste fatiguée.

— C'est surement ton foie. Tu dois aller voir le Docteur Vernay. Le médecin du village, tu l'as rencontré ? C'est lui qui a fait naitre la plupart d'entre nous à Castillac. Il est très bon, il va te remettre sur pied.

L'expression de Molly ne changea pas.

— Tu veux que je m'en occupe ? Je vais prendre rendez-vous et t'y conduire. En attendant, pourquoi tu n'irais pas te coucher et te reposer ? Les invités n'arrivent que demain. Je peux faire le ménage ici toute seule sans problème.

— Tu es un amour.

— Je sais.

— Je n'arrive pas à croire que j'ai six invités qui arrivent demain. Je n'en ai jamais eu plus de quatre à la fois. Et s'ils sont tous très exigeants ?

— C'est la Saint-Valentin. Ils seront occupés les uns avec les *autres*, dit Constance avec un clin d'œil.

— Oh, s'il te plait, j'espère que ça sera le cas, marmonna Molly pour elle-même, après avoir remercié son amie et être retournée chez elle pour se coucher.

Pour une fois, pensa-t-elle, *j'espère qu'il n'y aura pas de drame. Juste un groupe décontracté qui s'entend bien et n'a pas besoin qu'on le prenne par la main.*

Elle se glissa dans son lit et, n'ayant ni l'énergie ni l'envie de protester quand Bobo vint se blottir contre elle, elle s'endormit profondément.

2

Après une longue sieste suivie de dix heures de sommeil ininterrompu, Molly se sentait revigorée ce samedi matin là et prête à faire face à l'afflux de clients à La Baraque. Elle décida de faire l'impasse sur le marché, une première depuis son installation à Castillac, un an et demi plus tôt, et fit plutôt le tour des chambres d'hôtes, s'assurant que chacune était impeccable et pourvue d'une bouteille de vin de bienvenue, ainsi que d'un petit livret proposant des suggestions de visites, des recommandations de restaurants et quelques numéros de téléphone d'urgence.

Dans l'ensemble, son activité de gite était bien plus établie qu'elle ne l'était six mois auparavant. Les revenus n'étaient pas substantiels, mais ils étaient relativement réguliers et en augmentation. Molly savait désormais à quoi s'attendre et se sentait prête à répondre aux questions parfois étranges des clients. Et le plus important, c'est qu'elle aimait vraiment ce qu'elle faisait. Les réparations de plomberie, l'accueil des clients et le fait d'apprendre à les connaitre, les améliorations apportées à La Baraque..., il n'y avait aucun aspect de l'activité que Molly n'appréciait pas, et la plupart lui plaisaient énormément.

La semaine de la Saint-Valentin allait cependant être un défi.

Complet, ce qui signifiait désormais six clients : deux couples et deux personnes seules. Darcy et Ira Bilson devaient arriver tôt le samedi matin ; ils voyageaient dans la région et avaient demandé s'ils pouvaient arriver plus tôt, ce qui convenait à Molly puisqu'elle n'avait pas encore de clients dans le gite et que le ménage avait été fait depuis longtemps. À 9 h, Molly était debout et caféinée, s'attendant à ce que les Bilson arrivent d'un moment à l'autre, et les chambres étaient toutes revérifiées et prêtes.

Depuis peu, elle prenait un bol de fruits le matin au lieu de ses croissants habituels, pas tant par ambition d'amélioration personnelle et de contrôle, mais plutôt pour changer. Il lui avait fallu des mois pour se défaire de son habitude d'engloutir sa nourriture debout, près de l'évier (ou devant le réfrigérateur ouvert), et apprendre à suivre la façon française, en prenant vraiment le temps de faire du repas un évènement, même si elle mangeait seule.

Elle s'assit à table et coupa une pomme en tranches agréablement fines et symétriques. Le chat roux traversa la cuisine en trombe comme s'il était en mission cruciale pour Satan, incitant Bobo à se lever pour le poursuivre.

Après avoir fini sa pomme et sa deuxième tasse de café, Molly se leva pour jeter quelques buches de plus dans le poêle à bois. Elle entendit une voiture entrer dans l'allée. Enfilant un manteau et attrapant un bonnet en laine, elle sortit rapidement pour accueillir les nouveaux clients.

— Bonjour, Madame Bilson ! dit-elle, alors qu'une femme mince aux cheveux foncés, vêtue d'un pantalon de yoga, sortait de la petite voiture.

Ses cheveux étaient coupés court et son corps était si androgyne que, pendant un moment, Molly fut confuse, mais elle se reprit rapidement.

— Monsieur Bilson ! Bienvenue à La Baraque.

— Ah, nous sommes ravis d'être ici. Tout simplement ravis ! Nous venons de passer trois jours dans une ferme biologique au nord d'ici, pas loin de Limoges, dit son mari en venant serrer la main de Molly.

C'était un grand ours d'homme, et il se tenait le torse bombé, les mains sur les hanches. Ses cheveux blonds étaient ébouriffés et semblaient ne pas avoir vu de peigne depuis quelques jours, et ses yeux étaient rouges, peut-être à cause de la fatigue du voyage.

— Du *Wwoofing*, avec des gites aussi ?

— En quelque sorte, oui, ils ont un programme de travail. Donc notre chambre ne coutait presque rien, les repas étaient gratuits, et nous faisions quelques heures de travail à la ferme chaque jour. J'ai trait une chèvre pour la première fois !

Molly rit.

— Vous devez revenir au printemps, après la naissance des chevreaux. Il n'y a rien de plus mignon au monde qu'un bébé chèvre !

— Affirmatif, Molly ! tonna Ira.

Il portait un jean noir et un teeshirt noir déchiré, une sorte de tenue postpunk pour trentenaire.

— C'est un voyage de recherche pour nous. Nous prévoyons de démarrer une entreprise de fabrication de fromage chez nous, dans l'Oregon, avec notre propre troupeau de chèvres. C'est pourquoi nous avons choisi Castillac pour cette étape de notre voyage. Peut-être connaissez-vous Lela Vidal, qui fabrique l'incroyable Cabécou de Rocamadour ? Elle est assez célèbre dans le monde du fromage.

— Oui, je la connais. Lela est au marché du samedi chaque semaine, et j'ai acheté son excellent fromage de nombreuses fois. Je n'avais aucune idée qu'elle était une célébrité du fromage.

Darcy lança un regard sombre à Molly.

— Les gens qui sont bons dans leur métier développent des réputations, vous savez. Ce n'est pas du tout inhabituel.

Molly parut confuse.

— Désolée ? Je ne voulais pas... Je ne critiquais pas. Euh, le marché du samedi se tient en ce moment. Si vous voulez, je vais vous montrer le gite, vous pourrez déposer vos sacs et je vous emmènerai la rencontrer.

— Excellent ! tonna Ira.

Molly était si habituée aux voix plus douces de son village qu'elle faillit se couvrir les oreilles avec ses mains, mais se retint à temps. Elle ramassa un sac supplémentaire qu'Ira Bilson avait sorti de la voiture et se dirigea vers le gite.

— Nous sommes encore en fin d'hiver, évidemment, dit-elle.

— Le temps d'aujourd'hui est très typique. Parfois, on a l'impression de ne jamais voir le ciel en février ! Mais le gite est très sec et confortable, et vous trouverez une pile de bois de chauffage sous l'avant-toit, à droite de la porte.

— Y a-t-il un supplément pour ça ? demanda Darcy.

— Oh non, dit Molly.

— Tout est inclus, et je crois que vous avez payé intégralement, donc pas de souci de ce côté-là.

Darcy fit un bref signe de tête, mais n'adoucit pas son expression. Bien qu'elle n'eût que trente ans, un pli profond s'était creusé entre ses sourcils.

Dur à cuire, pensa Molly.

— La chambre est juste là-bas, la salle de bain est sur la gauche. Si vous avez besoin de quoi que ce soit, n'hésitez pas à me le faire savoir, je suis juste dans le bâtiment principal. Vous pouvez m'envoyer un message ou simplement frapper à la porte. Voulez-vous un peu de temps pour vous installer, ou préférez-vous aller directement au marché ?

— Allons-y ! Euh... c'est ce que tu veux faire, chérie ? demanda-t-il à sa femme.

Darcy haussa les épaules.

— Si tu préfères faire du yoga avant, c'est bien aussi, dit-il.

— Mais j'aimerais gouter les fromages de Lela avant qu'ils ne soient tous achetés.

Darcy soupira et haussa à nouveau les épaules.

— D'accord, dit-elle, d'un ton profondément martyrisé.

Darcy sauta sur le siège avant de la Citroën, laissant à Ira le soin de replier ses longues jambes à l'arrière. Molly fit demi-tour avec la voiture et s'engagea sur la rue des Chênes en direction du village.

— J'ai peut-être été bête de prendre la voiture, dit-elle en voyant que les voitures étaient garées loin du centre du village, signe que le marché était bondé et que les places de stationnement n'étaient pas faciles à trouver.

— Je viens juste d'avoir la voiture et je suppose que l'excitation ne s'est pas tout à fait estompée. C'est une promenade tout à fait agréable, ça prend environ quinze minutes.

Ira ouvrit la bouche pour parler, mais la referma. Darcy regardait par la fenêtre sans rien dire.

Peut-être plus casse-pieds que coriace, pensa Molly. *Pas que je devrais juger quelqu'un après cinq minutes...*

Elle repéra une famille qui montait dans une Saab et attendit patiemment avant de se glisser à leur place.

— Parfait ! dit-elle d'un ton enjoué.

— Voulez-vous que je vous fasse faire le tour et que je vous présente à quelques personnes, ou préférez-vous être livrés à vous-mêmes ? L'un ou l'autre me convient, bien sûr.

Les Bilson répondirent en même temps, Ira voulant la compagnie de Molly et Darcy préférant s'en passer. Darcy l'emporta, ce qui ne surprit pas complètement Molly. Elle indiqua la section du marché où le fromager s'installait habituellement, et fila vers le Café de la place.

— Pascal ! dit-elle en se glissant sur un siège de la terrasse vitrée où un petit chauffage était installé.

Le serveur au physique de mannequin sourit et lui demanda comment elle allait.

— Bien, merci. Mais je me sentirai encore mieux si tu m'apportes le Spécial.

Pascal lui fit un clin d'œil et disparut dans la cuisine. Molly était connue dans le village pour sa passion pour la pâtisserie française, et les croissants en particulier. Le café s'approvisionnait chaque matin dans la meilleure pâtisserie de tout le département — le must du must pour Molly, la Pâtisserie Bujold. En moins d'une minute, Pascal était de retour avec le Spécial sur un plateau : une grande tasse de café crème fumant, un grand verre étroit de jus d'orange fraichement pressé, et un croissant sur sa propre petite assiette. Molly but une gorgée de café et pensa aux Bilson. *Une épouse grincheuse que l'autre essayait constamment d'apaiser : était-ce un arrangement viable ? Étaient-ils heureux comme ça, ou Darcy était-elle sur le point de partir parce qu'Ira n'arrivait jamais vraiment à l'apaiser ? Ou bien Ira était-il sur le point de s'en aller, en ayant assez de son impossible épouse ?*

Le mariage de Molly était fini depuis des années, mais elle se dit qu'elle et Donnie avaient toujours semblé bien s'entendre, du moins, en apparence. Ils n'avaient rien montré qui ressemblait à la tension que les Bilson exposaient en public. Pourtant, qu'est-ce que cela avait changé ? Ils s'étaient quand même séparés, et Molly ne le regrettait plus, depuis que toute cette histoire douloureuse était loin derrière elle.

Le jus d'orange offrait le mélange parfait d'acidité et de douceur, et, après en avoir bu la majeure partie, elle se tourna vers le croissant. Laissant de côté toutes ses réflexions sur le mariage, elle mordit dans la pointe légèrement dure, le croustillant si beurré et satisfaisant, puis une autre bouchée rapide pour atteindre l'intérieur moelleux et élastique qui avait un vague gout de fromage (même si elle savait qu'il n'y avait pas véritablement de fromage). Elle ne put s'empêcher de manger le tout plus rapidement qu'il ne le méritait.

Alors qu'elle s'attardait sur son café, se rappelant qu'elle devait aller chercher deux autres invités cet après-midi-là à la gare, les Bilson entrèrent dans le café et s'assirent derrière elle. Molly commença à parler, mais ils ne semblèrent pas la remarquer, alors elle se retourna et rapprocha un peu sa chaise, ne manquant jamais une occasion d'écouter aux portes.

3

Peu de temps après son retour à La Baraque, deux autres Américaines firent leur apparition : Ashley et Patty, deux femmes de Caroline du Sud qui célébraient le récent trentième anniversaire d'Ashley, et qui séjournaient dans le pigeonnier rénové.

— J'ai rêvé de venir en France pratiquement toute ma vie, s'extasia Ashley, après avoir chaleureusement étreint Molly.

— Mes ancêtres étaient français, vous savez. Et dès que j'ai mis le pied ici, à l'aéroport de Paris, je me suis sentie... comme chez moi, en quelque sorte ?

— Je comprends parfaitement, dit Molly avec un sourire.

Ashley était de taille moyenne et pulpeuse, avec une poitrine impressionnante et une taille fine que Scarlett O'Hara aurait enviée. Elle portait une pile de bracelets à chaque bras, des bottines tendance et une robe d'un rose éclatant. Ses cheveux blonds provenaient d'une teinture bon marché, remarqua Molly, sans la juger pour autant.

L'amie d'Ashley, Patty McMahon, ne fit pas de câlin. Elle sourit timidement lorsque Molly l'accueillit, l'air gêné. Elle était très petite, sa peau pâle parsemée de taches de rousseur, ses cheveux bruns coupés en un long pixie. Elle était habillée si simplement en jean et chemise en flanelle que Molly se demanda ce que les deux femmes avaient en commun.

— Alors, comment vous êtes-vous rencontrées? demanda-t-elle.

— Quand nous étions à Auburn? Nous étions sœurs de sororité, dit Ashley, en passant son bras autour de Patty et en la serrant contre elle.

— Vous avez fait partie d'une sororité, Molly?

— J'en ai bien peur que non, Molly secoua la tête.

— Eh bien, ce n'est pas que des bougies et de la dentelle, vous savez. Quand vous postulez, ils vous font passer les tests les plus horribles! J'ai dû aller en cours pendant toute une semaine en portant la paire de chaussures la plus moche que l'humanité n'ait jamais connue! Bon sang, j'en ai les larmes aux yeux rien que d'y penser.

Patty gloussa.

— Maintenant, Patty ici présente? poursuivit Ashley.

— Elle a été un cadeau de Dieu, je peux vous le dire. Il faut que vous compreniez, si les filles vous surprennent à tricher pendant l'un des tests, vous êtes virée, virée, virée! Et, moi..., eh bien, je trichais. Je ne pouvais tout simplement pas porter ces horribles chaussures partout où j'allais. Qu'est-ce que les gens auraient pensé? Alors, un jour, je marchais vers la maison de la sororité en portant cette paire de plateformes qui faisaient mes jambes ressembler à celles d'Elle McPherson. Je prévoyais de changer de chaussures en arrivant près de la maison, vous voyez? Mais Seigneur tout-puissant, voilà qu'arrive une sœur de la sororité (et pas une des gentilles en plus) et je me suis dit, Nom de Dieu, je suis foutue!

Mais Miss Patty apparait de nulle part, voit ce qui est sur le point de se passer, et court vers cette sœur avec une histoire de grille-pain en feu, et j'ai eu le temps de me faufiler dans les toilettes pour remettre ces affreuses chaussures. J'ai dû abandonner les plateformes cependant, vous ne pouvez pas vous promener en tenant les preuves et ne pas vous attendre à vous faire prendre !

— C'est bien vrai ! dit Molly, les conduisant au pigeonnier et les installant juste à temps pour aller accueillir le prochain invité, Nathaniel Beech, déposé dans l'allée par Christophe, le chauffeur de taxi. Nathaniel semblait perdu, ses bras dégingandés pendant le long de son corps, portant ses affaires dans un sac à dos high-tech.

— Bonjour ! dit Molly.

— Êtes-vous, Nathaniel ou Ryan ?

— Nathaniel, répondit-il, l'air un peu alarmé.

— Désolée, nous sommes complets pour cette semaine et j'attends un autre homme célibataire qui devrait arriver d'un moment à l'autre. Bienvenue à La Baraque et laissez-moi vous montrer votre chambre. Ça ne vous dérange pas si je vous demande comment vous avez entendu parler de l'endroit ?

— Juste en surfant sur le web. J'avais envie de visiter la France depuis longtemps, et j'ai enfin accumulé assez de congés.

— Je suis contente que vous soyez tombé sur mon site internet. Mes efforts de marketing pourraient être un peu plus pointus.

— Oh, pas du tout. Votre SEO n'était pas mauvais du tout, et, hey, vous êtes au complet, donc ça marche plutôt bien, hein ?

— SEO ?

— Oh, désolé, je ne voulais pas être trop technique. *Search Engine Optimization*. Ça veut juste dire à quel point on vous trouve facilement en ligne. Enfin bref, je suis heureux d'être ici. Si vous avez besoin d'aide avec tous ces invités, n'hésitez pas à me le dire.

— C'est très gentil à vous, Nathaniel, je pourrais bien avoir besoin d'aide !

Nathaniel et l'autre homme célibataire, Ryan Tuck, séjournaient dans l'aile nouvellement rénovée de la maison principale. Les chambres avaient des salles de bains privatives, mais pas de cuisines, et grâce au compte en banque soudainement bien garni de Molly, les lits, le linge de maison et tout le reste étaient de très bonne qualité.

Tuck arriva peu après.

— Molly, dit-il chaleureusement, en lui faisant une rapide accolade.

— Je suis si content d'être ici. Votre endroit est incroyable ! Regardez la couleur de cette pierre. Quel âge a la maison ?

— Ça dépend de quelle partie vous parlez, rit Molly, ravie qu'il s'y intéresse, et aussi ravie, si elle était honnête, d'admirer les traits ciselés et le corps musclé de Ryan.

Il portait un teeshirt plutôt moulant qui mettait en valeur ses muscles, et avait des cheveux brun foncé coupés assez court pour être dressés. Définitivement un homme séduisant, et avec plusieurs femmes célibataires à La Baraque, et la Saint-Valentin qui approchait, Molly pensa qu'il pourrait y avoir des développements intéressants à venir.

Après avoir installé Ryan, Molly se faufila dans sa chambre pour souffler un peu. Autant elle aimait rencontrer de nouvelles personnes, mais être responsable du bonheur de six invités toute seule lui semblait un peu trop pour à ce moment-là. C'était une journée maussade sans trace de soleil, et sa chambre, loin du poêle à bois, était fraiche. Elle remonta sa nouvelle couette en duvet jusqu'à son menton, attrapa sa tablette et plongea dans un nouveau livre.

Après une heure d'évasion dans l'Angleterre du XIIIe siècle, elle entendit Bobo aboyer et se leva pour voir ce qui excitait le chien. Jetant un coup d'œil par une fenêtre du couloir, Molly vit Ryan Tuck jouer à rapporter. Bobo dansait sur ses pattes arrière, attendant, et quand Ryan lança le bâton, elle partit comme une flèche. Molly sourit. Bien sûr, ce n'était pas du tout la même chose que d'avoir une famille, mais c'était quand même très agréable d'avoir de nouvelles connaissances qui allaient et venaient, et de voir que, pendant le court laps de temps où ils étaient là, ils formaient une sorte de communauté. Et elle était, bien sûr, toujours disposée à apprécier quiconque se liait d'amitié avec Bobo.

Il était 17 h 30 et l'heure d'un kir. Elle déambula dans le salon, poussa une autre buche dans le poêle pour chasser le froid, et tendit la main vers la bouteille de crème de cassis.

On frappa à la porte-fenêtre.

— Hé Molly ? dit Nathaniel à travers la vitre.

— Oh, salut Nathaniel.

Elle ouvrit la porte et le laissa entrer.

— Votre chambre est confortable ? Vous êtes le premier à y séjourner depuis sa rénovation, alors n'hésitez pas à me dire s'il y a quoi que ce soit qui ne va pas.

— C'est très agréable, répondit Nathaniel en s'asseyant sur un tabouret et en observant Molly préparer sa boisson.

— J'espère que je ne vous dérange pas ? Je suis un peu désœuvré après être arrivé si tard. Vous pourriez peut-être me conseiller un bon endroit pour diner ?

— Oh, pas du tout ! Vous voulez boire quelque chose ? Je me fais un kir, un cocktail français très populaire qui est, à mon avis, le plus délicieux au monde. Mais j'ai... voyons voir... j'ai de la vodka, une bouteille de Bordeaux entamée, du Calvados qu'un client a laissé...

Nathaniel se tapota le menton.

— Je prendrai la même chose que vous, dit-il.

— J'aurais aimé que ma petite amie puisse m'accompagner pour ce voyage, elle adore le champagne plus que tout. C'est tellement moins cher ici, on aurait pu en boire une bouteille chaque soir.

— En effet, dit Molly.

— Je suis désolée qu'elle n'ait pas pu venir. Ce n'est pas l'idéal de passer la Saint-Valentin loin de l'être aimé.

Nathaniel hocha tristement la tête.

— Je sais. On n'est pas ensemble depuis longtemps, et j'avais réservé le billet d'avion il y a une éternité. Alors elle m'a dit que ce serait fou de le gâcher.

— Très compréhensif de sa part.

— Oui. Miranda est... eh bien, c'est une fille merveilleuse.

Les joues de Nathaniel devinrent très rouges et Molly faillit le taquiner, mais se dit qu'elle ne le connaissait pas assez bien. Elle posa un kir devant lui et leva son verre pour porter un toast.

— À Miranda ! s'exclama-t-elle.

On frappa à la porte d'entrée.

— Attendez, quelqu'un d'autre a peut-être soif, dit-elle.

Les Bilson firent irruption dès que Molly ouvrit la porte.

— Bonsoir ! tonna Ira, riant de son terrible accent.

— Comment était Lela Vidal ?

— Très sympathique, très généreuse, dit Ira.

— On s'est un peu invités chez elle demain matin, juste après la traite, pour qu'elle nous fasse visiter. Et par chance, elle organise un atelier plus tard auquel on pourra rester.

— J'ai trouvé les gens ici vraiment formidables, dit Molly, incertaine de ce qu'elle pensait d'un séjour prolongé des Bilson.

— Tant qu'on n'est pas tué, renifla Darcy.

Molly fit une pause, essayant de se maitriser avant d'insulter l'un de ses clients.

— Vous parlez des très rares meurtres qui ont eu lieu ces dernières années ?

— Ces derniers mois, plutôt, dit Darcy, la lèvre retroussée.

— Mais ne vous inquiétez pas, Ira et moi savons nous débrouiller. Je me demandais, pouvez-vous nous recommander un endroit pour diner ? demanda Darcy.

— Oh bien sûr, Chez Papa est toujours ouvert, si ça vous va de la cuisine bistrot. C'est très bon, juste pas chic.

— Où est-ce ? demanda Ira, en se frottant le ventre.

— Je *meurs* de faim.

— Si vous descendez la rue des Chênes, la rue où nous sommes, et prenez la première fourche à gauche, c'est à quelques pâtés de maisons après ça. Il y a une guirlande lumineuse dans l'arbre devant, la porte est bleue... Je dirais bien de leur dire que je vous envoie, mais mon ami barman est en vacances et je ne connais pas tous ceux qui le remplacent.

Ira fixait le réfrigérateur de Molly comme s'il était son dernier espoir de survie.

— Ou, je suppose que je pourrais voir ce que j'ai ici ? Je n'ai pas assez de nourriture pour cuisiner pour tout le monde, mais je pourrais peut-être improviser quelques hors-d'œuvre, si ça vous intéresse ?

Ira sourit largement.

— Merveilleux ! s'exclama Nathaniel, au moment où Ryan et Bobo entraient.

— Maintenant, nous n'avons pas besoin de sortir dans le froid, du moins, pas tout de suite.

Molly fouilla dans ses placards et son réfrigérateur ; en dix minutes, elle avait mis un plateau de gougères au four et placé un bol d'olives et un d'artichauts marinés sur le comptoir.

— Je pourrais vivre de hors-d'œuvre, dit-elle en déposant plus de pâte à gougères sur un second plateau.

— Oh, je crois que j'ai aussi du jambon de Parme...

Ira bavardait avec Nathaniel pendant que Darcy se tenait les bras croisés, avec une expression désagréable sur le visage. Molly mit tout l'alcool qu'elle avait sur le comptoir avec quelques bouteilles d'eau minérale, et demanda aux invités de se servir ce qu'ils voulaient.

— Vous savez, je crois que c'est officiellement devenu une fête. Je vais aller prévenir les autres clients qu'ils sont les bienvenus. Ryan, vous voulez bien sortir les gougères dans cinq minutes si je ne suis pas revenue ?

Ryan sourit et fit un salut, disant qu'il serait ravi de le faire si elle était prête à prendre le risque qu'il ne s'enfuie pas avec tout le plateau pour lui-même.

— Je vais vous surveiller, dit Ira sérieusement, semblant prendre la blague de Ryan au pied de la lettre.

Attrapant son kir, Molly sortit par les portes-fenêtres et commença à descendre le chemin vers le pigeonnier. Elle inspira profondément, appréciant la fraicheur de l'air froid dans ses poumons, se sentant un peu plus heureuse depuis que sa maison était remplie de gens. Impulsivement, elle sortit son portable et appela Ben.

— Allo, Molly, dit-il d'une voix douce.

— Qu'est-ce que tu fais ? Mes gites débordent ce weekend, et une fête improvisée commence dans ma cuisine. Tu veux venir ?

Ben fit une pause, juste une fraction de seconde.

— Je ne peux pas promettre que tous les invités s'entendent bien, continua Molly.

— Mais quand même, c'est... elle allait dire « plus amusant que de rester à la maison à lire des histoires maritimes napoléoniennes », mais se ravisa.

— J'arrive, dit Ben, et Molly raccrocha, souriant comme une petite fille.

Molly se rendit au pigeonnier pour inviter Ashley et Patty. Chaque fois qu'elle regardait le bâtiment, elle se souvenait de Pierre Gault et admirait l'exquis travail qu'il avait réalisé. *Il n'y aura jamais son égal en matière de maçonnerie*, pensa-t-elle.

Elle frappa doucement à la porte. Pas de réponse, alors elle frappa à nouveau et appela :

— Ashley ?

— Et tu sais que je ne supporte pas l'odeur de ce savon. Franchement Patty, tu veux que j'aie la migraine pendant tout notre séjour ? Parce que c'est ce que tu viens de déclencher. Je sens déjà les pulsations qui commencent, c'est comme des vagues qui s'amplifient, prêtes à s'écraser sur ma pauvre petite tête.

Ashley parlait si fort que Molly n'avait pas besoin de ses superpouvoirs d'espionnage pour entendre ce qu'elle disait. *Est-ce que ça sera la Semaine des Gens Grognons? Et je suis dans le même état qu'eux*, s'avoua-t-elle.

Elle frappa à leur porte.

— Ashley ? Patty ?

La porte s'ouvrit et Ashley accueillit Molly avec un large sourire, ne montrant aucun signe de mal de tête.

— Eh bien, bienvenue, ma chère, entrez donc! Patty et moi étions justement en train de penser à prendre un petit verre, ici, dans la chambre, et nous serions tellement honorées si la châtelaine se joignait à nous! J'ai étudié le français à l'université, vous savez. J'ai passé ma troisième année à Nice, et vous savez, dans ma généalogie, les Français aussi sont aussi nombreux que les dents de poule. J'adore tout ce qui est français, comme vous pouvez le comprendre!

— En effet, dit Molly, pensant qu'elles avaient déjà eu cette conversation auparavant.

— Vous parlez français aussi, Patty?

Patty recula comme si elle voulait être invisible, et Molly lui laissa instinctivement plus d'espace.

— Non, chuchota Patty.

— C'est moi qui fais toute la conversation ici! rit Ashley en ébouriffant ses cheveux.

— Eh bien, je suis passée vous dire que les autres invités sont tous en bas dans mon salon. Je prépare quelques petites choses à manger, et la fête commence tout juste! Venez nous rejoindre si vous voulez. C'est totalement décontracté bien sûr, et vous pouvez faire ce que vous voulez.

— Nous avions prévu de diner au village, dit Patty.

— Mais Ma Souris, il y a une *fête* à laquelle on peut aller! On ne veut pas rater ça!

Molly sourit.

— D'accord! J'ai des choses au four donc je dois y retourner. À tout à l'heure !

Quand elle retourna dans la maison principale, elle entendit Darcy rire aux éclats, et Ira regarder comme s'il ne comprenait pas la blague.

— Ryan, vous êtes tellement drôle ! dit Darcy, son visage désormais détendu et ouvert, ses yeux pétillants. Molly remarqua comme une personne drôle pouvait changer l'ambiance d'une pièce en un clin d'œil, et elle était reconnaissante pour la bonne humeur de Ryan. Elle se pencha pour jeter un coup d'œil dans le four, qui était capricieux, désobéissant parfois aux contrôles de température et brulant les choses si elle ne le surveillait pas.

— Que sont ces délicieux petites choses, d'ailleurs ? demanda Ryan, debout à côté d'elle quand elle se redressa.

— Oh, des gougères, l'une de mes nombreuses obsessions culinaires françaises. C'est comme des choux, mais salés. Beaucoup de gruyère râpé pour leur donner un bon gout de fromage.

Ryan rit.

— Ça a l'air incroyable. Et on va les manger chauds, sortis du four ? Déjà, ces vacances s'avèrent être la meilleure décision que j'aie jamais prise.

Molly observa le jeune homme

— Vraiment ? J'espère que vous ne trouvez pas ça impardonnable de ma part d'être indiscrète, mais je me demandais à propos de vous et Nathaniel, de jeunes hommes voyageant seuls. Qu'est-ce qui vous amène dans ce village perdu où il ne se passe pas grand-chose, en plein hiver ?

— Ah, dit Ryan avec un bref sourire.

— Vous promettez de ne pas vous moquer ?

— Je ne peux jamais promettre ça.

Ryan s'exclama.

— C'est juste. D'accord. Mon grand secret est : je prévois de commencer à écrire un roman. Ça a toujours été une ambition pour moi, depuis que je suis enfant. J'ai économisé pour pouvoir prendre un long congé du travail, et j'ai pensé qu'un changement de décor, dans un endroit calme et paisible, serait le moyen de m'aider à commencer. J'espère que Castillac me donnera l'élan nécessaire pour que je puisse continuer quand je rentrerai chez moi.

— Castillac a l'air beaucoup plus calme qu'il ne l'est, murmura Molly, avant de s'éclairer.

— Un roman ! J'adore l'idée que vous commenciez un livre ici. Je vous souhaite vraiment bonne chance.

— Merci. Sans doute, j'aurai besoin de chaque dose de chance que vous pourriez m'envoyer. Vous m'avez déjà donné une bonne poussée dans la bonne direction.

— Comment ça ?

— Eh bien, je ne suis pas vraiment taillé dans le moule de « l'artiste affamé », vous savez ? J'aime vraiment mon confort.

Il lui lança un sourire qui l'éblouit, littéralement, et elle s'appuya sur ses coudes sur le comptoir et lui sourit en retour.

— Vous avez fait de La Baraque un véritable joyau. Ma chambre est le parfait mélange de sérénité et de luxe. Appelez-moi superficiel, mais c'est comme ça que j'aime vivre. Et j'espère que l'atmosphère que vous avez créée m'aidera à bien démarrer mon livre.

Ryan posa sa main sur le bras de Molly, et bien qu'elle ne le souhaitait pas et ne le cherchait pas, elle ressentit une petite étincelle d'attraction. Leurs yeux se croisèrent.

— S'il vous plait, n'en parlez à personne, dit-il doucement.

— C'est juste... vous comprenez... pas quelque chose que je veux que tout le monde sache. Je préfère ne pas répondre à dix-millions de questions à ce sujet. Ça tue la créativité, vous savez ?

— Bien sûr, pas de problème. Je suis plutôt douée pour garder les secrets, dit-elle.

— Plus ou moins.

Ryan la regarda avec inquiétude.

— Désolée ! Quelque chose chez vous me donne envie de vous taquiner.

Elle rit et prit une gorgée de son kir et ils se regardèrent chaleureusement et sourirent.

— Mes chéris ! dit une voix forte avec un accent du Sud, et tout le monde se tourna pour voir Ashley posant dans l'embrasure de la porte, les bras grand ouverts.

— Je veux connaitre tous vos noms, en commençant par toi !

Elle regarda Nathaniel et lui fit un clin d'œil, et il bégaya son nom et s'éloigna. Ashley aperçut Molly dans la cuisine et marcha vers elle avec un déhanché exagéré comme si elle était sur un podium parisien.

— Et qui est ce beau spécimen ? dit-elle à Ryan, qui se présenta.

Ashley lui lança un long regard.

— Alors, dit-elle lentement, tu es le fameux Ryan Tuck ? Le bourreau des cœurs, connu dans tous les États du Sud, et probablement aussi, dans le Nord ?

— Ça ressemble à un autre Ryan Tuck, dit-il en riant, et Ashley haussa les épaules avant de s'assoir à côté d'Ira, lui chuchotant à l'oreille.

Patty baissa les yeux vers le sol, et Molly alla rapidement vers elle pour lui demander si elle voulait boire quelque chose. Avant que Patty ne puisse répondre, Bobo aboya et Molly s'excusa pour aller ouvrir la porte.

— Ben ! s'écria-t-elle, et elle se jeta dans ses bras comme s'il revenait d'un long voyage.

— Eh bien, bonsoir à toi aussi, dit Ben d'un ton pince-sans-rire, la serrant fort dans ses bras pendant un instant avant de la lâcher.

— Je vois que tu as une maison pleine, ajouta-t-il.

— Je sais, tu préfèrerais probablement être chez toi au lit en train de lire. Mais je... je voulais juste te voir. Être avec toi, dit-elle doucement pour que personne ne puisse l'entendre.

Ben passa son bras autour d'elle et l'attira près de lui.

— En fait, il y a quelque chose dont j'aimerais te parler. Peut-être que ce n'est pas le bon moment ?

— Non ! Laisse-moi juste sortir quelques hors-d'œuvre et ensuite on pourra faire une petite promenade ou quelque chose comme ça.

Il semblait que la fête se déroulait bien sans l'aide de Molly. Ryan chuchotait à l'oreille de Darcy et elle gloussait. Ira hochait la tête pendant qu'Ashley soulevait l'ourlet de son chemisier de quelques centimètres et faisait, ce qui ressemblait à une sorte de danse du ventre au milieu de la pièce. Nathaniel était toujours assis sur le tabouret de cuisine, buvant le même kir et semblait amusé. Patty était introuvable.

Les gougères étaient parfaitement dorées, et Molly sortit rapidement le plateau du four et les fit rouler sur une grille pour les laisser refroidir, en mordant dans l'une d'elles et se brulant le côté de la langue.

— J'ai vu ça, dit Ryan, soudainement à ses côtés.

Molly ricana.

— Eh bien, le cuisinier doit s'assurer que tout est bon avant de servir.

— Hum hum, dit-il, bien sûr. Je serai le gouteur officiel, si ça ne vous dérange pas.

Il prit l'une des gougères et la mit entière dans sa bouche.

— Oh oh oh, dit-il, et Molly ne savait pas s'il aimait ou s'il se brulait la bouche.

— C'était la chose la plus délicieuse que j'ai jamais mangée !

Et impulsivement, il se pencha en avant, posa une main sur son cou, et embrassa Molly directement sur la bouche.

C'était fini si rapidement qu'elle n'eut pas à décider si elle devait lui rendre son baiser ou non.

— Je vais les faire passer ? dit Ryan, en les mettant rapidement sur une assiette et en faisant un clin d'œil à Molly alors qu'il retournait vers les autres.

À ce moment-là, dans un courant d'air froid, Patty revint et se tint maladroitement près de la porte d'entrée. Molly vit Ben la regarder, et elle détourna rapidement son regard, comme si elle avait fait quelque chose de mal, même si, dans son esprit, elle protestait qu'elle n'avait rien fait. Comment tout était-il devenu si compliqué tout à coup ?

— Je reviendrai peut-être une autre fois, dit-il en remettant son manteau.

— Oh, Ben, dit Molly.

— Les invités...

— Je sais. Ils veulent ton attention, et tu devrais la leur donner.

Et avant qu'elle ne puisse dire un mot de plus, la porte était fermée et il était parti.

4

Les dimanches matins étaient généralement très calmes à Castillac, surtout si la soirée précédente avait été aussi amusante que la fête à La Baraque. Molly savait que ce n'était que de la chance, mais pour une raison inconnue, les invités qui avaient été si grognons individuellement, s'étaient révélés brillants une fois tous réunis, s'entendant à merveille et restant debout à discuter et à boire jusqu'à bien après minuit.

Bobo réveilla Molly en lui léchant l'oreille.

— Bobo ! Arrête ça ! dit-elle, se redressant à contrecœur et se frottant les yeux.

Elle n'avait pas trop bu, elle en était reconnaissante. Elle supposait qu'elle était probablement la seule à se réveiller à La Baraque, ce matin-là, sans une terrible gueule de bois. Pendant qu'elle attendait que le café finisse de couler, elle envoya un texto à Ben pour lui demander s'il voulait la rejoindre au café de la place pour le petit-déjeuner. Pas de réponse immédiate, ce qui signifiait probablement qu'il était parti courir. Elle l'espérait en tout cas, se sentant à la fois curieuse de savoir ce dont il voulait lui parler, et un peu inquiète qu'il ait vu Ryan flirter et se soit fait de fausses idées.

Et c'*était* une fausse idée. C'était un peu troublant, à presque quarante ans, de se découvrir encore vulnérable aux attirances soudaines et aux hommes charmants, mais tout cela était assez inoffensif.

N'est-ce pas ?

Ce n'était pas comme si elle était vraiment intéressée par Ryan, bien qu'il soit plutôt adorable. Mais est-ce que… est-ce que cela signifiait quelque chose, que des étincelles pouvaient encore jaillir avec d'autres hommes ? Est-ce que cela signifiait que Ben n'était pas vraiment l'Élu ?

« Il n'y a pas d'Élu », elle pouvait entendre Frances lui dire, et elle avait probablement raison. Non pas que Frances, deux fois divorcée, était une experte en relations… bien que Molly supposât qu'il aurait été possible d'argumenter qu'elle avait plus d'expérience que la plupart des gens. Elle avala une tasse de café et décida d'aller faire une promenade. Elle décida de se diriger vers le village, au cas où Ben voudrait la rencontrer, et, sinon, elle profiterait de l'exercice et de l'air frais pour se clarifier l'esprit.

Il faisait encore nuageux et frais, mais pas vraiment froid. Désormais, Molly était experte en méthodes françaises de nouage de foulard, et son joli foulard en mohair vert mettait en valeur ses cheveux roux tout en lui tenant chaud à la gorge, tout en ayant l'air très chic selon les standards de Castillac. Pas de voitures dans la rue des Chênes, seulement un corbeau qui croassait dans un chêne. Elle passa devant le cimetière avec *Priez pour vos Morts* écrit dans la ferronnerie au-dessus du portail, et pensa un moment à ceux qui y étaient enterrés. S'arrêtant au portail, elle envisagea d'entrer et de rendre hommage, mais un grognement de son estomac la convainquit de continuer vers la civilisation et les croissants.

L'air était humide et elle prit de profondes inspirations, ne se sentant toujours pas tout à fait bien, comme si l'effort pour bouger était deux fois plus épuisant que d'habitude. Juste au moment où elle atteignait la place, presque déserte un dimanche matin, elle sentit son portable vibrer dans sa poche et le sortit. Un texto de Ben :

J'arrive

Elle se sentit soulagée et se dirigea rapidement vers le Café de la place, impatiente de retrouver sa chaleur, le visage amical de Pascal, et bien sûr, le Spécial. Avant que Pascal n'eût la chance de s'approcher, Ben se glissa sur le siège en face d'elle et la regarda froidement.

— Longue soirée? demanda-t-il, regardant son téléphone comme s'il recevait un grand nombre de messages importants à ce moment précis.

— Oui, en effet. C'était la chose la plus étrange. Presque tout le monde était de très mauvaise humeur quand je les ai rencontrés hier. Ils se plaignaient, étaient difficiles à satisfaire, grognons. Je pensais, « oh là là, ça va être une longue semaine ». Mais ensuite, ils se sont retrouvés dans ma cuisine, et comme par magie, une fois tous ensemble, on aurait dit qu'ils étaient les meilleurs amis du monde. Riant et racontant leurs histoires de vie, heureux comme des rois.

— Et le type dans la cuisine avec toi, il était de mauvaise humeur hier aussi?

Molly réfléchit.

— Non, pas vraiment. Je pense qu'il pourrait être la personne qui... Ryan est de très bonne humeur...

Elle regarda Ben et vit qu'il avait le visage sombre.

— Allons Ben, ne sois pas... tu es en colère contre moi? Vraiment?

Il plissa les yeux encore une seconde puis se força à sourire.

— Bien sûr que non, dit-il, faisant signe à Pascal.

— Ce n'est pas comme si nous... Je veux dire, nous sommes libres de... n'avons pas de...

Molly rit.

— Nous ne sommes pas officiels.

Il hocha rapidement la tête, puis son expression s'adoucit et il tendit la main vers la sienne.

— Tu m'as manqué quand j'étais parti.

Molly sourit et lui serra la main, et elle ressentit une étrange et merveilleuse sensation de bonheur se répandre dans son corps tandis qu'ils se regardaient.

— Tu m'as manqué aussi, murmura-t-elle.

— Alors peut-être que tu seras intéressée par une demande que j'aimerais te faire, dit Ben, faisant de nouveau signe à Pascal, qui parlait avec enthousiasme à un couple de jeunes femmes assises de l'autre côté de la salle.

Les genoux de Molly faiblirent au mot « demande ». Elle était stupéfaite.

— Bien sûr, j'ai beaucoup réfléchi pendant mon voyage en Thaïlande, dit Ben.

— C'était le but du voyage, évidemment. Quand je travaillais sur la ferme de Rémy, il n'arrêtait pas de me parler de ma mission dans la vie.

— Je suppose qu'il ne pensait pas que c'était l'agriculture ?

Ben rit.

— Exact. Il est convaincu que tout le monde a une mission. Ça ne doit pas être quelque chose de terriblement ambitieux, il veut dire quelque chose pour lequel on est très bien adapté, quelque chose qui va... enfin, il devient un peu spirituel à ce sujet et je ne le suis pas encore tout à fait, mais quoi qu'il en soit... ma mission, c'est l'une des principales choses auxquelles je pensais pendant que je montais à dos d'éléphant, que je faisais du surf et mangeais du curry.

À ce moment-là, le visage de Molly avait pris un aspect figé, alors qu'elle essayait en vain de maitriser ses émotions. N'avait-il pas dit « une demande » ? Quel rapport cela avait-il avec Rémy et le curry ?

— Ma décision de quitter la gendarmerie, comme tu le sais, n'a pas été prise à la hâte. Je ne le regrette pas. Et tu te souviens...

Molly manqua les phrases suivantes en prenant conscience que, quoi que Ben eût à dire, cela n'allait pas impliquer de mariage. Elle fut surprise de se sentir si déçue.

— Quand nous nous sommes rencontrés, il y avait trois affaires, trois filles : Amy Bennett, Valerie Boutillier et Elizabeth Martin. Deux résolues, une à venir. Je me suis retrouvé allongé sur la plage à repasser les faits de l'affaire Martin, essayant de trouver une nouvelle approche. Je ne peux pas lâcher l'affaire, Molly. Et... ce n'est pas seulement l'affaire Martin, c'est ce genre de travail que je ne peux pas abandonner. Traduire des gens violents en justice, apporter du réconfort aux amis et aux familles des victimes en leur montrant que justice a été rendue. Ça peut paraitre bête, mais il a fallu que j'aille en Thaïlande pour comprendre ça sur moi-même... et je n'en ai rien dit à mon retour parce que je me demandais si ce n'était pas une sorte de rêve fiévreux des tropiques, et qu'une fois de retour à Castillac, je perdrais à nouveau courage.

Molly hocha la tête, essayant d'avoir l'air compatissante, le visage figé dans une expression maladroite.

— Je suis terriblement long, désolé. Pascal va-t-il enfin s'occuper de nous ?

Il se retourna et fit signe au serveur, qui lui répondit d'un geste, mais ne quitta pas la table où se trouvaient deux jeunes femmes.

— Tu as dit que tu avais quelque chose à me demander ? dit Molly, la voix tremblante, à son grand désarroi.

— Oui ! J'y viens. Bon, alors... je veux toujours faire du travail de détective, c'est certain. Je pense avoir compris les raisons de mon anxiété, et, en fait, je veux continuer, que ça reste un problème ou non. Mais la gendarmerie est une porte fermée maintenant, et de toute façon, j'aurais été muté très bientôt, et mon cœur appartient à Castillac. Je veux faire ce travail ici. Et donc ma question pour toi, Molly : voudrais-tu être ma partenaire ?

Voudrais-tu créer une entreprise avec moi, en tant que détectives privés ?

Quand Ben prononça le mot « partenaire », son cœur manqua un autre battement. Je suis ridicule, se dit-elle, prenant une profonde inspiration et laissant ses paroles faire leur chemin.

— Eh bien, ça a l'air incroyable, en fait. Mais y aurait-il assez de travail dans un village aussi petit ?

— Non. Pas du tout. Nous devrions voyager un peu, certainement à Bergerac et Périgueux, et, si nous développons une bonne réputation, nous pourrions avoir du travail n'importe où en France, voire en Europe. Ça dépend du type de carrière que tu veux, et du succès de nos affaires. Mais nous travaillons très bien ensemble, Molly Sutton. Le fait que nous ne soyons pas toujours d'accord est, à mon avis, une chose positive.

Il pencha la tête et attendit sa réponse.

— Alors ? Qu'en penses-tu ?

Elle ne savait pas si elle devait lui donner un coup sur la tête ou accepter rapidement. C'était une offre merveilleuse et tentante, c'est sûr. Mais comment un homme si gentil et adorable pouvait-il être si exaspérant ?

Le retour du village était fatigant, malgré le réconfort du Special, et Molly regrettait de ne pas avoir pris la voiture. *Je dois me faire vieille*, pensa-t-elle, peu habituée à ressentir de la fatigue pour un effort si modéré. En approchant de l'allée de La Baraque, elle vit Nathaniel Beech qui marchait vers elle dans l'autre sens.

— Bonjour, Nathaniel, dit-elle lorsqu'ils furent proches.

— En promenade matinale ?

— J'ai bien peur de m'être un peu perdu, dit-il d'un air penaud.

— Je me dirigeais vers Castillac pour prendre un petit-déjeuner, mais je crois que j'ai pris la mauvaise direction.

— J'ai acheté des croissants pendant que j'y étais, ça vous conviendrait ?

— Merci ! On ne peut pas se tromper avec un croissant frais.

— Un homme cherchant à conquérir mon cœur. Alors, vous avez passé une bonne soirée hier ? Parfois mes invités restent dans leur coin, ce qui est tout à fait normal, mais c'était agréable de voir tout le monde se lancer et se faire des amis comme ça.

— J'ai beaucoup apprécié, merci. C'est juste que... tout est un peu... c'est mon premier voyage hors du pays. Donc tout est un peu étouffant.

— Ce n'est pas facile de voyager seul quand on n'en a pas l'habitude. Surtout si on ne parle pas la langue.

— J'ai étudié l'espagnol à l'école, malheureusement.

— Ce n'est pas du tout malheureux ! Je rêve d'aller à Madrid. Et Séville est censée être incroyable ! Vous pourrez planifier un voyage avec Miranda.

Nathaniel rayonna.

— Vous êtes très gentille de vous en souvenir. Ça doit être quelque chose d'avoir tous ces invités qui défilent, vous racontant leur vie.

Molly rit.

— Oh, c'est intéressant, croyez-moi ! J'ai eu de vrais personnages.

Elle pensa furtivement à l'étrange Wesley Addison, qui revenait en juin pour deux semaines. Nathaniel suivit Molly dans la cuisine. Elle mit les croissants sur un plateau et alla faire plus de café. Darcy Bilson apparut aux portes-fenêtres avec les cheveux en bataille, annonçant que leur cafetière avait explosé et demandant si elle pouvait en quémander. Puis, Patty frappa timidement à la porte d'entrée, voulant savoir si Molly avait de l'aspirine pour le mal de tête d'Ashley, bien que, quelques minutes plus tard, Molly vît Ashley et Ryan blottis dans un coin, l'air de résoudre les problèmes du monde ensemble.

Et en l'espace de vingt minutes, la cuisine de Molly s'était remplie des six invités, se saluant comme des membres de la famille perdus de vue depuis longtemps. Ils burent des pots de café et vidèrent le sac de croissants en quelques minutes, comparant leurs gueules de bois et riant des blagues de la veille. Ashley reprit sa danse du ventre sans musique, Nathaniel était assis sur son tabouret et riait, Ryan était de nouveau au coude de Molly cherchant des moyens d'aider alors qu'elle servait les saucisses qu'elle avait achetées pour son propre diner de ce soir-là, avec un plat d'œufs brouillés généreusement râpés de Cantal. La voix tonitruante d'Ira Bilson ponctuait le tourbillon de bavardages. Darcy faisait le poirier dans un coin de la pièce.

Avec toute cette socialisation et ses devoirs d'hôtesse, elle oublia presque Ben et sa « demande », mais, dans un coin de sa tête, elle ressentait une sorte de picotement, parce que même si elle adorait gérer La Baraque — et elle ne pouvait pas imaginer y renoncer — l'idée d'être une vraie détective privée était excitante. Le fait qu'un vrai ancien détective de police pensait qu'elle ferait une bonne partenaire ne faisait qu'accentuer cette excitation. Elle avait lu chaque mystère de Nancy Drew quand elle était jeune, et s'identifiait complètement à la détective aux cheveux auburns. Les moments où elle avait pu aider dans des affaires à Castillac avaient été les plus satisfaisants de sa vie.

Peut-être mieux que le mariage, songea-t-elle, souriant intérieurement en hachant du persil à saupoudrer sur les œufs.

— Vous ne voulez pas vous mettre à dos cette fille, ça je peux vous le dire, disait Patty à Ira.

Molly tendit l'oreille.

— Oh, allez, elle a l'air douce comme un agneau, dit Ira.

— C'est juste l'accent du Sud. Ne vous laissez pas berner, répondit Patty à voix basse.

— Je la connais depuis que nous étions dans la même sororité à Auburn. Oui, bon, ne faites pas cette tête surprise. Mon capital sympathie était plutôt bon parce que ma mère est morte pendant la semaine des recrutements, sinon je n'y serais jamais entrée et Ashley et moi ne serions pas amies. Mais ce que j'allais dire...

Elle se pencha près de l'oreille d'Ira et Molly se pencha aussi, mais manqua une partie de ce que Patty disait.

— ... la police a été appelée... a dû porter une perruque après ça..., fut tout ce qu'elle entendit.

Ashley était assise sur un tabouret à côté de Nathaniel.

— Eh bien, ne seriez-vous pas la chose la plus mignonne, dit-elle, battant des cils dans sa direction d'une manière qui ne pouvait être qu'ironique.

— Laissez-moi deviner — vous êtes un génie de la technologie, n'est-ce pas ? Vous connaissez les moindres petits détails des ordinateurs ?

Nathaniel rougit jusqu'à la racine des cheveux.

— Eh bien, je ne dirais pas ça. On ne peut jamais tout savoir sur quoi que ce soit.

Ashley tapota son avant-bras avec son ongle.

— Mais j'ai raison, n'est-ce pas, à propos des ordinateurs ? Quel endroit chanceux vous a comme employé ?

— Je travaille dans l'informatique, dans un hôpital. Beaucoup de données passent par un hôpital, bien sûr, et vous seriez surprise de voir à quel point la plupart de leurs systèmes sont archaïques. C'est même difficile de convaincre certains médecins d'utiliser les e-mails de base.

— Eh bien, je n'ai jamais entendu parler de ça, dit Ashley d'un air distrait.

Elle regardait Ryan mettre son bras autour des épaules de Molly et lui dire quelque chose à l'oreille qui la fit rire.

— Vous êtes une si mauvaise influence, dit Molly à Ryan en souriant.

— Je suis sûr que vous avez un peu de champagne caché quelque part, je peux le dire rien qu'en vous regardant. Vous êtes une femme qui aime célébrer, et en France, ça veut dire champagne ! Ou est-ce juste un cliché ?

— Non, non, les Français aiment effectivement leur champagne. Qui ne l'aimerait pas ?

— Vous en avez *vraiment*.

— Oui.

— Allez, venez ! Je vais vous l'acheter, ce sera mon cadeau pour tout le monde. Regardez comme vos invités s'amusent ! Et ils s'amuseront encore plus si vous pimentez leur jus d'orange avec un peu de champagne.

— C'est du gaspillage de le boire comme ça.

— Eh bien, je ne suis pas difficile, où sont vos flutes ? Je vais les sortir et tout préparer.

Il lui sourit alors, un sourire si chaleureux et plein de bonne humeur, exprimant le désir de faire plaisir aux autres tout en profitant lui-même, qu'elle ne put dire non.

Pas qu'elle en eût envie de toute façon. Il se tenait près d'elle et elle posa ses mains sur son large torse pour le repousser de quelques centimètres.

— Oh, d'accord, va pour le champagne. C'est presque l'heure du déjeuner de toute façon. Mais je dois vous prévenir, il n'est pas frais...

— C'est un aigle, disait Ira à Patty.

Il remonta la manche de son teeshirt pour qu'elle puisse voir le tatouage en entier.

— Vous êtes une sorte de nationaliste exalté ou quoi ? demanda-t-elle, le nez plissé.

— Vous êtes une sorte de gauchiste folle ou quoi ? répliqua-t-il, baissant sa manche.

Darcy apparut à ses côtés, prenant son menton dans sa main et tournant son visage vers elle pour un baiser.

— Nous n'allons pas parler politique pendant ces vacances, dit-elle d'un ton catégorique.

Ryan arriva avec un plateau et plusieurs flutes de champagne.

— Prenez-en tous ! Carpe diem !

— J'ai épuisé mon quota d'alcool pour la semaine en vingt-quatre heures, marmonna Ira.

— Allez, voyons, dit Darcy, caressant son biceps.

— Un petit excès te ferait du bien.

Ils prirent chacun un verre, Ira esquissant un léger sourire tandis que Darcy lui frottait le dos.

— Trois hourras pour Molly! cria Ryan à la foule, et ils levèrent tous leurs tasses de café ou leurs flutes de champagne en criant « Trois hourras pour Molly! » pendant que Molly ouvrait l'étroit placard où elle gardait le vin et en sortit deux bouteilles de plus.

Cela semblait être un moment si convivial et joyeux, le groupe d'étrangers tous entassés dans la cuisine de Molly, riant et apprenant à se connaitre, voulant que leurs vacances soient aussi spéciales que possible. Ils pensaient, ou du moins, la plupart d'entre eux, qu'ils se faisaient de vrais amis, des gens avec qui ils resteraient en contact une fois rentrés chez eux. Mais au lieu de se remémorer les moments insouciants passés à Castillac, ces appels téléphoniques du futur s'avèreraient être, en fait, quelque chose de tout à fait différent.

5

Lorsque Molly se réveilla le lendemain matin, elle se blottit sous les couvertures chaudes et réfléchit à l'idée de détective privé de Ben. Après l'affaire Amy Bennett, elle avait brièvement envisagé d'ouvrir elle-même un cabinet de détective. Mais, malgré la gentillesse et l'accueil des Castillaçois depuis son arrivée, elle pensait que l'embauche d'une expatriée sans véritable formation en investigation pourrait être un peu exagérée. Et cela pourrait donner l'impression qu'elle essayait de tirer profit des malheureux évènements qui se produisaient trop souvent à Castillac ces derniers temps. Mais avec Ben Dufort comme partenaire ? Rien de tout cela n'aurait d'importance. Être en affaires avec Ben, qui avait grandi à Castillac et connaissait absolument tout le monde, lui donnerait toute la crédibilité qu'on pourrait souhaiter.

Elle était ravie qu'il estime suffisamment ses capacités de détective pour lui demander. Dans l'ensemble, une fois passée la légère déception que la demande avait été autre chose que ce à quoi elle s'attendait, Molly était excitée par l'idée et impatiente d'en discuter les détails avec lui. Elle sauta du lit, se demandant où

Bobo avait bien pu passer, et espérant pouvoir boire au moins une tasse de café avant l'arrivée des invités.

Mais, en arrivant dans la cuisine en peignoir, Molly vit le visage de Patty qui regardait à travers les portes-fenêtres, et résignée, elle ouvrit la porte.

— Bonjour, Patty, dit-elle faiblement, vous avez besoin de quelque chose ?

La minuscule Patty se glissa à l'intérieur, sauta sur un tabouret et posa ses coudes sur le comptoir de la cuisine, ressemblant, à s'y méprendre, à une élève de CM1 attendant qu'on lui serve son petit-déjeuner avant l'arrivée du bus scolaire. *Bon, au moins c'était la tranquille*, pensa Molly.

— Salut. Je me demandais si vous aviez du ruban adhésif ? J'ai l'intention d'acheter des souvenirs aujourd'hui et de les envoyer chez moi ensuite.

Molly parut confuse.

— Vous voulez du ruban adhésif pour emballer un colis, mais vous n'avez pas encore acheté ce qui va dans le colis ?

Patty acquiesça joyeusement.

— Je m'organise, c'est tout.

— Euh, il y a du scotch dans le tiroir du salon. Du ruban d'emballage..., je ne crois pas en avoir. Vous pouvez probablement en trouver à la Presse, c'est juste sur la place, voyons voir... au coin sud-ouest. Avec tous les journaux devant.

— Vous avez vu comme Ira s'est énervé hier ? dit Patty, d'un air confidentiel.

Molly eut la nette impression qu'elle voulait davantage cancaner que trouver du ruban adhésif.

— Énervé ?

— Oh, oui. Après quelques coupes de champagne, Darcy était dans un coin en train de parler à Ryan. Je suppose qu'ils se sont un peu trop rapprochés et Ira était absolument *furieux*. Et vous ne voulez pas qu'un grand gaillard comme ça soit en colère contre vous, c'est tout ce que je dis.

Patty délivra cette nouvelle avec délectation.

Molly haussa les épaules.

— Eh bien, tant que personne n'a commencé à donner des coups de poing, je suppose que ça va.

Elle fixa la cafetière à piston, espérant que le café coule plus vite.

— C'est juste un peu drôle de voir comment les gens partent en vacances, quelque chose pour lequel ils ont probablement économisé et qu'ils ont attendu avec impatience pendant longtemps, mais ils n'arrivent pas à laisser derrière eux tous leurs ressentiments et leurs jalousies. Tout ça est emballé dans les valises avec le dentifrice et les bonnes chaussures de marche.

— Vous avez raison, dit Molly.

— Quel est ce dicton déjà ? Nous nous emmenons partout où nous allons.

— La séduction du voyage, dit Patty en se penchant si près que Molly recula et fit semblant de chercher quelque chose dans le réfrigérateur, c'est justement le contraire, vous ne croyez pas ? Qu'on peut aller quelque part à l'étranger et être une personne complètement différente ? Laisser derrière soi son vieux soi ennuyeux et tous ses problèmes, et être quelqu'un, je ne sais pas, de glamour ? Même de dangereux ?

Molly rit légèrement.

— Je vois ce que vous voulez dire. Bien que tout le monde ne soit peut-être pas si malheureux dans sa vie quotidienne. Ou n'ait pas autant d'imagination.

Patty sauta du tabouret et s'approcha de Molly. Elle était si petite que même Molly se sentait comme une géante à côté d'elle. Patty leva les yeux à travers ses lunettes rondes trop grandes pour ses petits traits, hochant la tête et prenant de l'élan.

— Vous pouvez vous servir du café, dit Molly, se versant rapidement une tasse et se dirigeant vers la porte.

— Et il y a plusieurs endroits ouverts dans le village maintenant si vous voulez manger quelque chose. Passez une merveilleuse journée d'exploration, et on se voit plus tard ! Transmettez mes amitiés à Ashley...

Ouf, pensa Molly en fermant la porte de sa chambre. *J'ai juste envie de me recoucher et de me cacher sous les couvertures.*

Bobo arriva en dérapant et lui lécha la main.

— D'accord. Allons faire une promenade. Juste une courte, je suis vraiment fatiguée. Mais peut-être que l'air frais me revigorera.

Elle s'habilla et sortit rapidement avant que d'autres invités n'apparussent.

Une fois dans les bois, elle se sentit beaucoup mieux. C'était une matinée froide et une fine couche de givre se voyait encore par endroits où le soleil n'avait pas frappé. Elle traversa la prairie, ses pas crissant sur l'herbe gelée. Bobo bondissait ici et là, suivant son flair. Molly réajusta son écharpe pour qu'elle couvrît ses oreilles, et elles entrèrent dans la forêt qui bordait sa propriété.

C'était le deuxième février de Molly à Castillac et elle avait l'impression d'à peine commencer à connaitre les bois à différentes saisons. Elle trouva le sentier et marcha lentement, pensant à Ben et réfléchissant au type de carte de visite qu'elle se ferait, puisqu'elle était sur le point de devenir *Molly Sutton, détective privé.*

Elle était tellement plongée dans ses réflexions sur le design de la carte qu'elle ne remarqua rien d'anormal au début. La forêt était silencieuse, comme si elle et Bobo étaient au cœur de la nature sauvage, bien que La Baraque ne fût qu'à l'autre côté d'un bosquet de genévriers. Mais alors, quelque chose attira son attention du coin de l'œil. Quelque chose n'allait pas, et elle tourna la tête pour voir ce que c'était.

Puis elle hurla. Et une fois qu'elle vit vraiment ce que c'était, elle mit sa main sur sa bouche et dit :

— Oh, non. Oh, pas *toi.*

6

Molly se tenait à l'écart, observant l'équipe médicolégale effectuer son travail sous la direction de Gilles Maron, chef par intérim de la gendarmerie de Castillac. Le médecin légiste, Florian Nagrand, se tenait les mains croisées sur son gros ventre, scrutant la forêt comme s'il espérait apercevoir un oiseau intéressant.

Molly s'approcha de lui et demanda :

— Vous ne pouvez pas le descendre ?

Elle n'avait jamais vu de personne pendue dans la vraie vie auparavant, et c'était bien plus horrible qu'elle ne l'avait imaginé. Elle essayait de garder les yeux baissés, mais elle ne pouvait s'empêcher de regarder Ryan, suspendu, là, ses membres inertes et ses yeux vides.

— Bientôt, ma chère, dit-il, regardant toujours vers la cime des arbres.

— Vous savez, j'ai vu un pic cendré dans un arbre comme celui-ci une fois. Assez rare, vous savez. Bien trop tôt dans l'année cependant.

— Bien, dit Maron, s'approchant de Molly alors que Nagrand s'éloignait, toujours le regard en l'air.

— J'ai quelques questions à te poser, si ça ne te dérange pas, mais ça devrait être rapide, il n'y a rien de suspect dans cette situation, on peut au moins dire ça.

— Oh, il y a certainement quelque chose de suspect, Gilles. Je sais qu'il n'était là que depuis quelques jours, mais je... j'ai l'impression que je le connaissais... du moins, je le connaissais assez bien pour dire qu'il est impossible — bon, *très peu probable* — que Ryan Tuck se soit suicidé. Il était si plein d'énergie — un peu espiègle, vraiment — l'âme de la fête !

Maron haussa les épaules.

— Eh, parfois les gens cachent très bien leur tristesse. Peut-être qu'être l'âme de la fête était une tentative de se distraire, et finalement, ça n'a pas marché. Enfin, *évidemment,* ça n'a pas marché.

— Mais si c'est si clair ce qui s'est passé, pourquoi as-tu fait venir la police scientifique ?

— Je ne crois pas au hasard, Molly. À moins que le corps ne soit celui d'un nonagénaire avec une maladie cardiaque, j'appelle la police scientifique. Et peut-être même dans ce cas-là, ajouta-t-il, dans une rare tentative d'humour.

— Mais...

L'adjoint de Maron, Paul-Henri Monsour, s'approcha.

— Excusez-moi, Chef. Monsieur Nagrand voudrait examiner le corps. On peut le descendre maintenant ?

— Tant que l'équipe a fini au sol.

Monsour acquiesça et alla s'en occuper. Molly regarda par-dessus l'épaule de Maron un jeune homme grimper à l'arbre aussi facilement que s'il s'agissait d'une échelle, et couper la corde avec une sorte de machette.

— C'est absolument horrible, murmura-t-elle.

— En effet, dit Maron. Il est jeune et beau. Quel gâchis. Permets-moi de te demander : l'arbre en question, est-il dans les limites de ta propriété ?

Molly parut confuse.

— Euh... je ne pense pas, mais il faudrait que je retourne chercher la carte pour en être sure. Ma propriété s'étend dans la forêt, mais pas aussi loin, je crois. Cette section appartient probablement à Madame Sabourin. Quelle importance ça a ?

— Simplement pour être minutieux, comme tu peux le comprendre, j'en suis sûr.

Molly réprima un soupir.

— Je devrais rentrer à la maison. Les autres invités vont être choqués.

— En effet. Y avait-il beaucoup d'interactions entre les invités ? Combien en as-tu actuellement ?

— Six... maintenant cinq. Et, oui, c'est un groupe sociable. Extrêmement sociable.

— Et comment Tuck semblait-il, dans l'ensemble ? Tu as dit « l'âme de la fête »... donc il était heureux, convivial ?

— Absolument. Il racontait des histoires, faisait rire les gens, il était l'étincelle, tu vois ?

Penser à la façon dont il l'avait cajolée pour obtenir du champagne la veille lui fit monter les larmes aux yeux.

— Il aimait célébrer, ajouta-t-elle doucement.

— Eh bien, je suppose que nous avons tous des facettes que nous ne montrons pas aux autres, dit Maron.

Molly secoua la tête.

— Je n'y croirai jamais. Même s'il s'avère qu'il luttait énormément contre la dépression, je ne croirai jamais qu'il s'est suicidé. Ce n'est tout simplement pas possible.

— Tu ne peux pas transformer chaque décès en affaire de meurtre, Molly.

Molly le fixa du regard.

— C'est un coup bas.

Maron haussa à nouveau les épaules.

— Ce n'était pas censé être un coup, simplement un constat. Parfois, l'humeur des gens est imprévisible et ils agissent impulsivement. J'ai bien peur que ce soit le cas pour M Tuck. Si tu veux voir le bon côté des choses, s'il y en a un, au moins il s'est un peu amusé dans ses derniers jours, si ce n'était pas tout un acte.

Molly se mordit les lèvres pour s'empêcher de parler et s'éloigna de Maron. Ryan était allongé sur le sol et la corde avait été coupée.

— Que Dieu vous bénisse, lui dit-elle, sentant l'insuffisance de ces mots, mais incapable de trouver autre chose.

— Ah, Molly, dit Nagrand.

— Toujours au cœur de l'action, n'est-ce pas ?

— Fermez-la, dit Molly, et elle se dirigea vers La Baraque.

ALORS QUE MOLLY retournait à La Baraque, à moitié engourdie, elle ne cessait de revoir l'expression joyeuse sur le visage de Ryan la veille, lorsqu'il faisait le tour, servant du champagne à tout le monde. Elle pensait à la façon dont il entrait dans une pièce et, immédiatement, l'humeur de tous s'améliorait. Elle pensait à la façon dont il avait charmé la grincheuse Darcy, à quel point il aimait être taquiné, à quel point il adorait les gougères avec une intensité qui lui faisait sentir qu'ils étaient des âmes sœurs culinaires.

À la façon dont il l'avait embrassée.

Il ne pensait à rien de particulier en le faisant, elle le savait. Elle non plus d'ailleurs. C'était simplement un exemple du genre d'affection irrépressible qui rendait Ryan si populaire auprès de tout le monde.

Elle secoua la tête pour chasser l'image de lui suspendu par le cou dans les bois. Cela n'avait aucun sens. Dans l'absolu, elle savait qu'il était mort, bien sûr. Mais elle avait l'impression que tout son corps se révoltait, s'efforçant de rejeter l'idée, de trouver une autre explication à l'évènement macabre qu'elle avait découvert : une terrible blague, une farce mal avisée, *quelque chose*.

De retour à l'intérieur, près du poêle à bois, elle poussa un soupir affligé et s'accroupit pour poser sa tête sur le cou tacheté de Bobo.

— Oh, Bobo, comment est-ce possible ? Comment est-ce que cela a pu arriver ?

Elle vit un éclair du coin de l'œil et se retourna pour voir Patty, une fois de plus, debout près des portes-fenêtres. Ces invités ne prévoyaient-ils donc jamais de faire du tourisme ? Patty lui fit signe et entra.

— Salut, Patty, entrez.

Molly se demandait quelle était la meilleure façon d'annoncer la nouvelle à tout le monde. Eh bien, il n'y avait pas de bonne façon ; rien de ce qu'elle ferait n'allait atténuer l'horreur pour eux tous.

— J'ai peur... J'ai de mauvaises nouvelles.

— Oh oh, dit Patty, mais elle sourit comme si elle était affamée et qu'un steak grillé à l'odeur alléchante venait d'apparaitre devant elle.

Molly soupira de nouveau, ayant l'impression de ne pas avoir assez d'air.

— C'est Ryan, commença-t-elle, puis elle sentit les larmes monter et s'arrêta de parler pour les retenir.

Pleurer, c'était bien beau, mais elle préférait largement le faire en privé.

Patty se mit sur la pointe des pieds.

— Oui ? insista-t-elle.

— Ryan ?

— C'est incroyable, mais j'ai bien peur qu'il se soit pendu. Je l'ai trouvé il y a quelques heures, dans les bois.

Patty la fixa du regard. Elle cligna des yeux.

— Pendu ?

— J'en ai bien peur.

Patty secoua rapidement la tête.

— Ce n'est pas... Ashley ne va pas...

— Je sais, ça va être une terrible nouvelle pour tout le monde. Ryan était vraiment l'étincelle ici ces derniers jours, n'est-ce pas ?

— Je n'ai pas eu beaucoup à faire avec lui.

Molly observa attentivement l'autre femme. À cause de son apparence, il était parfois difficile de se rappeler qu'elle n'était pas juste une gamine. Patty était une trentenaire dans un corps d'enfant. Et comme certains enfants, elle semblait se focaliser sur le mauvais comportement des autres ; du moins, c'est l'impression qu'elle donnait à Molly à cet instant-là.

— Vous aviez l'impression que Ryan était malheureux ? demanda Molly.

Patty haussa les épaules.

— Ce qui est sûr, c'est que j'avais l'impression qu'il voulait *paraitre* heureux.

— Peut-être. Même si je dois dire que si c'était aussi superficiel, il m'a bien eue.

— Alors, maintenant quoi ? Vous voulez que je rassemble tout le monde pour que vous fassiez une annonce ?

Molly réfléchit longuement.

— D'accord, faisons comme ça, dit-elle finalement.

— Je ne pense pas avoir la force d'annoncer la nouvelle à chacun individuellement. Rien que de répéter ces mots autant de fois serait plus que je ne pourrais supporter.

Patty fila dans sa chambre. Molly mit une autre buche dans le poêle et regarda par la fenêtre. *Si Ryan avait été si triste, si désespéré, comment avais-je pu passer à côté ? Suis-je si insensible ? Étions-nous tous plus intéressés à passer du bon temps superficiel qu'à vraiment apprendre à nous connaitre ?*

Quelques minutes plus tard, Ashley entra d'un pas nonchalant, ses cheveux blonds tombant en boucles sur ses épaules, portant des bottes de cowboy blanches et une jupe courte à franges.

Molly sourit.

— J'adore votre tenue. Elle me fait sourire, ce qui compte beaucoup en ce moment.

Ashley parut confuse.

— Merci. J'adore vraiment les franges. Que se passe-t-il ? Patty a dit que vous aviez quelque chose à dire à tout le monde ? J'espère que ça ne prendra pas trop longtemps parce qu'on prévoit d'aller à Beynac pour voir le château, et il y a cet endroit dont j'ai entendu parler où on doit absolument prendre un déjeuner tardif qui est censé être absolument divin...

— Une annonce ? tonna Ira en entrant par la porte d'entrée sans frapper.

— On a gagné un prix ? Il y a de la nourriture ?

Nathaniel frappa à la porte d'entrée et entra, portant un petit sac à dos. Patty entra la dernière et ferma la porte, le visage dans l'expectative et un peu excité.

— Merci d'être venus, tout le monde. Je suis contente que vous soyez tous encore à La Baraque et que vous ne soyez pas partis pour vos aventures du jour.

Elle fit une nouvelle pause, retenant ses larmes.

— J'aimerais qu'il y ait une façon facile de dire cela, mais il n'y en a absolument pas, alors je vais le dire directement. J'ai trouvé Ryan dans les bois ce matin. Il s'était pendu.

Un long silence.

— Qu'est-ce que vous avez dit ? demanda Darcy.

— Ryan est mort ? demanda Ira.

— Quoi ? dit Nathaniel.

Ashley dit :

— Non.

Patty passa son bras autour de sa taille et la serra contre elle.

— Non !

— Je sais que c'est vraiment choquant, dit Molly.

— Je n'arrive pas à imaginer partir pour des vacances tant attendues, se faire des amis, et puis décider de... d'en finir avant même de rentrer chez soi.

Et c'est à ce moment-là que Molly décida que, sans plus de preuves, elle n'allait pas croire que Ryan Tuck s'était suicidé. Si elle avait appris quoi que ce soit sur le travail de détective, c'était que les choses n'étaient souvent pas ce qu'elles semblaient être. On voit un homme pendu par le cou au bout d'une corde attachée à un arbre, on suppose qu'il est l'agent de sa propre mort.

Eh bien, peut-être pas.

Elle réussit à contenir suffisamment son chagrin pour passer les minutes suivantes à observer puis à réconforter ses invités. Ashley sanglotait, effondrée sur le sol, avec Patty accroupie à côté d'elle, émettant des bruits réconfortants. Darcy tournait le dos à Molly ; elle se tenait immobile devant la fenêtre. Ira faisait face au groupe, l'expression stoïque, passant une main dans ses cheveux blonds en désordre. Nathaniel se tenait debout, regardant Molly fixement, les yeux se remplissant de larmes.

— Bon, très bien, dit Ira.

— On a fini ? Autre chose ?

Le ton bourru de sa voix fit sursauter tout le monde qui le regarda, surpris.

— Ira ! dit Darcy.

— Quoi ? Vous le connaissiez depuis quoi, deux jours, les gens. Ce n'était pas votre meilleur ami. Des trucs arrivent. Allez, Darcy, on a rendez-vous avec le fromager près de Lalinde, et je ne veux pas être en retard.

— Reprends-toi, Ira, dit doucement Darcy.

— Connard, dit Ashley.

— Eh bien, j'espère juste que ça ne va pas tout rendre bizarre à partir de maintenant, dit Nathaniel.

— Je veux dire, je voyage seul, et ça a été vraiment génial de vous rencontrer et de trainer avec vous. Ça a rendu mes vacances tellement plus amusantes qu'elles ne l'auraient été, avec ma copine coincée à la maison et tout ça.

Patty hocha la tête.

— Je me suis vraiment bien amusée aussi. Merci d'avoir été une si bonne hôtesse, Molly, dit-elle en venant lui faire un câlin de côté.

— Je pense qu'on devrait faire une sorte de, je ne sais pas, cérémonie ou quelque chose comme ça. Quelqu'un sait si Ryan était religieux ?

— Il ne l'était pas, dit Ashley, toujours au sol.

— Il croyait qu'il fallait vivre l'instant présent, et c'est tout. Du moins, c'est ce qu'il m'a dit hier quand on buvait tous du champagne. « Oubliez le passé », m'avait-il dit. « Vivez l'instant présent ! »

Elle mit ses mains sur son visage et laissa échapper un sanglot étouffé. Nathaniel secoua lentement la tête, regardant le sol.

Molly prit une profonde inspiration.

— Tout ce que je peux dire, c'est que... je suis vraiment désolée que cela soit arrivé. Cette semaine devait être une semaine d'exploration et d'amusement, de bonne nourriture et de moments joyeux. Et ça a vraiment commencé comme ça, presque magiquement. J'espère qu'on pourra tous se souvenir de l'esprit de Ryan et de combien il a contribué à cette magie. Et aussi que vous pourrez tous continuer et profiter du reste de vos vacances.

— Peu de chances, dit Darcy.

— Et si on prenait la voiture pour parcourir la Dordogne à la recherche de fermes isolées ? On pourrait découvrir un fromage que presque personne ne connait, dit Ira, qui avait rapidement retrouvé une partie de sa gaité habituelle.

— Tout ne tourne pas autour de la nourriture, Ira, dit Darcy.

Molly restait là, à écouter, désirant partir, être seule pendant cinq minutes, mais ses jambes lui semblaient lourdes et elle ne trouvait pas l'élan pour bouger. Elle avait choisi Castillac parce qu'elle pensait que ce serait paisible et calme, et voilà qu'il y avait un autre décès, dans son jardin. Et aussi bouleversante que fût l'idée d'un suicide, elle avait le sentiment que toute l'histoire, quelle qu'elle soit, le serait encore plus. Non pas qu'elle avait un quelconque moyen de découvrir de quoi il s'agissait.

7

Bobo aboya et Molly alla ouvrir la porte.

— J'aimerais jeter un coup d'œil à la chambre de Ryan, dit Maron, comme s'il était déjà en pleine conversation avec Molly. Je n'en aurai pas pour longtemps.

— Bien sûr, je t'attendais. J'ai une adresse e-mail pour lui, c'est tout. Que se passe-t-il dans un cas comme celui-ci ? Comment contactez-vous la famille ?

— Il n'y a jamais eu de décès d'étranger depuis que je suis dans la police, admit Maron. Mais je suppose que l'ambassade s'en chargera. J'aimerais pouvoir leur donner son numéro de passeport pour faciliter toute la procédure.

Molly acquiesça et le conduisit dans le couloir jusqu'à l'aile où se trouvait la chambre de Ryan. La maison avait été agrandie au fil des ans de manière désordonnée, certaines extensions étant plus solides que d'autres. Ils zigzaguèrent à travers un étroit passage, une pièce ouverte avec des canapés neufs et une table basse, puis montèrent un escalier en bois branlant.

Elle essaya la porte et la trouva déverrouillée.

— Voilà, dit-elle en l'ouvrant.

Maron entra d'un pas décidé et regarda autour de lui, les mains sur les hanches. La chambre était bien rangée. Le lit était fait, le petit bureau n'avait qu'une poignée de pièces dessus, et un livre de poche de la bibliothèque de Molly était posé sur la table de chevet. Il n'y avait pas de mot.

Pendant un instant, Molly crut sentir quelque chose, mais, quand elle renifla, l'odeur sembla s'évaporer.

— Où sont ses affaires ? demanda Maron, perplexe.

Molly se dirigea vers l'armoire ancienne qu'elle avait achetée au marché aux puces de Paris et fait envoyer chez elle. Une petite clé était dans la serrure et elle la tourna, ouvrant la porte pour révéler un sac de sport zippé, ainsi que quelques chemises et une veste de sport sur des cintres. Maron souleva le sac et commença à le fouiller.

— Avait-il quelque chose sur lui ? demanda Molly.

— Un portefeuille ou autre chose ?

— Non. J'espère que tout sera ici.

Et c'était le cas. Dans une poche latérale du sac, Maron trouva le portefeuille de Ryan, son passeport et un trousseau de clés.

— Il était vraiment ordonné et organisé, dit Molly.

— Penses-tu qu'il voulait faciliter les choses après son départ ? Comme s'il était attentionné envers les personnes qui auraient à gérer la situation ?

— Ce serait extraordinairement prévenant de la part d'une personne si gravement déprimée.

Molly haussa les épaules.

— Ça ne m'étonnerait pas de lui. Comme je l'ai dit, je n'ai jamais eu l'impression qu'il était déprimé ni même un peu.

— Il n'était ici que depuis quelques jours, n'est-ce pas ? Et tu n'étais pas avec lui à chaque instant ? Les gens, même déprimés, peuvent cacher leurs sentiments. Surtout pour de courtes périodes, et envers des personnes qui ne les connaissent même pas.

— Je suppose, dit Molly.

La vue de la chambre de Ryan, si dépourvue de son esprit et de sa bonne humeur, la déprimait encore plus qu'elle ne l'était déjà.

— As-tu terminé ? Je ferais mieux de retourner auprès de mes invités. Ils vivent évidemment un choc.

— J'ai ce dont j'ai besoin, dit Maron avec brusquerie.

Maintenant qu'il avait le passeport de Ryan, l'affaire allait bientôt quitter son bureau. Il commença à penser à quelques tâches qu'il pourrait confier à Paul-Henri Monsour pour le tenir éloigné du poste le reste de la journée afin de pouvoir rattraper la paperasserie et profiter d'un peu de temps seul.

Molly le raccompagna jusqu'à la porte d'entrée et le regarda démarrer son scouteur et s'éloigner dans la rue des Chênes. Habituellement très heureuse d'être entourée de gens, elle ne désirait rien de plus que de se réfugier dans sa chambre. L'idée de regarder des films sous une pile de couvertures lui semblait être un paradis sur terre. Ajoutées à ça, quelques tablettes de chocolat Côte d'Or (celles avec des noix et des raisins), et l'idée devenait irrésistible.

— Molly ? appela Patty.

Prenant une profonde inspiration, elle se força à retourner dans le salon.

— Nous réfléchissions à quelques idées pour ce service commémoratif...

— Vous ne le connaissiez que depuis quelques heures, dit Ira à Patty.

— Ne pouvons-nous pas simplement continuer nos vacances ? J'ai une longue liste d'endroits que j'aimerais visiter pendant la courte semaine où nous serons ici.

— Vous êtes tellement insensible, dit Ashley à voix basse.

Ira secoua la tête.

— Non, non, je ne le suis pas. Et dans le très court laps de temps où nous l'avons connu, nous pouvons certainement dire que Ryan serait le premier à nous dire de profiter de l'instant présent, de nous amuser et de ne pas nous morfondre sur des choses qui ne peuvent être changées.

— Il n'a pas tort, dit Nathaniel.

— Peut-être que ceux qui le souhaitent pourraient se réunir pour dire quelques mots, des souvenirs ou autres choses, ce soir quand tout le monde sera de retour à La Baraque ? Je pense aller à Rocamadour aujourd'hui, si quelqu'un veut se joindre à moi. Ashley et Patty, vous voulez voir une église incroyable accrochée à un flanc de falaise ? Et j'ai entendu dire qu'il y a aussi un sanctuaire d'oiseaux là-haut, avec un spectacle de rapaces super impressionnant. Des aigles, des faucons, tout ça.

— Nous avons déjà des projets, dit Ashley.

Molly ne pouvait s'empêcher de penser que si Ryan était encore en vie, tout le groupe ferait des projets ensemble. Mais au lieu de cela, ils tournaient tous malheureusement dans leurs univers séparés, désordonnés et affligés.

APRÈS AVOIR ENVOYÉ un message à Ben pour l'inviter à diner, Molly se mit au lit, remonta les couvertures jusqu'à son menton et resta immobile un instant. Puis elle appela Lawrence, qui était sur son tabouret habituel Chez Papa.

— J'étais sur le point de commander le déjeuner, ma chère, dit-il.

— Viens donc ! C'est une journée si morne et la rumeur dit que le chef prépare une soupe à l'ognon. Ton tabouret est chaud et t'attend.

— Je ne peux vraiment pas, dit-elle faiblement.

— Si tu refuses une soupe à l'ognon par un jour comme celui-ci, quelque chose doit vraiment ne pas aller. Raconte.

— C'est incroyable. Je veux dire, pas littéralement, c'est *croyable*, ça arrive tout le temps. C'est juste que je n'ai jamais... et dans ce cas particulier...

— Quoi, Molly ? demanda doucement Lawrence.

— Hé, c'est peut-être une première : j'apprends la mauvaise

nouvelle avant toi. Un de mes invités. C'était Monsieur Joyeux. Monsieur L'âme de la fête. Je l'ai trouvé dans les bois, pendu à un chêne.

— Mon Dieu.

— Je sais.

— Depuis combien de temps était-il à La Baraque ?

— Seulement depuis samedi. Je sais que ça ne fait que quelques jours, mais crois-moi, ça a été des journées très sociales. Ce groupe, le plus grand que je n'ai jamais eu, s'était vraiment soudé et ils se rassemblaient dans ma maison, faisaient la fête et profitaient de la vie. Tout le monde semblait vraiment s'amuser, tu sais ? Et ce type, Ryan Tuck, il était l'âme de tout ça. Un gars qui vivait l'instant présent et qui cherchait la joie et la trouvait, même dans des endroits improbables.

— Hmm.

— La soupe à l'ognon a vraiment l'air délicieuse.

— Je pourrais t'en apporter ?

— Oh, tu es gentil, mais je ne suis pas une invalide ! J'ai juste envie de me cacher du monde pendant un petit moment. Ben vient diner.

— Ah. Dois-je poser des questions à ce sujet ?

— Non. Je suis très contente qu'il vienne, si c'est ce que tu veux savoir.

— En quelque sorte, dit Lawrence, et Molly pouvait entendre le sourire dans sa voix.

— Écoute, Molly, le nouveau barman m'apporte ma soupe en ce moment même, je peux te rappeler plus tard ?

— Bien sûr. Je pense que je vais faire une sieste.

— Je ne t'ai jamais imaginée faire des siestes. Parfois, c'est exactement ce qu'il faut. Bisous.

— À toi aussi, dit Molly, et elle raccrocha.

Et presque immédiatement, elle tomba dans un sommeil agité qui dura plusieurs heures. Lorsqu'elle se réveilla, il n'y avait plus le temps de faire des courses. Elle espérait pouvoir trouver de quoi improviser un repas pour Ben, et se glissa dans la douche luxueuse avec tous les jets de massage, utilisant une quantité déraisonnable d'eau chaude, laissant l'eau battre son dos et sa tête comme si la chaleur et la force des gouttelettes pouvaient apaiser sa tristesse et sa confusion face à la mort de Ryan.

Elle mit un peu de mascara et frotta quelques produits dans ses cheveux pour avoir l'air un peu plus présentable, au lieu de ressembler à quelque chose que le chat roux aurait trainé dans la maison.

— Tu es magnifique, dit Ben en entrant, lui faisant la bise sur les deux joues.

— On ne peut pas se tromper en commençant comme ça, dit-elle en souriant.

— Mais je te préviens, je ne serai pas la compagne la plus joyeuse ce soir. Tu as entendu ?

Ben hocha la tête.

— Maron a appelé. Il a pris l'habitude de me prévenir quand quelqu'un meurt à Castillac, pour quelque raison que ce soit. Je suppose qu'il pense que ces appels sont une sorte d'assurance, comme si je pouvais l'empêcher de faire une terrible erreur ou quelque chose comme ça.

Ben haussa les épaules.

— Et peut-être qu'il a raison. C'est toujours bon d'avoir l'avis de quelqu'un en qui on a confiance. Je n'ai pas l'impression qu'il s'entend très bien avec Paul-Henri.

— Monsour ? Non, dit Molly, ne pensant pas aux gendarmes, mais à Ryan, qui s'enfilait trois gougères à la fois pour lui montrer à quel point il les adorait.

Ben l'observa.

— Ryan Tuck..., c'est l'homme qui t'a embrassée l'autre soir ? demanda-t-il avec nonchalance.

Molly leva rapidement les yeux et rencontra son regard.

— Oui. Je me demandais si tu avais vu ça. Tu dois savoir... *s'il te plait*, comprends... ça ne voulait rien dire. Ni pour l'un ni pour l'autre. Il était juste... affectueux comme ça. Impulsif. Il n'était pas... nous n'étions pas du tout...

Ben rit.

— J'adore que tu t'inquiètes.

— Je ne m'inquiète pas.

— D'accord. De toute façon, je n'étais là que quelques minutes ce soir-là. Il était clair que... comment expliquer ça... Je ne suis pas parti en colère à cause du baiser ou quoi que ce soit d'autre. C'est simplement qu'il était évident que le groupe avait un lien et que j'étais un étranger. Comme si vous étiez tous dans une sorte de voyage et que j'étais trop loin derrière pour rattraper. Ça fait du sens ?

— Tout à fait. C'est drôle que tu parles de voyage parce que c'est exactement ce que ça semblait être. Les gens parlaient intensément, riaient comme des fous... on aurait dit une sorte de réunion de personnes qui se connaissaient très bien depuis longtemps. Qui sait pourquoi ce genre de chose arrive ? Mais en tant qu'hôtesse, c'était comme de la magie. Très satisfaisant de voir mes invités s'amuser si intensément. Ce n'est pas un groupe facile, loin de là, ni des gens dont on pourrait penser qu'ils auraient une affinité particulière les uns pour les autres.

Je ne cesse de le dire, mais, une partie de ce qui a rendu le plaisir possible, sinon la majeure partie, c'était Ryan. Il égayait des gens comme Darcy, qui m'a à peine dit un mot poli depuis qu'elle est arrivée. Je pense que Nathaniel, le petit intello, croyait s'être fait un nouveau meilleur ami. Ashley semblait avoir le béguin pour lui. Il était le centre de tout. C'est juste... vraiment, vraiment déchirant.

— Est-il possible que sa bonne humeur ait été une sorte d'euphorie résultant du fait qu'il savait qu'il ne lui restait pas beaucoup de temps ?

— Que veux-tu dire ?

— Eh bien, de la façon dont tu le décris, il semble presque trop joyeux pour être réel. Comme un elfe magique ou quelque chose du genre, rassemblant les gens sous un charme. Et je peux penser à certaines circonstances dans lesquelles cela pourrait avoir du sens. Par exemple, et s'il avait récemment reçu de terribles nouvelles d'un médecin ? Un diagnostic fatal d'une condition qui serait une façon atroce de mourir ? Beaucoup envisageraient le suicide dans un tel cas, et je ne les jugerais certainement pas pour cela.

Molly s'appuya sur ses coudes sur le comptoir et réfléchit à cela.

— Il semblait pourtant en très bonne santé.

— Mais tu sais que ce genre d'impression peut être trompeuse.

— C'est une grande partie de ce qui me dérange, pour être tout à fait honnête. Je sais que ça fait de cette tragédie quelque chose qui ne concerne que moi, mais je ne peux m'empêcher de sentir que Ryan m'a dupée, ainsi que le reste des invités. S'il était si malheureux, ou s'il faisait face à une fin terrible, comme tu le dis, pourquoi ne pas le partager ?

— Tu ne comprends vraiment pas ça ? Certaines personnes ne sont pas faites pour partager, comme toi, Molly. Certaines personnes ne peuvent gérer les choses difficiles qu'en les gardant privées.

Molly fit un bref signe de tête. Bien que Ben eût raison, elle ne comprenait pas vraiment.

— Eh bien, tout ce que je dis, c'est que je pense que c'est possible qu'il ne se soit pas suicidé.

Ben pencha la tête et attendit qu'elle élabore. Au lieu de cela, elle alla au réfrigérateur et commença à divaguer sur le peu qu'il y avait pour leur diner.

— Que veux-tu dire, il ne s'est pas suicidé ? Tu dis que quelqu'un d'autre l'a tué et a mis en scène un suicide ?

— Oui. C'est exactement ce que je dis.

Ben leva les yeux au ciel, mais Molly était dans le garde-manger et ne le vit pas.

— Tu aimes les saucisses et les lentilles en conserve ? C'est un de mes plaisirs coupables. J'espère que oui, parce qu'autrement le garde-manger est vide. J'avais trop à faire samedi pour aller au marché, et nous voilà lundi et je n'y suis toujours pas allée. Et mes invités m'ont tout pris.

— J'adore les saucisses et les lentilles.

— Excellent. Pendant que je les réchauffe, tu peux me dire pourquoi tu penses que je suis folle et que je refuse d'accepter ce qui s'est passé.

Elle vida le contenu de la boite dans une casserole et alluma le feu. Puis, elle se tourna et regarda Ben. Il ouvrit les bras et elle se laissa tomber contre sa poitrine. Il l'entoura de ses bras, et Molly posa sa tête sur son épaule solide et, enfin, laissa couler les larmes.

8

La soirée avait été courte. Molly avait dit à Ben qu'elle devait se coucher très tôt, se sentant complètement épuisée. Son sommeil fut agité et elle se réveilla le lendemain matin avec l'impression d'avoir à peine dormi. La Baraque était calme, à l'exception des aboiements intermittents de Bobo qui courait avec excitation autour de la maison en chassant les lapins. Molly ne connaissait pas encore les habitudes de ses invités, ceux qui se levaient tôt et ceux qui aimaient faire la grasse matinée. Elle se faufila jusqu'à la cuisine, s'attendant, à moitié, à voir tout le groupe dans le salon où elle les avait laissés, attendant d'être nourris et divertis.

Elle avait englouti sa première tasse de café et était encore en peignoir lorsque quelqu'un frappa à la porte d'entrée. S'attendant à l'un des invités, Molly fut surprise de voir que c'était Gilles Maron, l'air sombre.

— Bonjour, Gilles. Désolée pour le peignoir. Quelque chose ne va pas ?

— Je ne vais pas y aller par quatre chemins. Je viens d'avoir des nouvelles de Nagrand. Ryan Tuck ne s'est pas suicidé. C'était un meurtre.

Molly porta la main à sa bouche. Ils restèrent sur le pas de la porte, laissant des rafales d'air froid pénétrer dans la maison.

— Alors, réglons tout de suite la question des « je te l'avais bien dit », dit-il en carrant les épaules.

— Tu as dit que ce n'était pas un suicide, et tu avais raison.

Molly se tenait encore au même endroit, une main sur la bouche et l'autre sur la poignée de la porte, stupéfaite d'avoir eu raison.

— Qu'a dit Nagrand ?

— À sa manière inimitable, il s'est moqué du meurtrier pour avoir choisi la pendaison, car, selon lui, une mort par pendaison produit des signes très clairs sur le cadavre, impossibles à reproduire par d'autres moyens. Il dit que n'importe quel médecin légiste digne de ce nom serait capable de dire que Tuck n'est pas mort par pendaison. Bien que je soupçonne que c'est en partie, la façon de Nagrand de se faire un compliment, ce qui n'est pas inhabituel chez lui.

L'esprit de Molly s'emballait.

— Tu as bien dit meurtre ?

— Oui, Molly. Meurtre. Par garrot, apparemment. Il avait bien des marques sur le cou, donc, sur la scène de crime, rien ne semblait suspect. Seulement, selon Nagrand, ce n'étaient pas les bonnes marques.

— Garrot ! Alors... cela indiquerait un acte prémédité, n'est-ce pas ? Nagrand sait-il ce qui a été utilisé ? Du fil de fer, de la corde, une ficelle ?

— Tu ne perds pas de temps, n'est-ce pas, Molly ? dit Maron.

— Eh bien, si, justement, dit-elle, un peu sèchement.

— Ça fait deux jours depuis le meurtre et on commence seulement à l'appeler ainsi. Donc je dirais qu'il y a eu un gaspillage considérable de temps très précieux jusqu'à présent.

Elle ne laissait pas habituellement les gens l'atteindre comme ça, mais elle ne pouvait s'empêcher de ressentir de l'amertume face à l'insinuation que tout ce qui l'intéressait était de se lancer sur une affaire. Peut-être qu'elle le ressentait d'autant plus que c'était un peu vrai.

Molly finit par fermer la porte d'entrée, bien que, désormais, tout le rez-de-chaussée de sa maison fût glacial.

— Écoute, Gilles, tu peux me donner cinq minutes pour enfiler quelques vêtements ? Est-ce que je peux appeler Ben ?

— Non sur les deux points. C'est une enquête de la gendarmerie de Castillac, dit-il.

— Je suis ici non pas pour une consultation, mais pour un interrogatoire. Je vais devoir parler à tous tes invités, et j'ai déjà fait les démarches pour voir si je peux les retenir tous ici au village jusqu'à ce que des progrès soient faits dans l'affaire. Et je n'ai pas le temps d'attendre que tu te rendes présentable, assieds-toi ici — as-tu une source de chaleur ? Il fait un froid arctique ici — et laisse-moi commencer.

Molly s'affaissa dans une chaise près du poêle, son projet de retourner au lit avec une énorme tasse de café partant en fumée, mais aussi curieuse de découvrir ce que Maron savait d'autre.

— Puisque tu as parlé de meurtre il y a deux jours, poursuivit-il, tu as surement réfléchi à qui pourrait avoir une raison de tuer Tuck ? Je suis en train de rattraper mon retard ici, mais il semble certainement que le meurtrier est très probablement en séjour ici, à La Baraque. N'es-tu pas d'accord, Madame Sutton ?

— J'adore comme tu m'appelles « madame » quand tu veux devenir officiel, railla Molly, agacée qu'il ne lui permette pas de s'habiller.

— Quant à l'identité du meurtrier, oui, j'y ai un peu réfléchi, mais je suis désolée de dire que je n'ai absolument rien trouvé. Je suppose qu'on a toujours la théorie du Psychopathe Étranger Aléatoire sur laquelle se rabattre, mais ce n'est presque jamais la bonne, n'est-ce pas ?

— Tes *invités*, Molly.

— Tu peux comprendre les nombreuses raisons pour lesquelles je ne suis pas ravie d'aller dans cette direction ?

— Tu sais autant que quiconque que ce n'est pas moi qui choisis la direction. Ce sont les faits de l'affaire.

Molly inspira profondément et retint son souffle un moment, essayant de se ressaisir. Maron avait raison. Ryan avait été assassiné dans les bois derrière La Baraque. La probabilité était tellement infime qu'il eût, d'une manière ou d'une autre, rencontré un étranger meurtrier tard dans la nuit à la périphérie de Castillac et qu'il fût attiré dans les bois pour y être tué. Bien que Ryan ne fût pas un culturiste, il semblait être en assez bonne forme, pas quelqu'un de facilement maitrisable. Il était beaucoup plus probable qu'il soit mort parce qu'il faisait confiance à la personne avec qui il était dans les bois, et, ainsi, le meurtrier avait obtenu l'avantage significatif de la surprise.

— La mort par garrot..., c'est assez rapide, n'est-ce pas ? demanda Molly.

— Oui, dit Maron, bien qu'il n'en eût aucune idée.

Il se fit une note mentale pour le chercher sur Google quand il en aurait l'occasion.

Utilisant un magnétophone ainsi qu'un bloc-notes et un stylo, Maron prit des notes détaillées tandis que Molly passait en revue les évènements des derniers jours. Qui était arrivé quand, leurs mouvements (du mieux qu'elle pouvait s'en souvenir), et leurs raisons d'être à Castillac. Il demanda qui avait eu une conversation substantielle avec Tuck, ce qui la fit rire aux éclats.

— Tu ne comprends pas, la réponse est *tout le monde*. C'est un groupe très convivial. Ils s'entendent comme...

Elle chercha une version française de « *gangbusters* », mais ne trouva rien.

— D'accord. Y avait-il quelqu'un en particulier, à qui il parlait plus qu'aux autres ?

— Moi, lâcha Molly.

— Peut-être Ashley? Je n'étais pas avec eux chaque seconde. Dimanche soir, j'ai été la première à aller me coucher, donc je n'ai aucune idée de qui est resté debout ou de ce dont ils ont parlé. Je me suis réveillée à un moment et j'ai entendu de la musique.

— Quel genre?

— Du jazz. Sur le téléphone de quelqu'un, probablement. Je ne suis pas une fan de jazz, alors j'ai mis mon oreiller sur ma tête et je me suis rendormie.

Maron la regarda comme si elle venait d'annoncer qu'elle mangeait des vers vivants au petit-déjeuner chaque matin.

— Quel genre de personne n'aime pas le jazz? Surtout une Américaine!

— Nous ne sommes pas tous pareils, tu sais.

— Madame Sutton, rappelle-toi qu'il s'agit d'une enquête pour meurtre et d'un entretien officiel. C'est gênant, puisque nous nous connaissons, mais s'il te plait, comme nous ne pouvons pas y échapper, limite tes remarques au sujet qui nous occupe et à ce que je te demande spécifiquement.

— Oui, Chef, dit-elle, gardant, non sans effort, une expression respectueuse, et résistant à l'envie de faire le salut militaire, tout en faisant remarquer que c'était lui qui s'était écarté du sujet.

— Dirais-tu que le comportement de Tuck était séducteur?

Molly regarda par la fenêtre et ne répondit pas immédiatement.

Bingo, pensa Maron, souriant intérieurement.

— Était-il séducteur avec toi?

— Vous, les Français, vous pensez avoir le monopole du charme, rétorqua Molly.

— Je vais noter ça comme un « oui ».

— Oh, allez, Gilles. D'accord, il était un tout petit peu séducteur avec moi. Et avec Darcy et Ashley, bon sang, probablement avec toutes les femmes ici. Mais c'était... eh bien, c'était plutôt français, en fait, maintenant que j'y pense. Il ne me draguait pas vraiment. C'était plus une façon de montrer son appréciation. Tu vois ? Créer un lien. Ça faisait partie de profiter de la vie, pas une tentative sérieuse de séduction ou quoi que ce soit de ce genre.

— Et tu sais que c'était pareil avec les autres, ou tu devines ?

— Je n'en ai aucune idée. Darcy est mariée... oh, c'est là où tu veux en venir ? Un mari jaloux ?

Maron fit un haussement d'épaules exagérément gaulois.

— Ce sont les premières minutes de l'enquête, Molly. Je ne « veux en venir » nulle part. J'essaie simplement de rassembler autant d'informations que possible sur ce qui s'est passé ces derniers jours, avant que cela ne disparaisse dans le brouillard du souvenir.

— C'est très poétique.

— Je suis français, après tout. Au cas où tu l'aurais oublié.

Molly éclata de rire, puis resserra sa robe de chambre. Elle aurait presque pensé que Maron flirtait avec elle, sauf qu'elle savait que c'était impossible, étant donné leur histoire. Ça, et l'absence totale d'attirance des deux côtés.

— Pourrais-tu apporter des précisions sur Tuck et Madame...

Maron consulta ses notes.

— ... Bilson ? Darcy, mariée à Ira Bilson, c'est bien ça ? À quel point le flirt de Tuck avec elle était-il sérieux ?

— Eh bien, voyons voir... il y a eu un moment hier soir, quand Ashley avait incité tout le monde à faire de la danse du ventre. Ils étaient un peu éméchés à cause du champagne, et j'ai effectivement vu Ryan danser avec Darcy. Il avait ses mains sur ses hanches pendant qu'elle les faisait onduler en huit, dansant, en quelque sorte, avec elle pendant qu'elle faisait la danse du ventre.

— La danse du ventre ?

— Ah, oui, c'était assez inoffensif. Juste quelque chose de bête qu'ils faisaient. Ils ne semblaient pas avoir peur d'avoir l'air ridicules les uns devant les autres. Ce qui était particulièrement remarquable, étant donné à quel point certains membres du groupe sont susceptibles.

— Susceptibles ?

Molly avait utilisé le mot français pour « *spiky* » et Maron était confus.

— Darcy s'offense très facilement. Ashley a des migraines. Patty aime colporter des ragots. Ira est impassible avec un tempérament. Nathaniel semble triste. Ils ne sont pas, pris individuellement, un groupe joyeux et décontracté.

— Intéressant, dit Maron.

— Peut-être, dit Molly.

Aussi sure qu'elle l'était que Ryan ne s'était pas suicidé, elle était totalement perdue quant à où chercher son meurtrier.

Peut-être, grâce à l'influence de Ryan, ironiquement, elle aimait bien tous ses invités. Même les susceptibles.

Après encore quarante-cinq minutes à ressasser les mêmes sujets, Maron finit par demander où il pouvait trouver les invités, mais quand Molly lui fit faire le tour de La Baraque, ils ne trouvèrent âme qui vive. Comme les invités semblaient s'être dispersés pour la journée, Maron partit pour le commissariat. Molly, affamée et épuisée, prit une grande tasse de café et une assiette de toasts beurrés avec de la confiture de groseilles à maquereau et grimpa dans son lit, toujours vêtue de sa robe de chambre. Il y avait tant à faire ; mais pour le moment, elle se sentait vidée et fatiguée jusqu'à la moelle.

La confiture de groseilles à maquereau, à elle seule, serait une raison suffisante pour déménager en France, pensa-t-elle, fermant les yeux en mâchant pour que toute son attention se concentre sur le gout riche et fruité.

Elle avait fini une tranche de pain grillé et ouvert sa tablette pour lire quand Bobo, qui était allongée, pressée contre le côté de Molly, leva la tête vers la porte. Molly entendit des pas se précipiter, puis le silence. Bobo gémit. Quelqu'un attendait dans le couloir devant sa chambre.

Molly savait qu'elle devait se lever. Mais ses jambes semblaient de plomb et elle ne pouvait tout simplement pas se résoudre à le faire.

— Oui ? appela-t-elle.

— Tu as besoin de quelque chose ?

En un instant, Patty était au bord du lit.

— Salut Molly, dit-elle d'un ton enjoué.

— J'avoue, j'essayais un peu d'écouter dans le couloir pendant que tu parlais à ce policier. Alors, euh, wow ! Un meurtre !

— J'en ai bien peur, dit Molly.

Leurs regards se croisèrent et elles virent qu'elles étaient toutes les deux contentes, peut-être pour différentes raisons.

— Écoutez, Patty, je ne veux pas que ça sonne du tout impoli, mais je dois vous demander de ne pas entrer chez moi comme ça sans frapper. Ce n'est pas à propos de vous, comprenez-moi bien, juste une règle que j'ai mise en place pour tous mes invités. Je suis sure que vous comprenez, étant donné que je suis une femme vivant seule et tout ça.

Une des choses que Molly avait adorées à propos de Castillac était le fait que personne ne fermait ses portes à clé, mais, peut-être, était-il temps de reconsidérer cette politique.

— Comme vous voulez, dit Patty, mais Molly n'était pas sure que ce qu'elle avait dit avait vraiment été assimilé.

— Alors, vous avez parlé pendant très longtemps ! Vous êtes amie avec le flic et tout ? J'espère que ça signifie qu'il va vous tenir au courant de toutes les preuves qu'il rassemble. Comme vous pouvez l'imaginer, Ashley vit toute cette histoire très, très difficilement. Et donc, tout ce que je peux découvrir et lui dire serait un réconfort. Elle va être anéantie quand elle apprendra les dernières nouvelles.

— Patty, le chef Maron ne va pas partager ce genre d'informations avec moi. Je suis désolée, mais ce n'est pas comme ça que ça fonctionne. Ce n'est pas comme si cela se passait dans une série télévisée. Il y a des procédures légales à suivre.

Patty ne semblait pas l'entendre.

— Je n'ai jamais fait partie d'une enquête pour meurtre auparavant, poursuivit Patty.

— Vous permettez que je m'asseye ? Quand est-ce que le policier va revenir nous parler ? Devrions-nous aller au poste et prendre rendez-vous ?

Elle commença à s'assoir sur le bord du lit de Molly, mais celle-ci parut si consternée que Patty se releva aussitôt.

Molly sirotait lentement son café. Elle voulait que la jeune femme parte et la laisse tranquille, mais elle réussit à ne pas le laisser paraitre sur son visage.

— Je suis désolée. Je ne peux répondre à aucune de vos questions. Je suis sure que le chef Maron reprendra contact.

— J'imagine qu'il n'y a pas grand-chose à Castillac qui peut le ralentir. Peut-être qu'il reviendra plus tard dans la journée ?

Molly haussa les épaules et but une nouvelle gorgée.

— Vous savez, quand je vous ai rencontrée pour la première fois, je pensais que vous étiez plutôt timide, dit-elle à Patty.

— Je *suis* timide.

— Vraiment.

— Eh bien, je ne suis pas timide ici, à La Baraque, parce qu'on a passé du temps ensemble. On a partagé quelque chose, vécu quelque chose ensemble. Et vous, j'ai l'impression de vous connaitre, Molly. Comme si on était amies depuis longtemps ou quelque chose comme ça.

Molly sourit faiblement, s'avouant à elle-même qu'elle ressentait un peu la même chose pour Patty.

— Quoi qu'il en soit, je réfléchissais dans le couloir, et quelques éléments ressortent, si vous voyez ce que je veux dire.

Les oreilles de Molly se dressèrent légèrement.

— Ressortent ?

— Eh bien, d'une part, Ryan est un homme, évidemment, et

pas un faible. Donc il n'y a aucun moyen qu'une des femmes ait pu le tuer. Je suppose, bien sûr, que le meurtrier est l'un d'entre nous ici, à La Baraque ? Je veux dire, c'est peut-être possible qu'il ait énervé quelqu'un à Castillac. Mais je commence par les options les plus probables.

Molly se contenta de regarder Patty et de cligner des yeux. Elle se sentait tellement fatiguée.

— Pour être exhaustive, je vous inclus dans la liste des suspects, mais comme je le dis, le meurtrier est peu susceptible d'être une femme, donc vous êtes rayée tout de suite.

Patty sourit comme si Molly devait se sentir reconnaissante pour cette élimination disculpatoire.

— Merci beaucoup, murmura Molly. Et avez-vous réduit la liste à partir de là ?

Patty haussa les épaules.

— C'est encore tôt. Mais je voulais partager..., ce n'est pas le genre de choses que je dirais à qui que ce soit, en temps normal, mais ce n'est pas normal, n'est-ce pas ?

Molly mordit le coin de la deuxième tranche de pain grillé, consciente qu'il était impoli de manger sans rien offrir à son invitée, puis en prit une autre bouchée. Ça avait un gout un peu bizarre, comme si la confiture avait tourné, bien qu'elle n'eût rien remarqué avec la première tranche.

Patty remonta les manches de sa chemise. Elle portait un jean que Molly pensait avoir peut-être été acheté au rayon enfants, tant elle était petite.

— Ce que je veux vous dire, c'est que le premier soir où nous étions ici, samedi ? J'ai entendu Darcy dire des choses vraiment dures à Ira. Ils étaient dans le coin de la pièce, là où elle fait toujours ces fichus équilibres sur la tête ? Vous étiez dans la cuisine avec Ryan, et tout le monde était autour du poêle à bois. Et, je ne sais pas, on aurait dit qu'ils se disputaient... alors je me suis approchée discrètement pour entendre ce qu'ils disaient.

Écouter aux portes était l'un des sports préférés de Molly, et, pourtant, elle remarqua que, lorsque quelqu'un d'autre le faisait, la pratique semblait un peu déplacée.

— Donc je n'ai pas entendu tous les mots, poursuivit Patty, mais elle lui disait d'arrêter les pâtisseries parce qu'il avait déjà un derrière de la taille d'une grange.

— Oh là là.

— Je sais, pas vrai ?

— Qu'a dit Ira ?

— C'était triste à voir, vraiment. Il a juste baissé la tête comme si Darcy l'avait giflé. Il n'a rien répondu que je n'ai pu entendre. Peu après, ils sont partis.

— Alors que… insinuez-vous que Darcy… ?

— Non, dit rapidement Patty.

— Je pensais juste que ça vous intéresserait.

— Merci, dit Molly, ses paupières semblant lestées de poids.

— Je ne veux pas être brusque, Patty, mais pour une raison quelconque, peut-être avec tout ce qui s'est passé, je suis juste épuisée. Je vais essayer de dormir un peu plus, si ça ne vous dérange pas.

— Vous pouvez vous rendormir après avoir bu tout ce café ? Ma mère disait toujours que c'était la boisson du diable. Elle était très sérieuse à propos de l'église, ma mère !

Patty s'assit doucement sur le coin du lit et rit.

— On n'avait pas le droit de danser, de jouer aux cartes, de boire du café… Oh, la liste des péchés était pratiquement *infinie*.

Molly était déconcertée. Avait-elle été peu claire sur le fait qu'elle voulait que Patty s'en aille ?

— … et une fois, mon frère ainé voulait aller à un bal dans une grange. La chose la plus innocente qu'on puisse imaginer. Juste un joueur de banjo et un guitariste, et quelques danses de grange. On aurait cru qu'il avait demandé s'il pouvait sortir avec Satan en personne !

— Patty. Continuons cette conversation un peu plus tard, après que je me sois un peu plus reposée. À tout à l'heure !

Et sur ces mots, Molly se laissa tomber sur le côté et ferma les yeux.

Patty se leva, mais ne partit pas tout de suite. Elle attendit un long moment pour voir si Molly rouvrirait les yeux. Mais finalement, elle abandonna et sortit de la chambre à pas de loup, et Molly tomba dans un profond sommeil.

9

Patty retourna dans sa chambre juste le temps de lâcher une bombe à Ashley.

— Tu comptes sortir du lit un jour ? dit-elle en donnant une tape sur le bras de son amie.

Ashley était assise dans le lit avec un ordinateur portable ouvert, plusieurs oreillers moelleux derrière elle et la luxueuse couette remontée jusqu'à sa taille.

— Je fais un peu de shopping, dit-elle.

— Je suis complètement bouleversée à propos de Ryan. Je ne pense pas que je m'en remettrai un jour.

— Ash, tu viens à peine de rencontrer ce type.

— Tu n'as jamais entendu parler du « coup de foudre » ?

— Vu que je ne parle pas français à part « bonjour », non, je n'ai jamais entendu parler de *couda foodruh*.

Patty leva les yeux au ciel.

— Ça veut littéralement dire : coup de foudre. Comme l'amour au premier regard.

— C'est génial. Amoureuse d'un mort.

Patty secoua la tête.

— Écoute, j'ai des nouvelles. Pendant que tout le monde se

morfond et s'apitoie sur son sort, j'ai fait de mon mieux pour découvrir ce qui se passe vraiment ici. Accroche-toi bien, Miss Ashley Gander. Si je croyais vraiment que tu étais aussi fragile que tu aimes le faire croire, je ne te le dirais peut-être même pas. Mais je suppose que ça finira par se savoir de toute façon.

— Qu'est-ce qui finira par se savoir? demanda Ashley, s'animant malgré elle.

— Ryan Tuck ne s'est pas suicidé.

— Bien sûr que non.

Patty la fixa du regard.

— Donc... tu comprends ce que ça signifie?

— Je n'ai jamais pensé une seule seconde que cet homme charmant se serait donné la mort. Il était tellement électrisant, Patty, tu es aveugle? Trop plein de vie, trop joyeux!

Patty haussa les sourcils.

— Pas ce genre de joyeux, rétorqua Ashley.

— Il y avait une étincelle entre Ryan et moi. Tu ne l'as pas vue? *Personne* ne l'a vue?

Patty plissa les yeux en regardant son amie. Ashley n'avait-elle vraiment pas remarqué que Ryan flirtait avec tout le monde, pas seulement avec elle?

— Écoute, Ash, tu ne sembles pas suivre ton raisonnement jusqu'au bout. Si Ryan ne s'est pas suicidé, qu'est-ce que ça veut dire?

Ashley la regarda d'un air vide.

— Comment s'est-il retrouvé mort, pendu à une corde? cria presque Patty, exaspérée.

La main d'Ashley vola à sa bouche tandis qu'elle haletait.

— Quelqu'un l'a tué? chuchota-t-elle.

Patty sourit et hocha la tête.

— Maintenant tu comprends, dit-elle.

— Et pas seulement ça, quelqu'un ici, à La Baraque.

Les yeux d'Ashley s'écarquillèrent.

— Peut-être que c'était toi, dit Patty sarcastiquement.

— Alors, écoute, tu te lèves ou pas ? Je veux aller à Castillac et vraiment explorer les environs. Il fait trop froid pour marcher et le village a l'air super mignon. Tu viens, ou tu avais prévu de passer tes vacances à faire des trucs que tu pourrais faire dans ton propre lit à Charleston ?

— Vas-y sans moi, murmura Ashley, laissant sa tête retomber sur l'oreiller.

— Comment quelqu'un pourrait...

— Hmm, dit Patty.

— Ryan était un flirt et probablement un connard. Je n'ai jamais cru à son numéro une seule seconde. Mais si tu veux rester là à rêvasser sur un fantasme, alors je te laisse faire.

Elle mit un bonnet de laine et une écharpe, enfila son manteau et ferma la porte derrière elle.

J'aime vraiment Patty, pensa Ashley. *Mais bon sang, elle peut être un vrai tyran quand elle est d'humeur.*

Ashley se leva du lit et se tint devant le miroir en pied fixé sur la porte de l'armoire, se tournant de côté, puis se regardant par-dessus son épaule, s'imaginant dans une séance photo pour Vogue France. Elle souleva l'ourlet de sa chemise de nuit à froufrous pour voir ses jambes, changea de pose, puis laissa retomber la chemise de nuit.

Molly avait prévu cette chambre spécifiquement pour les voyageuses d'un certain type, et l'avait équipée d'une magnifique coiffeuse avec un énorme miroir. Ashley s'assit sur le siège en velours vert pâle et étudia son visage, essayant différents angles ; souriant, puis prenant un air sérieux, puis attristé. Elle fouilla dans sa trousse de maquillage et entama un long processus de nettoyage de son visage avec des lingettes humides individuelles pour nettoyer puis tonifier sa peau. Ensuite, elle appliqua un fond de teint crémeux. Puis elle dessina un trait d'eyeliner dramatique et l'effaça. Elle mit un fard à paupières foncé, ce qui donna à ses yeux un air sensuel et un peu inquiétant. Plus d'eyeliner, plusieurs couches de mascara.

À l'aide de plus de lingettes humides, le mascara partit et de faux cils furent posés.

Blush. Crayon à lèvres. Rouge à lèvres.

Quand son maquillage fut terminé, Ashley se leva de la coiffeuse et ouvrit l'armoire. Au fond se trouvait le petit sac de sport de Patty. Étant du style à prévoir peu d'affaires dans ses valises, Patty avait apporté ce qu'Ashley considèrerait comme insuffisant pour une nuit, et encore moins pour dix jours de voyage à l'étranger. Ashley trouva une poche intérieure et y chercha le portefeuille qu'elle avait vu Patty y cacher, et l'ouvrit.

Son amie avait économisé avec diligence pour le voyage pendant un an. Tout son argent de poche, sauf ce qu'elle avait emporté au village ce matin-là, était dans le portefeuille. Ashley pencha la tête, pinça les lèvres et sortit cent euros. Soigneusement, elle remit le portefeuille en place et ferma le sac de sport, glissant l'argent dans un de ses propres sacs.

Puis elle se rassit sur le siège en velours vert, se regarda dans le miroir et se mit à pleurer.

— Mais Constance, il est si tard dans la journée. Le médecin ne va pas recevoir de patients à moins que ce ne soit une urgence, non ?

— Mais non, il voit les gens quand ils sont malades, Molls ! Ce n'est pas comme dans une grande ville ici, tu te souviens ? Et si tu me permets de le dire, tu as l'air minable.

— Merci.

— Et tu vois ? Tu es toute susceptible. Pas toi-même.

Molly poussa un grand soupir. D'habitude, elle se sentait assez énergique — fatiguée à l'heure du coucher, mais pas pendant la journée — pas si elle avait assez dormi. Mais récemment...

— Tout ce que j'ai fait, c'est marcher jusqu'au village et revenir, admit-elle.

— Et j'ai l'impression d'avoir escaladé l'Everest. Mes jambes me font mal et j'ai envie de faire des siestes.

— Pas toi-même, répéta Constance.

Elle sortit son portable et composa le numéro du Dr Vernay.

— D'habitude, un nouveau meurtre te ferait sautiller comme si tu avais gagné au loto.

— Tu me fais passer pour un monstre.

— Eh bien, tu l'es un peu. Un zombie, je suppose, ou une goule qui se nourrit de la mort. Quelque chose dans ce genre-là, dit Constance y réfléchissant.

— Tu as encore joué aux jeux vidéos avec Thomas, n'est-ce pas ? dit faiblement Molly.

— Oui, et c'est amusant, alors tais-toi. Le téléphone du médecin est occupé, alors allons-y en personne. Parfois il fait des visites à domicile, mais tu n'es pas si mal en point, n'est-ce pas ? Tu peux gérer un trajet jusqu'à son cabinet ?

— Bien sûr que je peux, répondit Molly avec irritation.

Elle s'assit et enfila une paire de bottines basses, mais ne se leva pas.

— Je suis juste tellement fatiguée. C'est le symptôme de quoi, ça ?

— À peu près tout.

Molly soupira. Elles se mirent en route, lentement, et, pour la première fois, Molly laissa Constance conduire la Citroën. Constance s'avéra être une conductrice prudente et compétente. Molly appuya sa tête contre la vitre et ferma les yeux, appréciant encore la nouveauté et les sièges en cuir souple, essayant de se concentrer là-dessus plutôt que sur son état fébrile.

— Bonjour, Constance, dit une femme portant un épais pull gris en ouvrant la porte d'entrée de la maison du médecin.

— J'espère que tu vas bien ? ajouta-t-elle alors qu'elles s'embrassaient sur les joues.

— En pleine forme ! C'est mon amie ici qui ne va pas fort. Robinette Vernay, voici Molly Sutton, elle habite...

— Molly Sutton ! Bien sûr que je sais qui vous êtes ! Je suis une vieille amie de Valérie Boutillier. Gérard l'a mise au monde, évidemment. Vous êtes une véritable héroïne pour la moitié du village, j'espère que vous le savez.

Molly sourit, reconnaissante. Mais elle était déjà fatiguée par le simple effort d'être allée jusque là-bas.

— Le Docteur Vernay a presque terminé, si vous pouviez juste attendre cinq ou dix minutes. Pouvez-vous me dire quel semble être le problème ?

— De la fatigue. Sans rien faire.

— Oh, je ne dirais pas ça, Molly ! Tu as six, non cinq clients à La Baraque en ce moment, plus une bonne dose de drame. Elle est tellement modeste. Pas du genre à se vanter, dit Constance à Robinette.

La femme prit le pouls de Molly et lui lança un long regard évaluateur.

— Eh bien, une fatigue profonde..., ça pourrait être un cancer. Ou n'importe quelle maladie neurologique. Gérard devra voir.

Molly la regarda avec horreur.

— Robinette ! rit Constance.

— Elle n'est ni médecin ni infirmière, Molly, mais la femme du docteur. Et elle est connue pour être la personne la plus pessimiste de la planète. La Voix du Destin, toujours.

Robinette sourit tout en passant ses doigts dans ses cheveux bruns mi-longs.

— C'est bien de s'attendre au pire. Comme ça, on n'a pas de surprises. Et si les choses tournent bien, alors...

Elle balaya l'air de sa main comme pour désigner quelque chose de merveilleux.

— Alors tu as perdu tout ce temps à vivre dans la peur et la misère ! dit Constance, toujours amusée.

Robinette s'excusa et laissa Constance et Molly dans la salle d'attente, qui était un petit salon d'un côté du hall d'entrée.

— Les médecins ont tous leurs cabinets dans leurs maisons ? demanda Molly.

— On ne voit jamais, jamais ça aux États-Unis. Ce ne serait peut-être même pas légal.

Constance écarquilla les yeux.

— Pas légal ? Comme c'est bizarre. Il y a aussi des cabinets modernes ici, mais surtout les médecins de village, ils reçoivent souvent les patients dans une partie de leur maison. Pour eux, c'est évidemment beaucoup moins cher que de louer un cabinet, et c'est agréable pour les patients aussi. Plus chaleureux, moins stérile, tu vois ?

— Stérile, ce n'est peut-être pas si mal quand on est malade, murmura Molly.

Mais en regardant autour de la petite pièce, les peintures sombres à l'huile dans des cadres dorés qu'on ne verrait jamais dans un cabinet médical américain, une civette empaillée sur une console couverte de bibelots, et une pile de tapis turcs sur le parquet, elle admit que, visuellement, c'était bien plus intéressant que le genre de décoration fade qu'on verrait dans un cabinet médical chez elle. Elle avait l'impression que, même sans l'avoir rencontré, elle connaissait un peu le caractère du médecin. Elle réussit à se lever pour regarder de plus près une peinture d'un éléphant entouré d'hommes torse nu groupés autour des pattes avant de l'animal, quand le médecin lui-même entra dans la pièce.

Constance fit les présentations. Le médecin garda ses yeux fixés sur ceux de Molly en prenant ses mains dans les siennes, exprimant son regret qu'elle ne se sente pas bien, et demanda si elle voulait être examinée.

— Oui, dit Molly.

— S'il vous plait. Et ensuite, agitez votre baguette magique et faites que je redevienne moi-même.

Le médecin acquiesça avec un sourire ironique. Constance attendit dans le salon pendant que Molly disparut dans la salle d'examen. Apparemment, on s'attendait à ce qu'elle retire ses vêtements sans qu'on lui donne une blouse à mettre, mais Molly s'en fichait. Elle faisait confiance à ce médecin avec la peinture d'éléphant dans sa salle d'attente. Son attitude était professionnelle, et il dégageait une sorte de bienveillance qui lui faisait croire qu'elle était entre de bonnes mains. Elle remarqua l'intensité de sa curiosité alors qu'il essayait de déterminer ce qui causait ses symptômes.

— C'est un peu comme résoudre des mystères, d'être médecin, n'est-ce pas, dit-elle, alors qu'elle était allongée sur le dos et qu'il palpait son abdomen.

Le Dr Vernay hocha la tête, mais son oreille était penchée vers son ventre et il écoutait tout en tapotant différentes parties. Il prit à nouveau son pouls, lui demanda de s'assoir, prit le pouls, puis lui demanda de se lever, et le prit une quatrième fois. Il passa en revue une longue liste de questions sur ses symptômes, ses habitudes, son régime alimentaire.

— Allez-vous souvent dans la forêt ? demanda-t-il finalement.

Molly acquiesça.

— J'aime marcher. Quand j'ai découvert les sentiers et les cartes de randonnée disponibles à la Presse, j'étais au paradis ! Et j'ai un chien qui, bien sûr, adore, par-dessus tout, aller se promener dans les bois.

— Avez-vous remarqué des éruptions cutanées ? Vérifiez-vous la présence de tiques quand vous sortez des bois ?

Molly secoua lentement la tête.

— Vous voulez dire... la maladie de Lyme ?

— Peut-être, dit le médecin.

— Malheureusement, nous n'avons pas de test particulièrement précis pour cela, à mon avis. Donc, j'ai tendance à utiliser la stratégie suivante : je vais vous donner des doses destinées à tuer les bactéries, et, si vous vous sentez alors malade, nous saurons que ça fonctionne, et qu'effectivement vous êtes infectée. Vous savez peut-être déjà que quand les gens parlent de « Lyme », ils simplifient généralement : n'importe quel nombre de maladies transmises par les tiques est susceptible d'avoir infecté une personne atteinte de borréliose, l'infection spécifique de la maladie de Lyme.

— Désolée, mon cerveau ne semble pas très bien fonctionner non plus. Pouvez-vous revenir en arrière ? Vous venez de dire que vous alliez me donner quelque chose pour me faire me sentir plus mal ?

— Oui, dit le Dr Vernay.

— À court terme. Vous vous sentirez plus mal parce que votre corps sera inondé de bactéries mortes, ce qui est assez toxique. Votre organisme pourra, ou non, gérer cela efficacement. Les gens réagissent différemment.

— Pff. Ce ne sont pas de bonnes nouvelles.

— J'en ai peur. Mais vous dites que vous n'êtes fatiguée que depuis peu. Donc l'infection, même si elle a été contractée il y a un certain temps, n'a commencé à vous épuiser excessivement que récemment. Mon pronostic pour vous est tout à fait optimiste. Quelques semaines d'inconfort, six semaines ou deux mois de traitement, selon votre évolution, et tout ira bien.

Molly poussa un autre soupir.

— Merci. J'espère que vous avez raison.

— Se sentir déprimé n'est pas du tout inhabituel. C'est très difficile, émotionnellement, de se voir priver de notre énergie et de notre vitalité.

— Je ne vous le fais pas dire.

— Je vous prescris de l'exercice, mais seulement selon votre tolérance. Ne vous poussez pas. Mangez beaucoup de soupe. Peut-être, gardez les sucreries pour après votre guérison.

— Pas de sucreries ?

— Pas si vous souhaitez guérir rapidement.

— Devez-vous annoncer ce genre de mauvaises nouvelles toute la journée ?

— Souvent. Mais je fais aussi beaucoup d'accouchements, donc tout s'équilibre.

De retour dans la voiture, Constance proposa de faire un détour par la Pâtisserie Bujold, pensant remonter le moral de Molly. Mais la patiente, en ce tout premier jour de traitement, s'en tint fermement aux ordres du médecin, et Constance la ramena alors chez elle et la borda dans son lit avec une tasse de thé vert, puis sans demander l'avis de Molly, elle appela Ben pour le mettre au courant.

Il faut lui donner une chance de bien agir, pensait Constance. Puis, ses devoirs de bon Samaritain accomplis, Constance se précipita chez elle, dans l'appartement qu'elle partageait avec Thomas, impatiente de se replonger dans le jeu vidéo auquel ils jouaient, tandis que Molly sombrait dans un sommeil agité.

10

Cet après-midi-là, ne voyant Molly nulle part, Patty fit le tour de toutes les chambres d'hôtes de La Baraque, demandant aux occupants s'ils souhaitaient assister à une courte cérémonie en mémoire de Ryan plus tard dans la soirée. Elle frappa d'abord à la porte du cottage où séjournaient les Bilson.

— Entrez ! tonna Ira.

Patty entra pour voir Darcy faisant le poirier et Ira affalé sur le canapé, lisant un journal.

— Hé, désolée de faire irruption comme ça, mais Ashley et moi voulons organiser une petite cérémonie pour Ryan et nous nous demandions si vous aimeriez y participer.

— Une cérémonie ? dit Darcy, ses pieds retombant au sol.

— Nous sommes athées. Pourquoi faut-il que vous y mêliez la religion ?

— Je ne... ce n'est... rien n'est décidé. Tout ce que nous voulons, c'est réunir tout le monde pour se souvenir de lui, de la manière que vous préfèrerez.

— Bien sûr que nous aimerions être là, dit Ira.

— À quelle heure et où ?

— Je croyais que vous étiez du genre « passons à autre chose » ? dit Patty.

Ira haussa les épaules.

— Je le suis. Mais peut-être que certaines personnes ont besoin d'une cérémonie avant de pouvoir le faire.

Il évita ostensiblement de regarder dans la direction de sa femme.

— Joli dragon, dit Patty, pointant le tatouage sur l'épaule de Darcy après avoir abandonné le poirier et se fut approchée.

Darcy ne répondit pas, mais prit une chemise qui avait été jetée sur le dossier du canapé pour la mettre par-dessus son débardeur.

— Euh, que diriez-vous qu'on se retrouve dans le salon de Molly à 21 h ? Cela vous laisse assez de temps pour diner d'abord ?

— Faisons ça à 22 h, dit Darcy.

— Très bien, à tout à l'heure alors.

Ensuite, Patty retourna à l'aile des invités de la maison principale et frappa à la porte de Nathaniel.

— Alors, nous organisons une cérémonie en mémoire de Ryan ce soir. Voudriez-vous venir ?

Nathaniel sourit tristement.

— Quelle chose horrible, dit-il.

— Bien sûr que je serai là. Je peux apporter quelque chose ?

— Oh, c'est une bonne idée. Que diriez-vous d'une bonne bouteille de ce que vous aimez boire ? Peut-être qu'Ashley et moi pourrions aller à la boulangerie et ramener quelques petits gâteaux ou quelque chose comme ça ? On pense le faire à 22 h, comme ça tout le monde aura mangé.

— Bien sûr. Oui. N'est-ce pas drôle comme nous nous sommes tous retrouvés à La Baraque et sommes devenus amis ?

— Je sais ! dit Patty.

— C'est vraiment inhabituel. Enfin, je suppose que ça l'est, je ne peux pas dire que j'ai beaucoup voyagé avant ça.

— Moi non plus, dit Nathaniel.

— D'accord, eh bien, on se voit plus tard alors ?

Patty hocha la tête. Elle réfléchit un moment, debout dans le couloir ; elle n'était pas d'humeur à trainer dans la chambre avec Ashley, à écouter ses plaintes incessantes sur l'étincelle qu'elle avait eue avec Ryan.

Patty enfonça ses mains dans les poches de son jean puisqu'elle n'avait pas emporté de gants, et retourna au pigeonnier puis au cottage, se cachant dans l'ombre, essayant d'entendre ce que disaient les Bilson. Mais les vieux murs épais de ces structures ne se prêtaient pas à l'espionnage, et, finalement, elle retourna vers la maison principale et trouva la fenêtre de la chambre de Molly.

La lumière était tamisée et il y avait un voilage devant la fenêtre, mais Patty pouvait distinguer la forme de Molly sous l'édredon gonflé, et Bobo roulé en boule à côté d'elle. Patty resta un moment à regarder à l'intérieur, attendant de voir si Molly bougeait ou se levait ; finalement ses mains étaient trop froides pour continuer, alors elle ouvrit doucement les portes-fenêtres et prit place à côté du poêle à bois dans le salon de Molly.

À 22 H, tous les invités étaient arrivés. La pièce était fraiche et ils se serraient autour du poêle à bois. Ira sortit chercher plus de bois pendant qu'Ashley frissonnait, faisant claquer ses dents de manière dramatique.

— Il ne fait pas si froid, bon sang, marmonna Patty.

— Nous ne sommes pas la même personne, dit Ashley.

— Nous n'avons pas à réagir de la même façon à tout.

Elle s'assit sur le bord du canapé et mit une couverture en laine sur ses genoux.

— Je ne vois pas comment Molly peut supporter qu'il fasse si froid.

— Parlé comme une vraie dame du Sud, dit Ira, fermant la

porte d'un coup de pied en rentrant avec une gigantesque brassée de bois.

— Je vais faire démarrer ce truc rapidement et nous serons au chaud comme des petits pains dans quelques minutes. Pourquoi ne discutez-vous pas tous de la façon dont vous voulez que cette cérémonie se déroule.

— Pas de religion, dit Darcy.

— Je ne vois pas pourquoi tu dois snober Jésus, dit Ashley.

— Personne ne snobe personne, intervint Nathaniel.

— Et si on faisait simple : une minute ou deux de silence, suivies de, quiconque souhaitant le partager, un souvenir ou quelque chose à propos de Ryan ?

— Ça me va, dit Ira, remuant le feu avec un tisonnier.

— Tu vas leur dire ? dit Ashley à Patty.

— Nous dire quoi ? dit Ira.

— On peut en finir avec ça ? Je ne reste pas debout tard.

— Qu'est-ce qui se passe avec tes humeurs ces derniers temps ? Il y a cinq secondes, vous étiez tout enthousiaste à propos de ça, dit Darcy.

Patty s'avança au milieu de leur cercle.

— Écoutez, avant qu'on commence... J'ai des nouvelles, dit-elle, son expression, un mélange confus d'exaltation et de tristesse feinte.

— Je pensais que le flic serait revenu et que ce serait lui qui l'annoncerait. Mais puisqu'il n'est pas là, je vais le faire. Bon, voilà : notre ami Ryan ne s'est pas suicidé. Il a été assassiné.

— Quoi ? dit Nathaniel.

— Vous plaisantez ? demanda Ira.

Darcy avait l'air d'avoir reçu une gifle. Ashley était habituée à l'idée à présent et se pelotonna à une extrémité du canapé, rentrant ses pieds sous elle.

— J'ai dit, dès le début, qu'il ne se serait jamais fait de mal. J'ai un sixième sens pour les gens.

— Un sixième sens qui te dit que si tu enlèves tes vêtements, ils seront intéressés ? lança Darcy.

— Darce ! dit Ira.

— Mais donc, continua Patty, je ne sais pas s'il y a quoi que ce soit que nous pouvons faire. Le flic est sur l'affaire et peut-être qu'il sera en colère que je l'aie dit à tout le monde. Mais je pensais que vous deviez savoir. Continuons simplement avec la cérémonie comme prévu.

— Qui au monde voudrait assassiner quelqu'un comme Ryan ? s'émerveilla Nathaniel.

— Probablement un sociopathe. J'ai lu un article affirmant qu'ils sont bien plus répandus qu'on ne le pense, dit Patty.

— Peut-on simplement passer à la suite ? dit Ira.

Patty saisit une bouteille et l'agita en l'air.

— Vous voulez ouvrir le champagne avant ou après ?

— Avant !

— Après !

— C'est comme essayer de rassembler des chats, marmonna Nathaniel.

— Je ne veux pas qu'on ait l'impression de porter un toast à sa mort, dit Darcy.

— C'est très sensible de ta part, dit Ira en la fusillant du regard.

— Peu importe, dit Ashley.

— Commencez juste le moment de silence, d'accord ?

Tous les cinq se turent. Patty posa le champagne, Ashley arrêta de tripoter le plaid, et Ira se laissa tomber dans un fauteuil. Ils étaient, pour une fois, silencieux.

DANS SON LIT, Molly se réveilla en sursaut avec la sensation de ne pas être seule. Ne se sentant pas reposée par son sommeil, elle sortit du lit, pensant qu'elle devait être folle, car Bobo dormait profondément, la tête sur l'oreiller, sans aboyer ni grogner comme elle l'aurait fait si un étranger était entré dans la maison. Molly enfila sa robe de chambre et se dirigea vers le salon, où elle trouva tous ses invités regroupés autour du poêle à bois, sans dire un mot, la plupart, les yeux fermés.

— Excusez-moi ? dit-elle timidement.

— Oh, mon Dieu, dit Ashley, on a oublié d'inviter Molly ! Ma chère, voudriez-vous vous habiller et nous rejoindre ? Nous allons parler un peu de Ryan. Vous devriez être là aussi. C'est si important de guérir après tout ce qui s'est passé.

Molly resta là, clignant des yeux. Pourquoi tout le monde était-il dans sa maison au milieu de la nuit ? Bobo entra, la queue basse, et s'assit à côté d'Ashley, espérant recevoir quelques caresses.

— Nous organisons une cérémonie commémorative. Juste, euh, partager quelques souvenirs, c'est tout. Nous aimerions que vous en fassiez partie, dit Patty.

— D'abord, s'il vous plait, je suis très accommodante, et, si vous souhaitez utiliser ma maison, je ferai tout mon possible pour que cela se produise. Mais je veux que vous me demandiez d'abord. Et utilisez le heurtoir. Vous comprenez ce que je dis ?

Elle regarda autour d'elle, essayant de voir s'ils réalisaient qu'ils avaient franchi une limite. Quelques-uns murmurèrent « désolé Molly », alors elle continua :

— À propos de la cérémonie... je serais ravie... eh bien, ce n'est pas le bon mot, n'est-ce pas... je serais *reconnaissante* d'entendre ce que vous avez tous à dire. Vous savez que j'appréciais Ryan aussi, et ce serait charmant... eh bien, ce n'est pas ça non plus, mais vous comprenez ce que je veux dire. J'aimerais beaucoup me joindre à vous. Pouvez-vous attendre juste cinq minutes que je m'habille ?

Personne ne s'y opposa. De retour dans sa chambre, enfilant un jean, Molly repensa à l'insistance de Maron sur le fait que le meurtrier de Ryan était l'un de ses invités. Elle aurait préféré que ce ne soit pas le cas, mais elle était assez objective pour comprendre le point de vue de Maron. À moins que Ryan n'eût la malchance de tomber sur un tueur au hasard dans un petit village, ou qu'il n'avait été la cible d'un tueur professionnel, il y avait de fortes chances que le meurtrier fut là, à La Baraque. C'était, en fait, l'une des cinq personnes présentes dans son salon à ce moment précis.

Molly alla dans la cuisine pour prendre un verre d'eau, voulant avoir l'occasion d'observer le groupe avant de le rejoindre. Nathaniel était assis sur un pouf, essayant de persuader Bobo de venir vers lui. Patty et Ashley étaient sur le canapé, l'air morne, sans parler. Ira Bilson tripotait le poêle, et Darcy le fusillait du regard.

« Tendu » ne commence même pas à décrire ce groupe, pensa Molly. Elle essaya de rassembler un peu d'énergie.

— Bon, alors, dit-elle d'un ton enjoué en s'approchant avec son verre d'eau.

— Quelqu'un dirige ?

— Faites-le, vous, Nathaniel, dit Patty.

— D'accord, dit-il, semblant content d'avoir été désigné.

— Nous avons déjà fait le moment de silence, dit-il à Molly d'un air désolé.

— Voudriez-vous que nous le refassions ?

— Non, non, dit Molly.

— Je peux le faire toute seule.

— D'accord, dit Nathaniel, en agitant ses doigts contre ses cuisses.

— Donc maintenant, faisons le tour de la pièce et donnons, à chacun qui le souhaite, la possibilité de dire quelque chose. Ashley, voulez-vous commencer ?

Ashley baissa la tête. Le plaid en laine était remonté jusqu'à son cou, couvrant son corps, et le bout de ses bottes de cowboy dépassait du bas. Quand elle releva la tête, son visage parfaitement maquillé était maitrisé.

— Je vais vous dire tout de suite que je pense que Ryan Tuck et moi étions des âmes sœurs. C'était une sorte de chance folle qui m'a amenée jusqu'ici, à Castillac, pour qu'on puisse se rencontrer. Pas même de la chance, de la magie. La première fois que je l'ai vu, c'était ici même, dans ce salon. Il te faisait rire Darcy et je ne réalisais même pas à quel point c'est difficile à faire. Sans vouloir vous offenser.

Ashley fit une pause et réarrangea le plaid. Darcy commença à dire quelque chose, mais referma la bouche.

— Il était un esprit magique dans ce monde, c'est tout ce que j'ai à dire, et je suis encore plus désolée parce que je ne pourrais jamais l'exprimer qu'il ait été enlevé si tôt. J'espère que celui qui a fait ça sera attrapé et enfermé pour l'éternité. Merci.

Nathaniel avait l'air d'avoir les yeux humides.

— Merci, Ashley, dit-il.

— Patty, pourquoi ne continueriez-vous pas ? Nous pouvons simplement faire le tour du cercle.

— D'accord, dit Patty en se levant, à peine aussi grande que le coude de Nathaniel.

— Vous vous souvenez de cette première nuit où nous étions ici ? Je me sentais un peu dépassée. Je n'avais jamais voyagé hors du pays avant, je ne m'attendais pas à être jetée avec tous ces autres gens. Je pensais que ce serait juste Ash et moi, vous savez ? Et on s'était à peine parlé depuis environ dix ans, depuis la sortie de l'université. Elle m'a appelée de nulle part et m'a demandé de venir à ce voyage, vous pouvez le croire ?

Patty rit puis sembla se rappeler ce qu'elle essayait de dire.

— Donc, cette première nuit, j'étais un peu recroquevillée dans un coin, me sentant timide. Et voilà Ryan, le beau Ryan avec une lueur dans les yeux, qui me prête attention.

Elle rit.

— Ce n'était pas un esprit magique, pas pour moi, en tout cas. Mais il avait bon cœur. Il m'a donné un verre de vin et m'a posé plein de questions jusqu'à ce que je ne me sente plus timide. Et donc... c'était un bon gars. Repose en paix, Ryan Tuck.

Les autres membres du groupe hochèrent la tête. Ashley et Darcy reniflaient.

— Et c'est pour ça que ce qu'il m'a dit, le lendemain soir, m'a vraiment surprise, poursuivit Patty.

Tout le monde leva brusquement les yeux.

— Je parle du jour où on a commencé à boire du champagne au déjeuner. Je crois qu'on était tous un peu éméchés, non ?

— Ivres, rectifia Ira.

— Oui, bon, quand vous avez fait une pause de la danse du ventre, Ryan est venu me voir. Juste pour une minute ou deux. Je crois qu'après, il est allé dans la cuisine avec Molly. Mais pendant ce court instant, il m'a dit que la raison pour laquelle il était venu à Castillac, c'était qu'il avait fait quelque chose de mal aux États-Unis et qu'il devait disparaitre un moment. Il en a fait une sorte de blague, disant qu'il adorait vraiment le champagne et que, donc, pourquoi ne pas trouver un endroit reculé où il pourrait boire du champagne et bien manger en attendant que les ennuis se tassent ?

Un long silence stupéfait s'ensuivit.

— Je n'arrive pas à croire que tu fasses ça, dit Ashley d'une voix basse.

Patty haussa les épaules, mais parut contrite, comme un enfant qui vient de se faire prendre en faute par un ainé.

— Un homme merveilleux a été assassiné, et tu veux le calomnier alors qu'il ne peut même pas se défendre ?

— Je ne fais que répéter ce qu'il m'a dit. Je n'insinue rien.

— Fermez-la, Patty, dit Darcy avec brusquerie.

— Vous cherchez toujours à remuer la merde. Taisez-vous au sujet de Ryan. Vous ne savez rien de lui.

— Et vous, si ? dit Ashley, incrédule.

— Je ne crois pas que ce soit le moment, Darce, dit Ira.

— Vous a-t-il dit ce qu'était cette mauvaise chose ? demanda Nathaniel.

— D'accord, tout le monde, revenons à l'objectif de tout ça, dit Molly.

— Je vais continuer. Ma première image claire de Ryan, c'est quand je l'ai vu par la fenêtre lancer un bâton à Bobo. Bobo était, bien sûr, aux anges. Elle continuera à vous rapporter des bâtons jusqu'au siècle prochain si vous la laissez faire. Ryan était si patient, il n'arrêtait pas de lancer ce bâton encore et encore. C'est une chose simple, mais comment ne pas aimer quelqu'un qui est prêt à apporter tant de joie à un chien ?

— Et vous étiez souvent avec lui dans la cuisine, l'air plutôt complice, dit Patty.

— *Fermez*-la, dit Darcy.

— Je vais continuer, dit rapidement Nathaniel.

— Ryan et moi avons parlé d'ordinateurs. Je sais, conversation typique de mecs. Chez moi, je travaille dans un hôpital, au service informatique. Gérer tous ces fichiers et dossiers, vous voyez ? Et c'est principalement de ça que nous avons parlé. C'était gentil de sa part de s'intéresser à mon travail et il semblait vraiment intéressé par les défis que ça représente, ce qui, franchement, est plutôt inhabituel.

Nathaniel baissa la tête.

Darcy alla se placer devant le poêle à bois et fit face au groupe.

— Eh bien, j'hésitais à dire quoi que ce soit. Mais je suis pour l'honnêteté, même si ça peut blesser. Je ne peux pas laisser Ashley parler d'âmes sœurs sans dire que, Ryan et moi... nous avons eu... un moment, on pourrait dire...

— Un beau flirt, marmonna Ashley.

Darcy lui lança un regard noir.

— D'accord, si vous le prends comme ça, je vais tout simplement le dire. Ce dimanche soir, quand on buvait encore tous du champagne. Ashley nous faisait tous faire cette danse du ventre de mauvais gout. Et Ryan m'a fait un clin d'œil. Puis il m'a pris la main et m'a emmenée dehors, au clair de lune...

Darcy s'arrêta de parler, perdue dans ses souvenirs, souriant avec nostalgie.

— Désolé, mec, dit Nathaniel à voix basse à Ira.

— Darcy, je ne pense pas que... dit Ira.

— Peu importe, j'ai fini mon tour. C'est... c'est trop personnel pour continuer. Désolée Ira, dit-elle, reconnaissant légèrement avoir dit quelque chose de blessant, même si elle n'avait aucun regret pour ce qu'elle avait fait.

— Tu veux dire quelque chose, Ira ? demanda Nathaniel.

Ira haussa ses épaules massives et dit « non ». Tout le monde détourna maladroitement le regard ou baissa les yeux vers le sol.

— Je vais me coucher, dit Molly.

— Merci de m'avoir incluse. Repose en paix, Ryan.

— Repose en paix, Ryan, dirent-ils tous en chœur.

C'était sans doute l'hommage le plus gênant qui soit, pensa Molly en s'effondrant sur son nouveau matelas couteux.

Elle était si fatiguée que toute peur d'un meurtrier sur sa propriété fut reléguée au rang de simple contrariété. Au lieu de se sentir anxieuse, elle pensa à Ryan en se glissant sous les couvertures, à la façon dont il avait pu être le dragueur le plus audacieux qu'elle n'avait jamais rencontré, réussissant à faire croire à presque toutes les femmes de La Baraque qu'il était épris d'elles. Quoi qu'on put dire d'autre sur lui, cet homme avait du talent.

Et elle *mourait* d'envie de savoir quelle était cette mauvaise chose qu'il était venu fuir à Castillac, si Patty disait la vérité.

II

L'agent Monsour prit l'appel. Et comme le chef était absent, sans même prendre la peine de dire à Paul-Henri où il était allé, la chose responsable à faire était d'y aller lui-même et de prendre la déposition. Il fallait prendre des initiatives si l'on voulait avancer, c'est ce que Madame Monsour disait toujours.

Il rencontra Christophe, le chauffeur du seul taxi de Castillac, Chez Papa. Paul-Henri chercha Nico derrière le bar, mais trouva, à la place, un jeune homme qu'il ne connaissait pas, et lui fit un bref signe de tête.

— Avez-vous vu Christophe ? demanda-t-il d'un ton officiel.

— Il est généralement à cette table dans le coin, dit le barman.

— Peut-être qu'il est parti pour une course.

Un muscle tressaillit dans la mâchoire de Paul-Henri. Il venait de parler au chauffeur cinq minutes avant, et celui-ci avait dit qu'il était au bistrot. Où diable était-il...

Le chauffeur émergea de l'arrière-salle, s'essuyant les mains sur son jean.

— Ah, Christophe ! dit Paul-Henri, comme s'il l'accueillait à une soirée.

Il secoua la tête et recommença.

— Merci pour votre appel, monsieur. La gendarmerie ne peut résoudre les crimes sans la participation et le soutien des citoyens.

Christophe le regarda d'un air vide.

— J'ai entendu parler de ce qui s'est passé, le touriste américain, dit-il.

Je l'avais emmené de la gare à La Baraque il y a quelques jours. Et donc, un peu plus tard, je me suis souvenu de quelque chose. C'est peut-être rien.

— Nous en serons les juges.

— D'accord. Eh bien. Les dimanches soirs sont généralement assez calmes pour moi. J'ai une augmentation d'activité les dimanches après-midis, les gens doivent prendre le train ou autre, mais le soir, tout le monde est plus ou moins rentré chez soi pour la nuit.

Paul-Henri s'agita, mais réussit à ne pas lui crier d'en arriver au fait.

— Donc, j'étais en route pour venir ici, Chez Papa, après avoir conduit Victor Lafont. Vous le connaissez ? Il vit loin sur la route vers Périgueux. Drôle de coïncidence, il y a eu un décès chez lui l'année dernière. Bref, j'ai déposé Victor et je suis revenu en ville. Je pensais prendre un bol de cassoulet et rentrer chez moi. Mais en passant devant La Baraque, j'ai vu quelque chose d'un peu inhabituel.

Christophe regarda ses ongles puis se gratta le menton.

— Oui ? dit Paul-Henri quand la pause devint insupportable.

— Un type qui marchait le long de la rue des Chênes. On parle d'environ 21 h. Il portait un manteau sombre et un fédora. Habillé pour la ville, vous voyez ?

— Non, je ne vois pas, Christophe. Vous devez me donner plus de détails. Un homme qui marche le long de la route ne semble guère étrange.

— Je vous dis que c'était étrange, dit Christophe sur la défensive.

Je passe la plupart de mes heures éveillées à conduire, agent

Monsour. Je sais à quoi ressemblent les choses, en général. Je peux dire quand quelque chose n'est pas à sa place.

— Et qu'est-ce qui n'est pas à sa place dans le fait qu'un homme marche sur la route en manteau ? Ce n'était pas le milieu de la nuit. Il ne portait pas un couteau dégoulinant de sang ou ne brandissait pas un pistolet, n'est-ce pas ? Qu'a-t-il fait que vous trouvez digne d'être mentionné ?

— Écoutez, vous ne vivez pas à Castillac depuis si longtemps, si vous me permettez. Nous sommes loin des grandes villes, vous comprenez ? Et cet homme, il n'était pas d'ici. Il était habillé d'une manière qui a attiré mon attention, qui m'a rendu méfiant. C'est tout ce que je sais et je ne dis rien de plus que ça. Et quand j'ai appris qu'un meurtre avait eu lieu à deux pas de l'endroit où j'ai vu cet étranger, j'ai pensé que vous deviez le savoir. C'est tout.

Paul-Henri étira sa lèvre supérieure sur ses dents et plissa les yeux vers le chauffeur.

— Merci, monsieur, d'avoir accompli votre devoir civique de manière si admirable. Je transmettrai votre rapport au chef et l'examinerai plus en détail.

Christophe hocha la tête, l'air irrité, et mit la main dans sa poche pour en sortir son téléphone qui bipait.

— J'ai un appel. On a fini ici ?

— Incontestablement, dit Paul-Henri, regrettant instantanément d'avoir choisi ce mot.

❧

Le lendemain matin, Molly fut réveillée par le son excité que faisait Bobo quand un ami était à la porte. Elle se traina hors du lit, sans faire aucun effort pour paraitre moins débraillée, et trouva Lawrence sur le pas de la porte tenant un grand sac en papier.

— Ma chère, dit-il, en la prenant par les épaules et lui donnant un baiser ferme sur chaque joue.

— Constance m'a appelé et m'a parlé de la maladie de Lyme. Je suis tellement désolé ! Elle m'a aussi dit que Vernay avait interdit les sucreries. Te connaissant, c'est pire que le diagnostic. Quoi qu'il en soit, je suis passé chez le traiteur et je t'ai pris un grand pot de soupe au poulet pour six personnes.

— Merci beaucoup. Écoute, ça ne te dérangerait pas qu'on parle dans ma chambre ? Je n'ai pas encore commencé le traitement, et je ne peux pas commencer à décrire à quel point je suis fatiguée. Rester debout comme ça est déjà de trop.

— Bien sûr, chérie ! Tu veux que je reste avec toi et que je te régale des potins du village ? Ou je peux te réchauffer de la soupe et partir. Ce que tu veux.

Molly réfléchit une demi-seconde.

— Je veux bien la soupe et les potins, dit-elle, réussissant à sourire.

— Les casseroles sont suspendues au rack au-dessus. Je te laisse faire.

Il était remarquable à quel point son lit semblait délicieux après en être sortie seulement cinq minutes. Elle y grimpa à nouveau, arrangea son pyjama et remua les oreillers, puis ferma les yeux. *Heureusement que j'ai dépensé tout cet argent pour retaper ma chambre*, pensa-t-elle, *puisqu'il semble que je vais y passer pas mal de temps*.

Et puis, comme si un lourd rideau tombait soudainement, elle s'endormit.

Lawrence entra avec un bol de soupe sur un plateau.

— Tu m'as manqué Chez Papa, dit-il, ne réalisant pas qu'elle dormait, et elle ouvrit un œil.

— Je me demandais si tu m'en voulais pour quelque chose.

— Jamais, murmura-t-elle.

— Content de l'entendre. Tu peux t'assoir un peu plus ? Laisse-moi prendre un autre oreiller. Je vais t'acheter un de ces plateaux avec des pieds pour que tu n'aies pas à le tenir en équilibre sur tes genoux. Le traiteur fait payer une fortune, mais la nourriture est très bonne, tu ne trouves pas? Je cours toujours là-bas pour leur soupe au poulet quand je sens un rhume arriver.

Molly prit une gorgée et gémit.

— Je sais que ce que tu as est bien pire qu'un rhume. Mais ton alimentation reste très importante, comme Vernay te l'a surement dit. Si tu es d'accord, j'aimerais que ce soit ma tâche attitrée pendant que nous t'aidons à traverser cette épreuve. Je peux passer tous les jours t'apporter tes repas, et, quand le traiteur deviendra lassant, je pourrai cuisiner moi-même. Je serais aussi ravi d'aller faire quelques courses à Bergerac, juste pour un peu de variété. Je sais qu'il y a plusieurs endroits là-bas qui ont bonne réputation.

Molly regarda Lawrence pendant un long moment, observant son visage aimable et inquiet. Des larmes commencèrent à couler sur ses joues.

— Quoi? Oh, chérie, je ne voulais pas te bouleverser! Je veux juste aider. Je n'essaie pas d'être envahissant ou de te traiter comme si tu étais terriblement diminuée.

— Ce n'est pas ça, murmura Molly.

— C'est que... tu veilles sur moi.

— En effet. Comme tu le ferais pour moi.

Molly hocha la tête aussi énergiquement qu'elle le pouvait sans renverser la soupe.

— Très bien alors, dois-je commencer par Lapin? dit Lawrence en s'installant dans un fauteuil crapaud recouvert d'un tissu plutôt somptueux pour lequel Molly avait fait une folie.

— Dans quel pétrin s'est-il encore fourré?

— Pas vraiment un pétrin, mais il y a eu du drame. Lapin, notre ami froissé et éternellement célibataire s'est trouvé une petite amie.

— Ha! Je ne pense pas que « froissé » soit le premier adjectif que j'aurais utilisé pour le décrire. Il m'a rendue complètement folle quand je suis arrivée ici.

Lawrence sourit.

— Eh bien, tu *es* son type. Une rousse fougueuse et bien bâtie, qui peut le blâmer ?

Molly commença à protester, mais Lawrence enchaina.

— Je plaisante. Il a un mauvais bilan avec les femmes. Il ne sait jamais quand se taire.

— Ce n'est pas que sa bouche. Il te regarde comme s'il allait prendre un couteau et une fourchette...

— Je sais, Molly, je sais. S'il te plait, appuie-toi sur les oreillers. De très beaux oreillers d'ailleurs, je dois dire. Sont-ils en duvet ?

— Celui-ci oui. J'en ai aussi pris en mousse à mémoire de forme pour dormir.

— Et comment c'est, d'être si aisée ? Le contrecoup s'est-il amélioré ? Nous n'avons jamais vraiment parlé de la situation globale. Est-ce aussi délicieux d'avoir tout cet argent que nous, pauvres gens, le pensons ?

— Nous n'allons pas en parler maintenant non plus, pas avant que tu ne m'aies donné tous les détails croustillants sur Lapin et sa petite amie. Qui est-elle ? La connaissons-nous ?

— Elle s'appelle Anne-Marie, et elle est de Toulouse. C'est une relation à distance, malheureusement pour Lapin. Je te le dis, Chez Papa n'est plus que l'ombre de lui-même, avec toi qui n'y es presque jamais, Frances et Nico, toujours aux Maldives, et Lapin qui s'envole constamment pour Toulouse. Même les Negronis ne suffisent plus à me remonter le moral.

— Tu as dû faire connaissance avec le nouveau barman.

— Non, je ne peux pas dire ça. Il est assez gentil, mais pas bavard. C'est comme tirer du sang d'une pierre que de discuter avec lui.

— Et...

Molly commença à demander des nouvelles du petit ami de Lawrence, ne se souvenant plus de la dernière fois qu'elle l'avait vu.

— Stephan ? Parti depuis longtemps. Mais ne t'inquiète pas. C'était, heureusement, une rupture aussi à l'amiable qu'on peut l'espérer. Un soir, nous nous sommes regardés par-dessus un plateau de canard rôti aux pommes de terre nouvelles, et nous avons su que c'était fini.

— Pas de période de chagrin ?

— Une semaine symbolique d'apitoiement sur soi. C'est tout.

Molly avala une autre cuillerée de soupe et se laissa retomber sur les oreillers.

— Désolée. Je sais que je n'ai pas l'air d'être moi-même.

— C'est vrai, dit Lawrence, en l'observant attentivement.

— L'une des choses géniales chez toi, c'est ta vitalité. Et... c'est comme si ton réservoir était vide. Ce n'est pas la métaphore la plus intelligente, mais serais-tu d'accord ?

Molly acquiesça.

— Et le timing est terrible, bien que, bien sûr, il n'y ait jamais de moment opportun pour tomber malade. Mais j'ai cinq invités, un nombre record. Ils sont presque tous très exigeants. Et puis...

Leurs regards se croisèrent. Molly détourna les yeux en riant.

— Tu sais, n'est-ce pas ? À propos de tout. Comme toujours.

— Eh bien, je ne dirais pas *ça*, répondit Lawrence, l'air satisfait.

— C'est toi qui attrapes réellement les meurtriers, donc ta contribution vaut évidemment bien plus que la mienne. Mais oui, j'ai entendu dire qu'un de tes invités a été tué. Et que le meurtrier pourrait être... ici même, à La Baraque. Encore une fois, je ne veux pas empiéter sur ton territoire ou quoi que ce soit, mais penses-tu vraiment que c'est une bonne idée de rester ici, dans ces circonstances ? Surtout quand tu es malade par-dessus le marché ?

Molly se mordilla la lèvre supérieure.

— Tu... tu penses que je suis vraiment en danger ? Je sais que quand tu dis que le meurtrier est l'un de mes invités, ça sonne plutôt mal. Mais il semble que le mobile était probablement la jalousie. Ryan était, eh bien, une sorte de manipulateur, et nous avons des invités qui n'ont pas dû apprécier ça. Et les femmes elles-mêmes auraient pu s'emporter, du genre « si je ne peux pas l'avoir, personne ne l'aura ». Quoiqu'il se soit passé qui a conduit au meurtre de Ryan, je ne pense pas que ça ait quoi que ce soit à voir avec moi. Et tu sais, ça ne s'est même pas produit sur ma propriété. Strictement parlant. Ça aurait pu être commis par quelqu'un d'autre, pas du tout l'un de mes invités.

— Mais tu n'en es pas certaine, Molly. Pas avec certitude, dit Lawrence.

— Et franchement, bien que je sache que ça va piquer, tu n'es pas au mieux de ta forme, prête à travailler sur l'affaire. Tu dois faire de ton rétablissement ta priorité numéro un. Et cela signifie beaucoup de repos et de bonne nourriture et tout ce que Vernay a prévu pour toi, ce qui d'ailleurs, à ce que j'entends, n'est pas exactement de tout repos.

— Oui, il a mentionné quelque chose... sur le fait que si le traitement fonctionne, il me fera me sentir terrible.

Lawrence prit une des mains de Molly et la serra.

— Je suis désolé que tu doives traverser ça. Mais tu ne penses pas, tu *dois* être d'accord, que traverser ça avec un meurtrier dans la maison, c'est peut-être trop demander, même pour toi ?

APRÈS LE DÉPART DE LAWRENCE, Molly se blottit sous les couvertures pour une sieste, sombrant rapidement dans l'inconscience, presque comme si elle avait été droguée. Il lui sembla que seulement dix minutes s'étaient écoulées quand elle se réveilla en entendant son téléphone vibrer sur la table de chevet.

— Molly, dit Maron.

— Paul-Henri et moi sommes devant ta porte d'entrée. Es-tu là ?

— Attendez, j'arrive tout de suite.

Elle se traina jusqu'à la position assise et essaya de réfléchir à ce qu'elle allait mettre, mais son cerveau semblait incroyablement engourdi et le concept jean/teeshirt/chaussettes était trop difficile à maitriser. Elle resta assise un moment à regarder le sol, écoutant Bobo aboyer.

Ce n'est pas bon signe.

Avec un effort extrême, elle enleva son pyjama et enfila des vêtements, puis se dirigea vers la porte, les cheveux dressés comme une perruque d'épouvantail, emmêlés à l'arrière avec des boucles partant dans tous les sens.

Maron fut déconcerté.

— Molly, commença-t-il, mais il s'interrompit.

— Bonjour Gilles, Paul-Henri. Désolée, je ne me sens pas bien. Je ne suis pas sure de pouvoir vous aider pour quoi que ce soit en ce moment.

L'uniforme de Paul-Henri était impeccable, comme toujours : chaque bouton brillant, chaque pli parfaitement marqué. Il fronça les sourcils en voyant les cheveux de Molly, tout en disant bonjour.

— Désolé que tu ne te sentes pas bien. Cependant, je suis ici pour voir tes invités, dit Maron.

— Sans doute aurai-je besoin de te parler davantage, selon ce qu'ils auront à dire, mais, pour l'instant, je me concentre sur eux. Es-tu en état de les rassembler ? Bien sûr, je dois les interroger individuellement, et Paul-Henri est là pour m'assister, mais d'abord j'aimerais les voir en groupe.

Ainsi, une fois de plus, pour ce qui semblait à Molly être la millionième fois, les cinq invités restants de la semaine de la Saint-Valentin se rassemblèrent dans son salon. Ils affichaient la mauvaise humeur qui semblait être leur état habituel en l'absence de Ryan, se chamaillant et se lançant des regards noirs, mais Molly se sentait trop faible pour essayer de démêler ce que tout cela signifiait, si tant est que cela signifiât quelque chose.

— Merci à tous d'être venus, dit Maron.

Molly remarqua qu'il était beaucoup plus confiant que lorsqu'elle était arrivée à Castillac et qu'il était l'un des officiers sous les ordres de Ben. Ses capacités d'investigation ne l'impressionnaient toujours pas; néanmoins, Maron avait autrefois une méfiance qu'il avait appris à bien dissimuler.

Maron regarda chaque invité tour à tour avant de poursuivre.

— Comme vous l'avez surement entendu maintenant, Ryan Tuck ne s'est pas suicidé comme nous le croyions initialement. Le médecin légiste a conclu à un homicide.

— J'y ai réfléchi, il a dû falloir au moins deux gars pour faire ça, dit Ira.

— Il était plutôt en forme. Ce n'est pas comme si quelqu'un allait dire : « Hé, bien sûr, mets-moi cette corde autour du cou, ça va être amusant ! »

Paul-Henri, ravi de pouvoir travailler sur l'affaire aux côtés de Maron au lieu d'être envoyé en une misérable mission, ouvrit la bouche pour le corriger. Mais Maron était prêt et le bouscula fermement.

— Chef... commença Paul-Henri, mais il réalisa alors qu'il ne devait pas révéler de détails sur la cause du décès.

— Il se pourrait bien qu'il y ait eu deux personnes, dit Maron.

— Évidemment, l'enquête n'en est qu'à ses débuts, et il y a donc d'innombrables questions auxquelles il faut répondre.

Molly était sceptique quant à la théorie des deux meurtriers. Mais il lui était difficile de se concentrer sur ce qu'il disait, alors elle alla chercher un verre d'eau.

— Nous espérons répondre à certaines de ces questions ce matin. Le fait est qu'une ou plusieurs personnes ont pris la décision de mettre fin à la vie de Tuck. Nous ne savons pas si cette décision était préméditée, ou si le mobile était l'argent, la jalousie, la vengeance, ou l'une des centaines de raisons pour lesquelles les gens tuent quelqu'un. Comme vous le dites, Monsieur Bilson, nous ne savons pas s'il y avait un seul tueur ou plusieurs.

— J'espère que cela ne vous dérangera pas trop, mais je vais interroger chacun d'entre vous, en commençant tout de suite. S'il vous plait, pendant que vous attendez votre tour, ne quittez pas cette pièce pendant que le processus se déroule. L'agent Monsour restera avec vous. À ce stade, je ne peux pas vous forcer à rester en France, mais je vous exhorte à le faire jusqu'à ce que nous ayons fait des progrès substantiels dans l'affaire, de préférence jusqu'à une arrestation.

Il baissa légèrement la voix.

— Je dis cela autant par souci pour votre sécurité que par désir de mettre justice le meurtrier. Je n'en ai pas parlé à Madame Sutton, mais j'espère qu'elle pourra continuer à vous héberger ici, à La Baraque.

— Désolée, j'ai l'esprit un peu embrumé et je dois vérifier le calendrier. Mais je pense que ça devrait être possible, dit Molly depuis la cuisine, toujours heureuse d'avoir plus de réservations, mais se demandant exactement qui paierait pour les jours supplémentaires.

— Excellent. Y a-t-il quelqu'un pour qui cela serait impossible ? Vous pouvez tous rester pour un court moment, le temps que nous tirions au clair ce qui est arrivé à Monsieur Tuck ?

Les invités se regardèrent, attendant de voir ce que les autres diraient. Le niveau de tension, déjà élevé, avait encore augmenté d'un cran suite à l'avertissement de Maron. Cela se manifestait par diverses agitations, lèvres mordillées, ongles rongés et jambes qui tressautaient.

— Je suppose que je peux supporter une autre semaine de croissants. Surtout si Molly nous fait une réduction ? dit Ashley, brisant le silence et essayant de sourire.

Les autres hochèrent la tête et haussèrent les épaules. Personne ne dit qu'il ne pouvait pas rester. *Bien joué, Maron*, pensa Molly.

— L'autre chose que je souhaite vous dire en groupe est ceci : je vous demande de réfléchir sérieusement aux jours passés depuis votre arrivée à La Baraque : ce que vous avez observé, ce que vous avez remarqué chez vos compagnons de voyage. C'est souvent le plus petit détail qui révèle l'identité d'un tueur. Et une dernière chose, bien que cela aille sans doute sans dire : soyez sur vos gardes. Il est fort probable que quelqu'un parmi vous soit dangereux. N'oubliez pas cela.

Maron frappa dans ses mains, faisant sursauter Ashley.

— Commençons par vous, dit-il en lui faisant signe.

— Quel est votre nom ? Et Molly, y a-t-il une pièce où je peux mener les entretiens en privé ?

Ashley se leva, timide, comme si on l'invitait à danser lors d'un bal de débutantes. Elle battit des cils en regardant Maron et Patty leva les yeux au ciel.

— Franchement, elle n'est pas comme ça à la maison. Du moins, pas tout le temps, chuchota Patty à Nathaniel, qui haussa les épaules.

— Je suis sûr qu'elle est vraiment nerveuse, dit-il.

— Qui ne le serait pas, devant parler à un gendarme tout seul ? Et ce type a l'air de ne pas plaisanter.

Molly les envoya dans la salle de musique inutilisée. Comme sa réaction habituelle au stress était de penser à la nourriture, Molly fouilla dans le réfrigérateur à la recherche de quelque chose à préparer pour les invités qui attendaient. Mais elle était trop fatiguée pour avoir une quelconque ambition culinaire et finit par faire circuler un plateau de fromages avec des spécimens à l'aspect plutôt fatigué, et le bout d'un saucisson de sanglier. Tandis qu'ils mangeaient, voracement, elle s'accouda au comptoir et les observa. Il lui était difficile de croire que l'un d'entre eux était réellement un tueur, même si elle avait une certaine expérience avec des personnes homicides qui semblaient assez inoffensives en apparence.

Elle avait besoin de se concentrer. De focaliser ses pensées et ses impressions. Et elle aurait aimé faire tout cela avec Ben. Mais à ce moment-là, c'était trop pour elle, et elle s'éclipsa du groupe pour retourner au lit, s'endormant avant même d'avoir pu avoir une seule pensée cohérente.

12

1986

Ashley, huit ans, était à genoux sur le lavabo de la salle de bain, essayant d'utiliser le fer à friser de sa mère, mais le résultat n'était pas celui qu'elle avait imaginé.

— Putain de merde, marmonna-t-elle pour elle-même.

— Ashley Gander, dit sa mère depuis la pièce d'à côté.

— Est-ce que je t'entends jurer là-dedans comme une délinquante ? Je ne t'ai pas élevée pour parler comme ça !

— Je suis toute seule ! cria Ashley.

— Je m'en fiche que tu sois au sommet de l'Everest sans âme qui vive à des kilomètres à la ronde. Tu n'utilises pas ce genre de langage dans cette maison. Ni dans aucune autre maison d'ailleurs. Et n'oublie pas que tout ce que tu fais et dis se reflète sur moi, et je ne le tolèrerai pas.

Ashley fit une grimace dans le miroir et sauta du lavabo. La salle de bain était très exigüe, si bien que, descendre sans se cogner relevait d'un véritable exploit athlétique.

— Maman, dit-elle en entrant dans le salon, j'ai besoin de nouveaux pantalons. Les miens sont trop petits et ils ne sont pas confortables.

— Moulant, c'est tendance, ma chérie. Regarde ce magazine, ce que toutes les filles portent.

— Stupide Papa, dit Ashley.

— Ha! dit Mme Gander.

— Ton père est probablement l'homme le plus stupide de toute la planète Terre, ça oui. Pas de chèque ce mois-ci. Pas de chèque le mois dernier non plus. J'ai bien peur que ton père soit ce qu'on appelle un « bon à rien de première classe ».

— Ce n'est pas juste.

— Mais où diable as-tu eu l'idée que quoi que ce soit devait être juste? Pas de moi, en tout cas. Alors au moins, j'ai la consolation de ne rien voir se passer différemment de ce que j'avais prévu, dit-elle pour elle-même.

— Marcia a les plus beaux vêtements. Je jure qu'elle a quelque chose de nouveau chaque fichue semaine.

Mme Gander soupira.

— Qu'est-ce que je viens de te dire il y a deux secondes à propos de ton langage? Je ne veux pas d'une fille qui parle comme un camionneur, je te le dis tout de suite. Va dans la salle de bain et lave-toi la bouche au savon.

— Oui, Maman, dit Ashley, disparaissant à nouveau dans la salle de bain.

Elle resta immobile devant le miroir, se regardant. Puis elle ouvrit le précieux sac de maquillage de sa mère, qu'elle n'avait pas le droit de toucher sous peine d'être frappée jusqu'à la semaine d'après, et en sortit un rouge à lèvres. Aussi soigneusement qu'elle le put, elle l'étala sur ses lèvres fines. Puis elle balaya du blush sur ses joues et mit maladroitement du mascara sur ses cils.

— Oh, mon Dieu, je vais être en retard au travail! s'écria Mme Gander.

— Je file, ma puce. Je serai de retour à l'heure habituelle...

Ashley entendit la porte d'entrée branlante claquer. Elles ne fermaient pas à clé parce que la serrure était cassée et qu'il n'y avait pas d'argent supplémentaire pour la faire réparer. Elle remit le maquillage dans le sac et le referma, puis erra dans le salon. Elle était habituée à être seule. Sa mère travaillait à la pharmacie de leur petite ville et faisait souvent du babysitting après. Elle remplit une casserole d'eau et la mit sur la cuisinière, puis sortit une boite de macaronis au fromage du placard.

Si seulement j'avais les bons vêtements, je pourrais m'enfuir, pensa-t-elle en se laissant tomber sur le canapé. *Je parie que je pourrais être la fille à la télé qui vend des céréales. Mais je ne peux pas partir avant d'avoir cette tenue. J'ai au moins besoin de ce jean que Marcia a.*

De retour dans la salle de bain, elle tourna son visage dans tous les sens, fit des moues, fronça les sourcils. Elle adorait la façon dont le maquillage la faisait ressembler à quelqu'un d'autre, quelqu'un avec qui il fallait compter. Elle se demanda si quand elle s'enfuirait, sa mère lui manquerait-elle.

Non.

Elle alla dans la minuscule cuisine, grimpa sur le comptoir et prit la boite à biscuits en porcelaine dans laquelle sa mère gardait de l'argent liquide. Elle s'agenouilla sur le comptoir et regarda l'argent à l'intérieur, puis se permit d'y plonger la main pour prendre les billets et les compter amoureusement. 47 $. Une sacrée fortune.

13

De retour au poste, Maron et Monsour décidèrent de discuter immédiatement des entretiens pendant qu'ils étaient encore frais dans leur mémoire, plutôt que d'attendre le lendemain.

— Tu es sûr que ça ne te dérange pas ? demanda Maron.

— Il est largement l'heure de rentrer.

— C'est très aimable à toi d'être si prévenant, répondit Paul-Henri de cette manière guindée qui donnait à Maron envie de le gifler.

— Je suis prêt à passer en revue les entretiens avec toi maintenant, et il y a autre chose dont j'aimerais te parler que je crois assez important.

— Oui ? dit Maron, en refoulant son irritation.

— Eh bien, c'est peut-être... délicat, étant donné l'historique de toutes les personnes concernées. Mais si nous remplissons notre liste de suspects pour le meurtre de Ryan Tuck avec les noms de ceux présents à La Baraque, simplement parce qu'ils avaient l'opportunité de le tuer, et je suis tout à fait d'accord que nous devrions faire exactement cela...

— Viens-en au fait, grogna Maron.

— Pourquoi Molly Sutton n'est-elle pas sur la liste ?

— Molly ?

— Oui. Elle était là. Elle en avait l'opportunité. Pour l'instant, à moins que tu n'aies des preuves que je n'ai pas eu le privilège de voir, elle avait la même opportunité que n'importe qui d'autre d'étrangler Monsieur Tuck.

— On connait Molly. Elle a attrapé plusieurs criminels pour nous, bon sang.

— Selon ce raisonnement, si une personne fait une fois le bien, il lui est impossible de faire le mal. Je soumets que ton...

— Arrête, Paul-Henri. On ne met pas Molly sur la liste des suspects.

Il fit une pause.

— Sauf si d'autres preuves apparaissent qui nous donnent une raison de le faire.

— Eh bien, renifla Paul-Henri, je suis content que tu ne sois pas complètement arrêté ton opinion. J'aimerais aussi savoir ce qui sera fait concernant le témoignage de Christophe ?

— Le chauffeur de taxi ?

— Oui. Le chauffeur de taxi qui a vu un homme étrange marcher dans la rue des Chênes la nuit du meurtre. Je sais que je ne suis pas à Castillac depuis longtemps, mais il me semble que février n'est pas un mois où les rues sont remplies de touristes ou d'étrangers ou, franchement, de qui que ce soit.

Maron balaya l'air de la main d'un geste dédaigneux.

— Juste un homme que Christophe ne connait pas, marchant dans la rue ? Ce n'est... ce n'est rien, Paul-Henri.

— Mais Christophe...

— ... n'est ni détective ni gendarme. Sans rien d'autre de suspect, je vais l'ignorer. Bien sûr, si tu découvres quoi que ce soit d'autre, tu es libre de...

— Es-tu en train de me dire de continuer à suivre cette piste ?

Paul-Henri se redressa très droit et épousseta des peluches imaginaires sur son pantalon.

— D'accord. Oui. Suis la piste, répondit faiblement Maron.

Il soupira, pensant brièvement, à quel point il avait apprécié son travail quand Ben Dufort était chef et que lui et Thérèse étaient les officiers subalternes. *Enfin*, se corrigea-t-il, *il ne l'avait pas vraiment apprécié. Mais il aurait dû.*

— Bon, passons aux invités de La Baraque, dit-il en arrangeant une pile de papiers sur son bureau. Premier entretien, Ashley Gander. Vingt-huit ans. Pas la plus futée. Elle m'a presque fait des avances.

— Tiens, c'est intéressant. Ça pourrait être un signe de culpabilité, essayer de s'attirer les faveurs de l'enquêteur principal.

Maron haussa les épaules.

— Mon impression, c'est que c'est comme ça qu'elle se comporte avec à peu près tout ce qui porte un pantalon. Pas que ce soit spécifique à moi, en particulier. Cependant, elle s'est longuement étendue sur sa relation avec le défunt. Comment ils avaient une connexion mystique, qu'il était son âme sœur, ce genre de choses.

— Tu la crois ? Essaie-t-elle de faire croire qu'elle l'aimait, pour ne pas être considérée comme la tueuse ?

Maron haussa à nouveau les épaules.

— Laisse-moi juste passer en revue les données et ensuite on pourra essayer de les analyser. Bref, elle dit qu'elle a le cœur brisé par sa mort, qu'elle espère qu'on attrapera celui qui a fait ça, etc.

Maron regarda son bloc-notes et tambourina avec un crayon sur son bureau.

— Quant à ses déplacements cette nuit-là, elle dit qu'elle avait trop bu de champagne, qu'elle a eu mal à la tête et qu'elle est allée se coucher juste après minuit. Elle dit que Patty, la femme avec qui elle voyage, peut le confirmer.

Paul-Henri hocha brièvement la tête, vexé que Maron ne s'intéressât pas davantage à Molly Sutton ou à l'étranger au manteau sombre.

— Ensuite, il y a eu Patty McMahon, la compagne de voyage

d'Ashley. Elle est toute petite, on dirait qu'elle a douze ans. Je n'ai pas réussi à la cerner, pour être honnête. Elle a babillé sur le fait que c'était son premier voyage hors du pays et à quel point elle adore la France. Je pensais qu'elle était douce et incapable de faire du mal à une mouche… et puis, je ne sais pas pourquoi, quelque chose a changé, comme si on avait appuyé sur un interrupteur. Elle s'est levée d'un bond de sa chaise et a fait le tour de la pièce avec excitation, me racontant des bribes de ceci et de cela sur les autres invités.

— Des bribes ?

— Oh, des commérages inoffensifs, pour la plupart, bien que, parfois ce genre de choses puisse être utile. Quand le groupe était éméché, Ashley a fait danser la danse du ventre à tout le monde. Ira Bilson n'est pas très gentil avec sa femme. Ce genre de choses.

— Tu penses qu'elle dit la vérité ?

— Je ne sais pas encore. Mais je pense que oui. Comme je l'ai dit, peut-être que ça se révèlera utile à un moment donné. Elle… elle a aussi dit quelque chose sur Molly, ce qui te fera plaisir.

— Tu te méprends, Chef. Ce n'est pas que je veuille que Molly soit coupable, ou dans quelque problème que ce soit. Je pense simplement que nous devrions être minutieux et suivre les procédures.

Maron comprenait parfaitement que le succès de Molly en tant que détective amateur agaçait Paul-Henri au plus haut point, mais il n'en dit rien.

— Patty a dit que Ryan et Molly flirtaient beaucoup, et qu'elle avait vu Ryan l'embrasser pendant qu'ils étaient dans la cuisine, qui, comme tu le sais, est ouverte sur le salon.

— Aha ! s'exclama Paul-Henri.

— Je ne vois pas ce qui te fait dire « aha ». Apparemment, Ryan Tuck était un sacré séducteur. Il a réussi à charmer presque toutes les femmes de La Baraque en même temps. Ashley, Molly, et aussi Darcy, dont je parlerai dans un instant.

— Tout le monde sauf Patty ?

— Hmm.

— En effet.

— Mais Patty... Pas moyen qu'elle ait tué Tuck, pas sans aide. C'est une toute petite chose. Si elle s'était faufilée derrière toi avec un garrot, tu l'aurais repoussée plus facilement qu'en chassant un moustique.

— Peut-être qu'elle a eu de l'aide alors.

— Ça n'a aucun sens, Paul-Henri.

— Si elle voulait le tuer parce qu'elle se sentait mise à l'écart, comment aurait-elle convaincu quelqu'un d'autre de le faire pour elle ? Surtout quand les invités à La Baraque ne se connaissaient pas en arrivant ? Non, je pense qu'on peut tranquillement rayer Patty McMahon de la liste. C'est une personne plutôt désagréable, et elle s'est couchée plus tard que la plupart des autres, donc le timing aurait pu fonctionner. Mais je ne vois pas comment elle aurait pu physiquement accomplir l'acte.

Paul-Henri haussa les épaules, montrant clairement qu'il n'était pas d'accord.

— Bon, les Bilson sont passés ensuite, Ira et Darcy. S'il n'y a jamais eu un exemple pour t'empêcher de décider de te marier, ce couple ferait l'affaire. Darcy n'exprimait que du mépris pour son mari. Elle était aussi sous le charme de Tuck. Elle disait qu'il était « l'incarnation de la lumière » ou une autre absurdité du genre. Elle a naturellement une expression aigrie, mais quand elle parlait de Tuck, son visage s'illuminait et elle semblait être une personne différente. Elle a admis — assez franchement, je crois — que, la nuit du meurtre, elle avait trop bu et n'avait aucune idée de l'heure à laquelle elle s'était couchée. Elle ne se souvenait pas si elle et son mari s'étaient couchés en même temps.

— Peut-être qu'elle a des trous de mémoire quand elle boit ?

— C'est possible. Je peux creuser ça avec son mari lors du prochain tour.

— Et donc Ira Bilson... si sa femme était à ce point fascinée, qu'en pensait-il ? A-t-il admis une quelconque jalousie ?

— Eh bien, ce sont des sortes de hippies. Ira a un peu parlé d'amour libre et de suivre sa voie. Il m'a vite perdu. Donc, pour répondre à ta question, non, il rationalisait la situation, et s'il ressentait de la jalousie, soit il me la cachait, soit il se la cachait à lui-même.

— À moins qu'il ne croie vraiment à ces choses.

— Exact. À mon avis, ce n'est pas le cas. Personne n'y croit. Oh, d'accord, avant que tu m'interrompes, bien sûr, il y a des gens qui croient vraiment à ce genre de choses et à mon avis, grand bien leur fasse. Mais mon impression d'Ira Bilson est qu'il veut être libre-penseur, mais est, en réalité, tout aussi englué dans des émotions mesquines que le reste d'entre nous. Mais je ne prétends pas à une certitude absolue, nous devrons simplement observer et voir ce qui se passe au cours de la semaine prochaine, et espérer que les choses s'éclaircissent.

Les deux hommes restèrent silencieux, réfléchissant aux suspects et à l'affaire. Paul-Henri tripotait un des boutons de sa veste et Maron luttait pour ne pas lui dire sèchement d'arrêter.

Maron dit :

— Oh, j'ai oublié une chose à propos de Darcy. Elle a dit qu'elle et Ira espéraient concevoir un enfant pendant leur séjour en France. Tu imagines avoir ces deux-là comme parents ? Quoi qu'il en soit, elle avait parlé de ce souhait avec Ryan, et a dit qu'il était compatissant et un bon auditeur. C'est probablement la principale chose que j'ai apprise sur la victime à travers ces entretiens : Tuck semble avoir été un homme qui se liait facilement avec les autres. Personne n'avait rien de mal à dire sur lui.

Finalement, Paul-Henri soupira.

— C'est étrange dans cette affaire. On s'attendrait plutôt à ce que la personne désagréable soit étranglée, pas celle que tout le monde aimait.

Maron acquiesça.

— Oui. Eh bien, apparemment, quelqu'un faisait semblant.

— À moins que...

— C'est ça, l'homme au manteau sombre. *Mon Dieu*, Paul-Henri. Ok, le dernier, Nathaniel Beech. Chez lui, à Chicago, il travaille dans l'informatique dans un hôpital. Il a dit qu'il était inquiet pour les femmes du groupe qui étaient bouleversées, car elles s'étaient beaucoup attachées à Tuck. Il a dit qu'avant le meurtre, ils avaient tous l'impression que le groupe s'était fait des amis pour la vie. Il s'est couché tôt, vers 22 h 30.

— Semblait-il jaloux de toute l'attention que Tuck recevait des femmes ?

— Pas du tout. Il m'a dit qu'il a une petite amie chez lui et semblait assez amoureux d'elle, souhaitant qu'elle soit du voyage, etc. Mais c'est un type sensible, et il semblait sincèrement préoccupé par les sentiments des autres. Ce qui est un peu drôle, puisque je ne dirais pas la même chose, eh bien, d'aucun des autres.

— Une bande d'égoïstes, hein ?

— À première vue, oui. Mais nous apprendrons à mieux les connaitre.

— Peut-être pourrais-je mener plusieurs des entretiens ? demanda Paul-Henri, essayant de toutes ses forces de ne pas paraitre trop enthousiaste.

— On verra, dit Maron en enfilant son manteau avec un soupir silencieux.

14

À 9 h, le vendredi, les Bilson étaient encore au lit, Ira sur son ordinateur portable et Darcy tout juste en train de se réveiller.

— Ma chérie, que dirais-tu pour le petit-déjeuner? On retourne au Café de la place? J'ai trouvé les croissants « impeccables », comme disent les Français!

— Ira, dois-tu vraiment me torturer avec ton mauvais accent français?

— Désolé. Il se pencha et embrassa le tatouage de dragon sur son épaule. Je sais que tu es contrariée, et, quand tu es contrariée, tu attaques.

— Franchement, Ira, pour une fois dans ta vie, ne pourrais-tu pas t'abstenir de dire quelque chose d'agaçant?

Ira inspira une énorme quantité d'air par les narines, pratiquant une respiration yogique pour calmer son système nerveux, ce qui irrita Darcy encore plus, mais elle réussit à ne pas faire de commentaire.

— C'est étrange, dit-il en regardant un e-mail.

Darcy se retourna dans le lit.

— Hmm, fit Ira.

Darcy entrouvrit un œil puis le referma aussitôt.

— Je me demande si ça veut dire quelque chose.

— Bon sang, Ira !

Darcy bondit hors du lit et alla regarder par-dessus l'épaule d'Ira.

— J'ai posté quelques photos de l'autre soir sur Facebook, dit-il.

— Je sais que certains de nos amis à la maison suivent notre voyage.

— Pourquoi ne postes-tu pas des photos de, je ne sais pas, la Tour Eiffel et ce genre de choses ? Tu n'as pas besoin de mettre des photos des gens qu'on rencontre. Personne ne s'y intéresse.

— Oh, ma chérie, si. Regarde ça.

Ira cliqua pour lui montrer l'e-mail qu'il venait de recevoir, de bons amis à eux qui étaient le genre de personnes à avoir un million d'amis partout.

« C'est le truc le plus bizarre ! Le gars avec son bras autour de Darcy, il ressemble exactement à un autre de nos amis ! Je veux dire, un vrai sosie ! Tu penses que tu pourrais avoir son e-mail pour que je puisse les mettre en contact ? »

— Il parle de Ryan ? demanda Darcy.

— Oui, ma douce, il semble être le seul avec son bras autour de toi, dit Ira, un peu sèchement.

— Donc, au moins, tu peux être consolée de savoir qu'il a un double quelque part dans le monde.

— Oh, tais-toi, Ira. Comme je suis sure que même toi, tu as pu le comprendre maintenant, ce n'était pas le physique de Ryan qui le rendait attirant. C'était son esprit. Le beau physique, eh bien, c'était juste un bonus.

— Bien sûr, dit Ira, essayant, sans succès, de cacher une note d'amertume dans sa voix.

Darcy sortit du lit et disparut dans la salle de bain sans un mot de plus.

Ira réfléchit un moment. Puis il ouvrit un nouveau fichier et fit une liste de tous les invités de La Baraque. Et ensuite — sa femme était connue pour prendre des douches interminables, et, cette fois-ci, elle utilisa tout le contenu du chauffe-eau en une seule douche —, il commença méthodiquement à rechercher chaque nom sur Google et à prendre des notes sur ce qu'il trouvait. C'était un homme minutieux, bon dans les détails, et il se demanda pourquoi il avait mis si longtemps à faire le genre de recherches qu'il aurait dû faire quand le groupe avait commencé à passer du temps ensemble.

Toujours bon de savoir quelles cartes les autres ont en main, pensa-t-il en tapant rapidement. *Et encore mieux s'ils ne savent pas que tu le sais.*

❧

COMME PERSONNE ne répondait à la porte, Ben essaya la poignée et la trouva déverrouillée. Il entra dans le vestibule de La Baraque au moment où Bobo se précipitait pour l'accueillir, se jetant contre ses jambes si fort qu'un homme moins solide aurait pu être renversé.

— Je suis content de te voir aussi, Bobo, rit Ben.

— Et où est ta maitresse ?

— Ici ! dit Molly, se redressant dans son lit et passant ses doigts dans la tornade au sommet de sa tête.

Ben s'assit sur le bord du lit et se pencha pour l'embrasser. Il l'embrassa sur la bouche, et ce n'était pas un petit bisou sec. Pas excessivement amoureux non plus, mais chaleureux et sensuel. Molly apprécia.

— Alors, dis-moi ce que le Docteur Vernay a dit ? Je lui fais entièrement confiance, si ça peut t'aider. Il très intelligent et aurait pu avoir une carrière illustre en médecine s'il avait été prêt à quitter Castillac.

— Tu as vraiment un faible pour cet endroit, dit Molly en souriant.

— Alors c'est la maladie de Lyme ? C'est définitif ?

— Pas encore. Il voulait que je me repose quelques jours, puis le traitement commencera. Comme il l'explique, la façon dont le traitement se déroulera confirmera pratiquement le diagnostic. Ou pas. Je suppose qu'à ce stade, j'espère que c'est la maladie de Lyme, parce que si ce n'est pas ça, je suis de retour à la case départ. C'est horrible de se sentir si désorientée, ajouta-t-elle doucement.

— Je comprends, dit Ben, repoussant ses cheveux de son visage.

Il avait une façon de s'assoir tranquillement, sans s'agiter ni sembler mal à l'aise, qui aidait Molly à se détendre.

— Alors, dis-moi ce que je peux faire pour toi. Tu voudrais un peu de soupe de poulet ?

— Lawrence s'en est chargé, merci. Ta visite, c'est déjà utile, dit-elle, s'enfonçant dans les oreillers après qu'une vague d'épuisement la submergea. Qui aurait cru qu'une simple conversation demandait tant d'énergie ?

Ben observa son visage, inquiet.

— Tu es trop fatiguée pour te lever? Tu voudrais faire une promenade ou quelque chose, prendre un peu l'air ?

Molly secoua la tête.

— Tu te sens trop mal pour parler affaires ?

— Jamais ! dit Molly, mais sa voix n'était pas forte.

— Eh bien, j'espère que toi et moi pourrons jouer un rôle dans la nouvelle affaire. Évidemment, tu es en plein dedans, et tu as accès à tous les suspects... mais Molly, j'ai peur, en te regardant — et tu es toujours aussi belle, bien sûr — mais tu as vraiment l'air épuisée, comme si tu avais besoin d'une semaine de repos complet. Tout ce que j'allais suggérer, c'était que tu continues à socialiser avec tes invités. Continue à les faire parler, à les faire interagir. Observe.

— Je peux faire ça, dit-elle faiblement, mais les yeux fermés.

Ben prit sa main et la regarda s'endormir, inquiet, mais heureux qu'elle soit entre les bonnes mains du Dr Vernay, et pensant qu'elle était vraiment aussi belle que toujours, bien que ses taches de rousseur semblassent un peu estompées et qu'il aurait souhaité plus de couleur sur ses joues. Il resta encore dix minutes, puis il lâcha sa main qui glissa le long de sa jambe sur l'édredon moelleux. Il sortit sans la réveiller.

QUAND MOLLY se réveilla plusieurs heures plus tard, elle fut déçue de constater que Ben était parti. *Je n'ai presque pas eu l'occasion de lui parler*, pensa-t-elle. Elle se leva et prit une douche, et après s'être habillée, elle s'assit au bord du lit, ayant déjà envie de se glisser à nouveau sous les couvertures. Mais Molly était plus forte que ça. Elle se força à mettre une veste et une écharpe et à sortir, espérant qu'une courte promenade autour de La Baraque, dans l'air frais, l'aiderait à se sentir mieux.

Oh, ce que je donnerais pour que ce soit juin, et que la piscine soit prête pour qu'on puisse y plonger! Elle contempla l'endroit au bas de la prairie où la piscine devait être installée, l'attendant de tout son cœur. Elle regrettait un peu de ne plus avoir d'ouvriers autour de la propriété — cela donnait une impression d'avancer, de s'améliorer, sans parler du fait que ça offrait à Molly quelques personnes de plus à qui parler.

Le pigeonnier était silencieux. Elle se demandait si les maux de tête d'Ashley s'étaient atténués, et si elle et Patty étaient sorties pour une journée touristique normale, visitant les sites et mangeant trop. En se dirigeant vers le cottage pour vérifier comment allaient les Bilson, elle essaya de concentrer son esprit sur le meurtre. Si le tueur *était* l'un de ses invités, y avait-il un moyen d'en éliminer certains ? Les Bilson, Patty et Ashley donneraient-ils des alibis pour la personne avec qui ils séjournaient, par loyauté ? Y avait-il une chance que certains des invités se connaissent avant de venir à Castillac, sans en avoir rien dit ?

Depuis combien de temps le meurtre avait-il été planifié ?

Était-ce arrivé à cause de quelque chose que Ryan avait fait, ou parce que le meurtrier avait d'autres motifs ?

Comme d'habitude, trop de questions et pas assez de réponses. Enfin, zéro réponse, mais qui comptait ?

Molly était sur le point de faire demi-tour et de retourner à la maison principale quand elle entendit des voix qui s'élevaient. Aussi vite qu'elle le put, elle s'approcha du cottage, faisant semblant de regarder un petit buisson sur le côté du bâtiment.

— Ira, laisse tomber, tu veux ?

— J'aimerais beaucoup le faire, ma chérie, mais dans ce cas...

— Ce cas... *bah*. Tu veux juste être le grand homme, le gars à qui les gendarmes voudront parler. T'est-il seulement venu à l'esprit que si tu commences à leur raconter des trucs comme ça, ça pourrait te faire paraitre coupable ?

— Qu'insinues-tu ?

— Je n'insinue rien, je parle clairement. Tes preuves ne sont qu'un tas de ragots stupides de Facebook et rien à prendre au sérieux. Mais les gendarmes iront plus loin que ça, Ira. Ils se diront, d'accord, pourquoi ce type vient nous raconter ces trucs ? Pourquoi quelqu'un voudrait-il brouiller l'enquête, hein ? Parce qu'il est coupable, voilà pourquoi. Parce qu'il était tellement jaloux du lien que Ryan avait avec sa femme qu'il veut le discréditer par tous les moyens. Comme si le tuer n'était pas suffisant.

Molly jeta un coup d'œil à travers une fente dans les rideaux et vit Ira secouer lentement la tête, mais il ne répondit pas. Molly se baissa avant que l'un d'eux ne la repère.

— Mark est un bon ami à moi, je le connais depuis qu'on est gamins, dit Ira.

— Il n'est pas du genre à avoir des théories farfelues et des envolées imaginatives.

— Je m'en fiche qu'il soit Albert Einstein.

— Hein ? Qu'est-ce que ça veut dire ?

— Je dis juste que ton ami peut être la personne la plus factuelle de la planète, je ne le croirai pas.

— Pourquoi ça t'importe, de toute façon ? Oh, c'est vrai, parce que tu aimais tellement Ryan. Tu ne voudrais rien entendre contre lui, n'est-ce pas ?

— Écoute, d'accord, dit Darcy, presque conciliante.

— Ton ami se trompe probablement. C'est facile à faire. Ne dis rien de tout ça, Ira. Pas si tu veux éviter de te retrouver dans une prison française. Et j'ai entendu dire qu'ils utilisent encore des fers aux pieds.

— Tu viens d'inventer ça.

— Fais des recherches sur les « prisons françaises » et tu verras ce que tu trouves.

Il s'ensuivit un flot de marmonnements, et Molly se rapprocha de la fenêtre pour voir si elle pouvait entendre le reste de ce qu'ils disaient. Mais la fenêtre était fermée et les murs épais, et malheureusement, les Bilson parlaient désormais à voix basse. Inquiète d'être surprise, Molly se glissa vers l'avant du cottage et descendit le chemin, se mordant la lèvre en essayant de deviner ce que l'ami d'Ira avait bien pu lui dire sur Ryan Tuck qui déplaisait tant à Darcy.

Il était si mignon, pensa Molly, se souvenant de la façon dont il l'avait embrassée dans la cuisine, et pour la première fois de la journée, son visage retrouva un peu de couleur.

15

Le lendemain matin était un samedi froid et gris, et Molly était déterminée à aller au marché puisqu'elle l'avait manqué la semaine précédente. Le jour de marché était le meilleur endroit pour obtenir les aliments les plus frais, bien sûr, directement des fermes voisines. C'était aussi l'occasion d'obtenir les potins les plus frais d'une variété encore plus grande de sources.

Pendant qu'elle buvait son café et nourrissait Bobo, les invités déambulaient dans le salon de La Baraque et bombardaient Molly d'un flot constant de questions : « Y avait-il un endroit pour trouver du poulpe ? Pouvait-elle expliquer les tailles de chaussures européennes ? Savait-elle que Castillac avait un internet plus rapide que Charleston ? Avait-elle entendu quelque chose des gendarmes sur le moment où ils pourraient partir ? »

— Désolée, dit Molly.

— Je crains de n'en savoir pas plus que vous sur l'enquête ou sur la durée qu'ils prévoient. Bien que je puisse vous dire qu'ils n'en ont probablement aucune idée, à moins qu'il n'y ait une montagne de preuves qu'ils n'ont pas rendues publiques.

— J'ai entendu dire que vous êtes une sorte de gendarme

honoraire vous-même, dit Ira, qui avait trouvé quelques mentions des prouesses de Molly en tant que détective sur un forum en ligne pour expatriés.

— Bof, dit Molly en haussant les épaules.

Elle avait envie de leur parler de l'agence de détective privé qu'elle démarrait avec Ben, mais n'avait pas tout à fait oublié qu'il y avait un meurtrier parmi eux. Peut-être devait-elle garder ça pour elle encore un peu.

— Bon, je vois qu'il bruine un peu, mais je ne laisse jamais ça m'empêcher d'aller au marché. La plupart des vendeurs auront des auvents ou des parapluies, donc il y aura des endroits secs où se faufiler. Quelqu'un veut venir avec moi ?

— Si vous êtes sure que le chef Maron ne veut pas nous parler, je pensais aller à Montignac pour voir les peintures rupestres, dit Patty.

— J'adorerais les voir aussi ! Vous voulez de la compagnie ? demanda Nathaniel.

— Bien sûr, dit Patty.

— Tu viens, Ash ?

— J'ai vraiment besoin d'aller dans un magasin de cosmétique, dit Ashley.

— Vraiment, murmura Darcy.

Ashley lui lança un regard aigre, mais ne mordit pas à l'hameçon.

— Je viens avec toi, dit Darcy à Molly, comme si elle acceptait une punition.

— Ira a été aussi amusant qu'un traitement de canal ces derniers temps, alors ce sera mieux que rien.

— Merci pour ton enthousiasme ! dit Molly en riant.

Ira retourna au gite pendant qu'Ashley convainquait Patty de la déposer à Périgueux en chemin vers Montignac.

— J'aime vraiment marcher sous la pluie, mais il fait peut-être un peu trop froid, dit Molly, en conduisant Darcy vers la Citroën.

— Désolée de redemander ça, mon cerveau a été un peu

embrumé dernièrement. Vous êtes déjà venue en France avant? Dans un marché français en particulier?

— Non pour les deux. Quand j'avais peut-être seize ans? Mon père m'a fait miroiter un voyage en Europe, essayant de me faire rompre avec mon petit ami. Ça n'a pas marché.

— Ah. Ça t'a probablement fait t'accrocher encore plus à lui?

— Ouais. Et le gars était un vrai salaud, dit Darcy, souriant au souvenir.

Elles roulèrent en silence jusqu'au bord du village, où Molly ralentit pour chercher une place de parking.

— Alors, quand vous êtes-vous intéressée au fromage?

Molly s'arrêta et recula habilement la voiture dans un espace à peine assez grand. La bruine s'était arrêtée, et elle et Darcy marchèrent vers la place avec leurs capuches baissées.

— À ma naissance, dit Darcy.

— C'était une blague dans ma famille, parce que je ne mangeais parfois que du fromage pour le diner.

— Eh bien, la France est définitivement l'endroit pour vous.

— Le fromage *est* incroyable, acquiesça Darcy.

— Après qu'Ira et moi, nous soyons mis ensemble, nous avons commencé à chercher un style de vie différent. Nous voulions sortir de la ville et vivre de manière plus, euh, saine, vous voyez? Avoir des chèvres et faire du fromage, c'est ce que nous avons décidé. J'ai environ quinze sortes que je veux essayer.

Molly jeta un coup d'œil et vit que la jeune femme souriait d'un sourire authentique et, pour la première fois depuis son arrivée à Castillac, avait l'air vraiment heureuse. Et puis, avant que Molly ne pût demander quelles sortes de fromages elle avait en tête, le visage de Darcy s'assombrit.

— Regarde, dit-elle, en pointant du doigt une mère poussant une poussette.

L'expression de Molly s'affaissa en même temps que celle de son invitée, bien qu'elle fît un effort pour le cacher. Son désir le plus profond était d'avoir un enfant, et elle était douloureusement consciente qu'à son âge, elle était à court de temps. Elle connaissait la mère et s'arrêta pour gazouiller au bébé et demander comment il allait. Darcy se contenta de rester debout et de fixer, les poings serrés sur les côtés.

— Le marché principal est à quelques pâtés de maisons, dit Molly alors que la mère et le bébé partaient dans la direction opposée.

— Lela Vidal sera probablement là, et peut-être que je pourrai te montrer quelques autres fromages inhabituels que le fromager ambulant a parfois. Jusqu'à ce que je déménage ici, je n'avais aucune idée que les fromages pouvaient être saisonniers.

Elle pouvait sentir un changement dans l'humeur de Darcy : ce n'était pas difficile puisque l'autre femme fronçait les sourcils et marchait toujours les poings serrés, comme si elle espérait une excuse pour frapper quelqu'un.

— Quelque chose ne va pas ?

— Ce *bébé*. Je crois vous l'avoir dit que j'espérais concevoir à La Baraque ?

— Vous l'avez mentionné, oui.

— Eh bien, Ira n'est pas... il... on ne s'entend pas bien. Il sait ce que je veux, mais...

Molly hocha la tête, incapable de trouver une seule chose appropriée à dire.

— Vous savez, dit Darcy, son visage s'éclairant un instant, ce ne serait pas du tout difficile de voler un bébé. J'aurais pu arracher cet enfant de cette poussette et m'enfuir. Cette femme aurait été tellement choquée que je serais pratiquement à Paris avant qu'elle ne réussisse à appeler les flics.

La bouche de Molly s'ouvrit et se referma.

Darcy hocha la tête.

— Vous pensez que je plaisante ? Haha, Molly ! Vous voulez aussi un enfant, non ? Vous allez essayer de me dire que vous n'y avez jamais pensé ? Jamais pensé à simplement aller vers une femme qui a l'air toute confiante avec son nouveau bébé et juste le saisir et filer vers les collines ?

Une fois de plus, Molly ouvrit la bouche, mais aucun son n'en sortit. Plaisantait-elle ? Elle devait plaisanter... n'est-ce pas ?

— Montrez-moi le fromage, dit ensuite Darcy.

Molly marcha lentement vers le coin de la place où Vidal s'installait habituellement. Darcy était épuisante, et elle était soudainement à court d'énergie.

— Je vous laisse, dit Molly.

— J'ai des amis ici à qui j'aimerais parler, et puis je ferai un arrêt à la Pâtisserie Bujold avant d'être prête à rentrer. Vous avez un téléphone qui fonctionne ? On peut rester en contact par SMS ?

— Ira est obsédé par internet, répondit Darcy, donc oui, mon téléphone est opérationnel. Mais ne passez pas toute la matinée à bavarder.

Molly s'éloigna rapidement, pensant que Darcy Bilson avait remporté, haut la main, le prix de l'invitée la plus grossière depuis l'ouverture de La Baraque.

— Maron, c'est Dufort.

— Bonjour, dit Maron avec méfiance.

— Je voulais juste prendre des nouvelles. J'avais l'intention de t'informer que Molly et moi allons nous associer pour faire du travail de détective, mais il s'avère qu'elle a la maladie de Lyme. Je ne sais pas combien de temps elle sera hors service.

— Désolé d'entendre ça, dit Maron, et il le pensait sincèrement, bien qu'en même temps, il ne pût s'empêcher de penser qu'avec Molly hors jeu, il avait de meilleures chances de résoudre lui-même le mystère Tuck.

Avec quelques bonnes affaires à son actif, ce poste à Paris pourrait enfin être le sien.

— Nous prévoyons d'être enquêteurs privés. Nous serons basés dans le village, mais, bien sûr, nous ne limiterons pas notre travail à celui-ci. Ni au département, d'ailleurs. Je m'attends à ce que nous travaillions avec toi de temps en temps. J'ai hâte.

— Moi de même, dit Maron.

Ça, il ne le pensait *pas*. Sa nomination intérimaire comme chef avait finalement été rendue permanente, bien qu'il dépendît encore de Dufort pour de l'aide... et il le ressentait.

— Quoi qu'il en soit, j'ai demandé à Molly de socialiser avec ses invités autant qu'elle le peut, mais la dernière fois que je l'ai vue, elle pouvait à peine sortir du lit. Donc cette fois-ci, je ne suis pas sûr qu'elle sera d'autant d'aide qu'elle l'est habituellement. Comment vont les choses de ton côté ? As-tu des pistes sur d'autres possibilités que les invités de La Baraque ?

— Non. Si cela s'était produit à une autre période de l'année, alors peut-être que nous pourrions envisager d'autres touristes. Mais tu sais comment c'est à Castillac en février. Personne ne sort beaucoup par ces jours froids et gris. Il n'y a presque pas de touristes du tout.

— Il n'en faut qu'un.

— Certes.

— Les choses se passent bien avec Paul-Henri ?

Maron commença à se plaindre de lui, mais se reprit.

— Oui. Pas de problèmes. Écoute, s'il n'y a rien d'autre ? J'ai un autre appel qui arrive...

— Oui, on se reparle plus tard.

Maron appuya sur le bouton clignotant de son téléphone.

— Allo, Commandant Maron à l'appareil.

— Bonjour, Commandant. C'est Charles Brantley, de l'ambassade américaine à Paris.

Maron pouvait dire, au ton de l'homme, qu'il allait dire quelque chose que Maron ne voulait pas entendre. Son intuition s'avéra être entièrement correcte.

16

1991

Darcy enfila le jean noir que sa mère détestait, celui avec la jambe droite déchirée et retenue par des épingles de nourrice. Étant petite, elle devait replier le bas du jean. Cela gâchait un peu le look, mais Darcy ne voulait pas perdre de temps à les ourler. La façon dont elle se maquillait était plus importante. Elle passa une bonne demi-heure avec de la poudre, de l'ombre à paupières et de l'eyeliner, juste pour obtenir l'effet gothique qu'elle désirait : un visage si pâle qu'il en était presque lumineux, ses yeux semblables à de sombres cavernes creuses. Elle sourit à son reflet et nota avec satisfaction que, grâce au maquillage, ses dents paraissaient gris-jaune.

Après avoir mis ses bottes et attrapé son sac à dos, elle se dirigea vers la porte d'entrée de la grande maison coloniale de sa famille, sans faire aucun effort pour sortir en douce.

— Que crois-tu faire ? dit sa mère, apparaissant de l'ombre comme Darcy savait qu'elle le ferait.

— Je vais voir quelqu'un. À plus.

— Change de pantalon tout de suite.

— Non.

Sa mère ouvrit la bouche, mais ne dit rien. Elle essayait de contrôler sa fille adolescente rebelle depuis plusieurs années et était douloureusement consciente de son échec. Elle finit par dire :

— Dois-je appeler ton père ?

— Je m'en fiche, dit Darcy avant de claquer la porte derrière elle.

Elle enfourcha son vélo de course couteux et descendit l'allée, traversa le lotissement et se dirigea vers le centre commercial où ses amis l'attendaient.

— Darce, dit un garçon élancé vêtu d'un jean noir, qui avait une rangée de six anneaux d'argent le long de son oreille.

— Quoi de neuf ?

Darcy laissa tomber son vélo, le laissant s'écraser sur le côté, et haussa les épaules.

— Rien, dit-elle.

— Comme toujours.

Quelques-uns de leur bande étaient plus loin sur le trottoir, devant un *sandwich shop* ; les deux flânèrent dans leur direction.

— Salut Darcy, dit une autre fille qui portait une longue jupe qui tenait à peine après qu'elle l'eut découpée en lambeaux.

— Encore une soirée ennuyeuse à passer. Je pense qu'on devrait... faire quelque chose.

Darcy la regarda d'un air sceptique.

— Je veux dire... et si on braquait le *sandwich shop* ?

Le garçon élancé rit.

— Qu'est-ce que tu vas faire, menacer de péter dans le magasin ?

— La ferme, Ken, dit Darcy.

— Je pense qu'Ellie pourrait avoir une bonne idée pour une fois. Je ne sais pas pour vous, mais je meurs de faim. Et mes parents refusent de me donner de l'argent, après ce qui s'est passé le mois dernier.

Les autres acquiescèrent solennellement, ne voulant pas

penser à tous les ennuis qu'ils avaient eus pour avoir mis le feu dans un garage abandonné.

— Laissez-moi parler. Venez, dit Darcy.

Elle entra à grands pas dans le *sandwich shop*, les sourcils formant un V profond, et grogna au garçon bien coiffé derrière le comptoir.

— Fais-nous trois *subs* italiens avec du fromage en plus, et des piments forts en plus, et...

— Je n'aime pas vraiment les piments forts...

— La ferme, Ellie, aboya Darcy.

— Bien sûr, chantonna le garçon, et il se mit à préparer les sandwichs.

Les trois adolescents gothiques attendirent nerveusement. Ken ne cessait de fléchir ses bras et Ellie se rongeait les ongles.

— Prépare-toi à avoir l'air menaçant, chuchota Darcy à Ken.

— S'il refuse de nous donner les *subs*, tu devras utiliser tes muscles.

— Euh, Darce ? Ce n'est pas vraiment mon...

— Et voilà ! dit le garçon, poussant les trois *subs* sur le comptoir à leur portée.

Il se dirigea vers la caisse et commença à enregistrer la commande, mais Darcy saisit les trois *subs* et sortit en courant. Ken et Ellie poussèrent un cri et la suivirent.

— Mais..., dit le garçon derrière le comptoir, qui n'avait jamais vu ça auparavant et n'arrivait pas tout à fait à y croire.

— Tu as été géniale, dit Ellie, les yeux brillants, alors qu'ils s'asseyaient dans les bois miteux derrière le centre commercial pour profiter de leur butin.

Darcy pouvait à peine prendre une bouchée. Elle tournait autour des autres, les observant, se léchant les lèvres, grisée par le frisson d'avoir enfreint la loi. Peut-être avait-elle enfin trouvé quelque chose dans laquelle elle excellait.

17

Ben frappa, puis passa la tête par l'entrebâillement et appela Molly, pressé de lui annoncer ses nouvelles.

— Eh bien, bonjour, Ben ! dit-elle, assise dans un fauteuil près du poêle à bois.

— Je suis contente de te voir. Excuse-moi de ne pas me lever.

— Non, non, reste où tu es, dit Ben en se penchant pour l'embrasser sur les joues, puis sur la bouche.

— J'espère que ça ne te dérange pas que je débarque sans prévenir. Je viens de recevoir un coup de fil extraordinaire de Maron.

— Raconte, dit Molly en remontant sa couverture jusqu'au menton.

— Il fait un froid de canard ici. Laisse-moi chercher du bois et relancer un peu ce feu d'abord.

— Bien sûr, laisse-moi en suspens !

Ben fit un aller-retour rapide au tas de bois, le chat roux se faufilant entre ses jambes à son retour. Il s'accroupit près du poêle, utilisant un tisonnier pour ajuster les buches comme il le voulait. Puis il ferma la porte, ouvrant l'arrivée d'air.

— Voilà. Tu veux quelque chose ? Je peux te faire du thé ou autre chose ?

— Ben ! Arrête de jouer les infirmiers et dis-moi !

Il s'assit sur le canapé et lui sourit.

— C'était déjà une affaire intéressante, pas vrai ? Mais maintenant, c'est encore plus le cas. Maron a reçu un appel de l'ambassade américaine à Paris ce matin. Il s'avère que la famille de Ryan Tuck affirme que Ryan Tuck est bien vivant..., et pas en France.

Molly le fixa, digérant l'information.

— Eh bien, ce n'est pas un nom si rare. Ils ont dû contacter le mauvais.

— L'ambassade n'a pas pioché des noms au hasard dans l'annuaire, Molly. Le passeport contient des informations de contact. La sœur de Tuck, apparemment.

— Oh.

— Elle dit avoir vu Tuck il y a quelques jours, à Cincinnati... Ohio ? Bref, elle n'est pas fan de son frère : elle a dit que c'est un connard et une sorte d'escroc, qui se fait actuellement discret pour échapper à une femme qu'il a arnaquée. Il n'utilise pas internet parce qu'il craint que la femme ait engagé quelqu'un pour le suivre.

— Donc, un vrai prince charmant.

— Ouais. Mais pas notre prince.

— Wow. Je... j'ai un peu de mal à comprendre. Donc Ryan... était quelqu'un d'autre, se faisant passer pour Ryan Tuck ? Vol d'identité ?

— Apparemment.

— Et l'ambassade a-t-elle une idée de qui était vraiment notre gars ?

— Non. Ça va nécessiter une collaboration entre les ambassades et les forces de l'ordre internationales. Si le type a son ADN enregistré, ou même un casier judiciaire quelque part, ça devrait être assez facile. Mais sinon...

— On ne saura peut-être jamais.

— C'est ça.

— Et on ne saura peut-être jamais pourquoi il a prétendu être Tuck, ou pourquoi il est venu à Castillac…

Molly rit amèrement.

— Il m'a dit qu'il avait choisi La Baraque parce que ça lui semblait si serein. Il voulait commencer son premier roman ici, et il aimait que ce soit simple, mais luxueux.

— Il était dans une des nouvelles chambres ?

Molly acquiesça.

— Ouais. Tu sais, ça me rappelle… Tuck, ou qui qu'il soit, a dit à Patty qu'il était venu en France parce qu'il avait fait quelque chose de mal aux États-Unis. Cependant, il ne lui a apparemment pas donné de détails. C'est un peu troublant. Un imposteur, et j'ai complètement marché dans son histoire.

— J'essaie de te rappeler qu'il y a probablement un meurtrier dans ta maison, aussi, mais ça ne semble pas percuter, marmonna Ben.

— C'est… c'est difficile de ne pas se demander si tout ce qui le concernait était un mensonge.

Ben s'efforça de garder une expression dépourvue de triomphe.

— Tu penses que je me suis fait avoir par une sorte d'escroc, dit Molly.

— Je n'ai pas dit ça. Je ne l'ai même pas pensé. Écoute, les escrocs réussissent parce qu'ils sont doués pour faire ressentir certaines choses aux gens. Et tu étais juste chaleureuse et amicale parce que c'est qui tu es. Ce n'est pas comme si tu lui avais donné le mot de passe de ton compte en banque ou quoi que ce soit.

Molly fixa un morceau d'écorce sur le tapis, essayant en vain de faire correspondre ses souvenirs de Ryan avec ces nouveaux faits.

— N'est-ce pas ? ajouta Ben.

— C'est vrai. Mais je lui faisais confiance. Il lançait des bâtons à Bobo, et j'ai laissé ça... Je pensais, un gars qui lance des bâtons à un chien quand personne ne regarde, c'est en quelque sorte la définition d'une personne décente, tu sais ?

— Bien sûr que tu te sens trahie. Mais les gens sont compliqués, Molly, tu le sais bien. Lui, qui qu'il soit réellement, pouvait avoir un faible pour les chiens et être impliqué dans des choses pas nettes par ailleurs.

— Je serais plus contente de moi si je n'avais pas été une telle dupe, dit-elle en s'affaissant dans le fauteuil.

— Une dupe ? Jamais, dit Ben en riant.

— Et de toute façon, il est mort maintenant. C'est sur son meurtrier que nous devons nous concentrer.

Ben et Molly regardèrent tous deux les flammes vacillantes à travers la vitre du poêle à bois, pensifs. Molly se frotta le visage et cligna des yeux, sentant que ses pensées se formaient lentement.

— Je crois que je suis prête pour une autre sieste, aussi incroyable que cela puisse paraitre. Je vais battre le record de la semaine en heures passées inconsciente.

— Tu as des chambres disponibles ?

— Deux de plus dans l'annexe. Pourquoi ?

Ben passa son bras autour d'elle pendant qu'ils retournaient dans sa chambre.

— Parce que j'aimerais m'installer ici pour un petit moment. S'il te plait, réfléchis-y et ne dis pas non tout de suite. Tu n'es pas en état d'être seule...

Voyant son expression, il changea de cap.

— D'accord, écoute, laisse-moi juste rester dans l'annexe pour que je puisse travailler un peu pendant que tu te remets sur pied. Je peux trainer dans les parages sous prétexte de veiller sur toi pendant que tu ne vas pas bien, et, en même temps, j'observerai les invités et poserai peut-être quelques questions décontractées si l'occasion se présente. C'est rare d'avoir un groupe limité de suspects, tous séjournant au même endroit comme ça.

Il tira les couvertures et Molly grimpa dans le lit, toute habillée.

— D'accord, dit-elle, ne ressentant que du soulagement à l'idée qu'il reste.

Alors qu'elle fermait les yeux, une sorte de diaporama d'images de Ryan défilait : Ryan riant, Ryan se goinfrant de gougères, Ryan dans un coin avec Darcy, la faisant rire aux éclats.

Tout était-il un mensonge ? Et quoi qu'il fuît, est-ce pour cela qu'il avait été tué ?

ELLE N'AVAIT aucune idée du temps qu'elle avait dormi. Mais dès que Molly ouvrit les yeux, elle était déterminée à sortir du lit et à faire quelque chose. Un meurtre avait eu lieu, pratiquement dans son jardin. Pas question qu'elle dorme pendant toute l'enquête sans y participer.

Après avoir enfilé un gros pull et des chaussons qui pouvaient être portés à l'extérieur, elle décida d'aller voir les invités. Elle se dit que plus elle pourrait les avoir un par un, loin des autres, plus elle pourrait entendre quelque chose qui vaudrait la peine d'être approfondi.

Le temps n'était pas si mal. Gris, comme d'habitude, mais avec un peu de chaleur dans l'air. Il n'était donc pas surprenant que personne ne réponde au pigeonnier ou au cottage. Molly lança un bâton à Bobo sur le chemin du retour vers la maison. Elle entra par l'arrière pour voir si Nathaniel était là-bas. Elle hocha la tête d'un air approbateur devant la décoration du couloir : les appliques qu'elle avait trouvées chez Lapin étaient parfaites, et le bleu pâle des murs semblait lumineux sous la lumière grise qui filtrait à travers la vieille fenêtre à petits carreaux.

Elle frappa doucement, ne s'attendant pas à une réponse, et n'en obtenant pas. *Tout le monde est probablement en train de faire ce pour quoi ils sont venus en France*, pensa-t-elle : visiter les sites touristiques et manger de la bonne nourriture, faire des randonnées d'une journée, faire du shopping. Elle frappa une dernière fois, un peu plus fort. Le loquet céda, entrouvrant la porte. Molly hésita une demi-seconde, puis entra.

Nathaniel gardait sa chambre bien rangée. Ce n'était pas une surprise. Pour autant qu'elle pût en juger, sa qualité première était de ne pas vouloir causer de dérangement — il voulait bien faire, il voulait que tout soit parfait — et, si sa chambre avait été en désordre, cela aurait semblé en contradiction avec l'impression qu'elle avait de lui.

Molly avait certaines règles concernant l'intimité de ses invités. Évidemment, il était nécessaire qu'elle entre dans leurs chambres de temps en temps, pour diverses raisons : problèmes de plomberie, maladie, et une fois ou deux pour récupérer un portefeuille oublié pour un invité en difficulté. Tout aussi évidemment, il ne serait pas correct de fouiner.

Enfin, dans la plupart des circonstances en tout cas, se dit-elle en ouvrant l'armoire pour voir une petite rangée de chemises soigneusement suspendues. Quand l'un de vos invités est un tueur, cela ne remet-il pas toutes les règles en question ? Avec prudence, Molly pensa que *oui*.

Elle ne cherchait rien de spécifique. Il était peu probable que le garrot utilisé eût été caché sous l'oreiller de quelqu'un. Mais elle persévéra, car on ne sait jamais quel petit détail pourrait faire éclater une affaire au grand jour.

Molly feuilleta le livre de poche sur la table de chevet, tâta l'intérieur de sa paire de chaussures supplémentaire, ouvrit les tiroirs du bureau et le bas de l'armoire, mais ne trouva rien. Sur le dessus du bureau se trouvait un autre livre, et elle le prit et y jeta un coup d'œil — un livre technique sur les technologies de l'information qui lui passa complètement au-dessus de la tête — puis elle vit un petit morceau de papier en dessous.

Elle ressentit un pincement fugace en le ramassant et en commençant à le lire. Elle savait, bien sûr, qu'elle n'aimerait pas du tout que quelqu'un entre dans sa chambre et se mette à lire ses lettres. Mais ce pincement ne la ralentit pas. Elle ressentit la sensation électrique de savoir qu'elle était sur le point de lire quelque chose de capital.

— Ma très chère Miranda, lut-elle.

Puis elle laissa échapper un soupir.

— Qu'est-ce que je croyais trouver, un mot à Ryan disant qu'il allait venir l'étrangler ? Je jure que cette histoire de Lyme m'a rendue simple d'esprit.

« Ma très chère Miranda,

Je ne peux même pas décrire à quel point j'aimerais que tu sois avec moi. La France est incroyable — les gens, la nourriture, tout — et ce serait tellement génial de vivre ça avec toi. Je sais que j'ai dit que je m'étais fait beaucoup d'amis ici, et, même si c'est vrai que certains sont des femmes, c'est en fait hilarant que tu puisses être, ne serait-ce qu'un peu, jalouse. Je t'aime tellement, Miranda ! Toi seule !!

Je n'ai aucune idée de quand je rentrerai, ce qui est assez frustrant. Les flics (on les appelle "gendarmes", ici) semblent compétents, alors j'espère que ça ne sera pas trop long. Et tu es très douce de t'inquiéter pour moi qui reste ici avec un meurtrier en liberté ! Si ça peut t'aider, je ne m'inquiète pas pour ça. Je suis presque sûr de savoir qui l'a fait, et c'est une histoire de jalousie amoureuse. Rien à voir avec moi ici, parce que, bien sûr, mon cœur t'appartient. Je n'ai rien dit de mes soupçons aux flics parce que je n'ai aucune preuve concrète. Juste un fort pressentiment étayé par quelques remarques étranges. Sans doute qu'ils reviendront et peut-être que je leur en parlerai à ce moment-là.

Bon, je vais aller me promener dans le village — que tu *adorerais* — et déjeuner. Je mange ces sandwichs au jambon dans de la baguette avec du beurre presque tous les jours. Ils sont tellement géniaux !

J'espère que tu te sens bien et que tu t'amuses avec tes copines pendant que je suis absent. Je n'aurais jamais imaginé être coincé en France pour quelque chose comme ça, mais je serai bientôt de retour.

Je t'aime, je t'aime, je t'aime,

ton Nathaniel »

Molly remit la lettre sur le bureau, se sentant soulagée. *Au moins, l'invité qui semble être un type bien l'est vraiment,* pensa-t-elle. Rapidement, elle jeta un coup d'œil autour d'elle pour s'assurer qu'elle n'avait laissé aucune trace de son indiscrétion, et quitta la chambre.

C'est normal que je fouille aussi les autres chambres, pensa-t-elle, s'arrêtant un moment devant la chambre de Ryan avant de retourner à la maison principale. Tout était exactement comme Maron et elle l'avaient laissé. Elle s'était demandé si elle devait envoyer un colis avec ses effets personnels à sa famille ; maintenant, ils n'avaient même pas une idée de qui pouvait être cette famille.

— Qui *étais*-tu ? lui dit-elle, imaginant le visage rayonnant de Ryan, son sourire chaleureux et ses yeux pétillants.

— C'est tellement bizarre que je ne connaisse même pas ton vrai nom.

18

— Youhou ! chantonna Constance après être entrée dans La Baraque.

Elle portait un sac en papier de la pharmacie, ayant été en contact avec le cabinet du Dr Vernay et ayant amené les ordonnances à la pharmacie pour Molly.

— Bonjour, Constance, dit Molly depuis la cuisine.

— Je parie que ce ne sont pas des croissants aux amandes dans ce sac.

— Non, madame, ce n'en sont pas. Et je peux voir à ton expression que tu n'es pas digne de confiance. Tu *vas* prendre les médicaments, n'est-ce pas ?

— Le Docteur Vernay a dit que ça me ferait me sentir terrible. Et j'ai une bonne journée aujourd'hui, vraiment. Alors, bien sûr que je vais prendre les médicaments, ce serait idiot de ne pas le faire ! Mais... pas aujourd'hui.

— Molly !

— Serais-tu enthousiaste à l'idée de prendre quelque chose qui allait te rendre malade ?

— Si c'était le seul moyen de guérir, oui ! Désolée d'être brutale, mais tu n'as pas toute ta tête.

Constance prit un verre sur une étagère et le remplit d'eau.

— Tiens, bois un peu de ça.

Elle vida les flacons sur le comptoir, tous les onze, puis sortit une grande bouteille en verre de son sac.

— Hum, il faut reconnaitre une chose au Docteur Vernay, il est très minutieux.

Elle commença à lire les instructions sur chaque flacon, en secouant la dose et en mettant tout dans une soucoupe.

Molly avait l'air de quelqu'un montant dans une charrette, se dirigeant droit vers la guillotine.

— On ne pourrait pas juste commencer demain ? demanda-t-elle d'une petite voix.

— Non !

— Tu as entendu les dernières nouvelles sur Ryan Tuck ? demanda Molly, espérant en vain la distraire.

— Qu'il était en réalité quelqu'un d'autre ? Oh oui, ça circulait hier soir.

— Tu le savais déjà ?

— Tu oublies que le commérage est le sport principal ici à Castillac ? rit Constance.

— On ne saura peut-être jamais qui il était vraiment.

— Ni pourquoi il prétendait être quelqu'un d'autre. Une chose est sure ? Il ne tramait rien de bon.

— Tu ne penses pas qu'il est possible qu'une personne puisse s'enfuir et prétendre être quelqu'un d'autre pour une bonne raison ? Comme si sa vie était en danger et qu'une personne terrible était à ses trousses ?

— Pourquoi quelqu'un serait-il à ses trousses, il devait de l'argent ? Une vengeance pour quelque chose de terrible qu'*il* aurait fait ? Allez, Molly. Les gens ne volent pas des identités et ne traversent pas l'océan pour rien. Qui que soit ce type, ce n'était pas le Prince Charmant.

Molly commença à protester, mais changea d'avis.

— Je viens de réaliser la chose la plus élémentaire. Disons que le vrai nom du gars était Dedalus Morton.

— Qui appelle son enfant Dedalus ?

— Personne ! Je lui donne juste un nom pour faciliter la discussion. Le truc c'est — on ne sait pas si le tueur essayait de tuer Dedalus, auquel cas il a réussi — ou Ryan Tuck, auquel cas il a échoué. En d'autres termes, le meurtrier a-t-il été trompé par le changement d'identité comme nous l'avons été ?

— Aucune idée, Molls. Séparons ces pilules en plusieurs poignées, tu ne peux pas toutes les prendre en une fois. Allez, avale !

Constance les lui tendit avec le verre d'eau.

— *Mon Dieu*, que tu es têtue ! Ta mère voulait-elle se crever les yeux avec des fourchettes en t'élevant ?

— Probablement, dit Molly distraitement.

Vaincue, elle prit les pilules et les fit passer avec une longue gorgée d'eau.

— Et... si le meurtrier a *été* trompé, alors cela signifie, *évidemment*, qu'il ou elle n'avait jamais vraiment rencontré Dedalus auparavant. Pf, on a beaucoup de choses à examiner.

Constance secoua la tête.

— Larry va passer plus tard avec de la nourriture ? Tu sais, tu es habituellement pâle, mais en ce moment, tu es carrément fantomatique. Retourne au lit, tu veux bien ? Je vais ranger un peu ici et puis partir. Thomas et moi allons au cinéma ce soir.

Molly sourit, mais il était clair qu'elle pensait à l'affaire. Elle enregistrait à peine ce que Constance disait, bien que, dans sa préoccupation, elle fût un peu plus docile. Constance la ramena au lit et la borda. Molly retomba sur les oreillers, les yeux fermés, mais son esprit s'agitait, essayant de se rappeler les interactions dont elle avait été témoin parmi ses invités, des moments qui pouvaient désormais avoir plus de sens qu'elle ne l'avait pensé à l'époque.

C'était étonnamment fatigant de simplement rester au lit et

penser. Son bras gauche commença à trembler. Elle but plus d'eau, mais elle avait un gout étrange et elle reposa le verre, sentant que quelque chose changeait déjà dans son corps à cause du médicament. Mais avant qu'elle ne pût donner un sens à quoi que ce soit, elle était, une fois de plus, endormie.

APRÈS QUE CONSTANCE eut rangé la cuisine, elle laissa un mot à Molly disant qu'elle retournerait le lendemain pour s'occuper des gites. Avec les invités restant indéfiniment, il n'y avait pas de Jour de rotation pour le nettoyage des chambres. En sortant par la porte d'entrée, elle tomba sur Ben, qui entrait.

— Bonjour, Constance, dit-il, et ils s'embrassèrent sur les joues.

— Comment va la patiente ?

— Pas du tout patiente, rit-elle.

— Endormie, la dernière fois que j'ai regardé. Écoute, tu vas devoir t'assurer qu'elle prend ses médicaments quand elle est censée le faire. C'est comme avoir affaire à un enfant têtu, je te jure. Elle a essayé de me convaincre de commencer un autre jour.

— Elle s'attend à se sentir plus mal une fois le traitement commencé.

— Je sais. Mais franchement, pas de traitement, pas de guérison.

Ben acquiesça.

— Merci pour ton aide. J'espère qu'on te verra plus tard.

Constance fit un signe de la main et partit. C'était dimanche, et Ben faillit se prendre une bière, mais il avait demandé à Maron de venir, alors il pensa qu'il devait attendre. La cuisine était propre et le coffre à bois était plein, nota-t-il avec approbation. *Molly a de bons amis.*

Un petit coup à la porte, et Ben fit entrer Maron.

—J'espère que ça ne te dérange pas de parler un peu travail un dimanche? demanda Ben.

— Depuis quand une enquête pour meurtre fait-elle attention aux jours de la semaine?

— C'est vrai. Je peux t'offrir une bière?

Maron hésita, puis acquiesça. Même si cela faisait bien plus d'un an que Dufort avait démissionné, il devait continuer à se rappeler que Ben n'était plus son patron.

Ben fit un geste vers les chaises et le canapé disposés près du poêle à bois, puis se dirigea vers le réfrigérateur. Il avait fait un jogging particulièrement long ce matin-là et attendait, avec impatience, de boire une bière depuis qu'il était sorti de la douche.

— Écoute, Maron, je veux être très clair. Je suis parfaitement conscient que tu es le commandant maintenant. Et que je n'ai aucune fonction officielle dans cette enquête. Mais je sais aussi que c'est une affaire délicate, ou du moins, ça semble l'être jusqu'à présent, et que tu es pressé da classer l'affaire. Donc, je propose simplement que Molly et moi te consultions. Strictement de manière informelle. Je n'aime pas médire d'un membre de la gendarmerie — et tu sais que je crois fermement au potentiel d'une bonne formation et d'un bon mentorat pour sortir un officier médiocre de son incompétence — mais, entre nous, j'ai entendu dire que Paul-Henri n'est pas... pas ce qu'on pourrait souhaiter. Je veux dire, en ce qui concerne les instincts d'un détective. Est-ce que c'est juste de dire ça?

—Je ne ferai pas de commentaire, dit Maron.

— Puisque tu n'as pas été engagé par quelqu'un d'impliqué — c'est bien le cas, n'est-ce pas? — je ne vois pas de problème à une certaine collaboration. Ce sera strictement informel, bien sûr. Et je ne peux pas promettre que je divulguerai tout ce que nous découvrirons ni que je le ferai rapidement. Je dois agir avec bienséance, tu comprends; ça ne ferait pas du tout l'affaire que les villageois pensent que je ne suis qu'une marionnette que tu diriges dans l'ombre.

— Non, Gilles, pas du tout, et ce n'est pas mon intention. J'espère que tu me connais assez bien pour le croire.

— Et ces conversations..., elles resteront privées ?

— Certainement. Tout ce qui te met à l'aise. Et s'il te plait, comprends que Molly et moi avons le plus grand respect pour ton travail.

Maron hocha la tête, mais il ne croyait pas particulièrement à cette dernière partie. Il appréciait cependant le geste.

— Je vais voir si Molly se sent capable de nous rejoindre, dit Dufort, en prenant une gorgée rapide de sa bière avant de se lever et de marcher tranquillement vers sa chambre.

Molly se tenait devant le miroir de la porte de l'armoire, essayant de passer un peigne dans ses cheveux.

— Chérie, Maron est là. Tu te sens de nous rejoindre ?

— Pour parler de l'affaire ?

Ben acquiesça.

— Bien sûr que oui, dit-elle en souriant et en jetant son peigne sur la table de chevet.

— Content que tu te sentes un peu mieux, dit-il doucement, alors qu'ils retournaient au salon.

— Donc, ce dernier rebondissement, dit Maron, une fois qu'ils furent de retour et installés dans les fauteuils, rend la compréhension de ce qui s'est réellement passé beaucoup plus difficile. Tout d'abord, nous ne savons pas si la victime visée était Ryan Tuck ou l'homme qui se faisait passer pour lui.

— C'est exactement ce que je pensais, murmura Molly.

— Évidemment, il est crucial d'identifier qui il était réellement, mais cela échappe, en grande partie, à notre contrôle. Je suppose que l'ambassade a dit que les Américains étaient impliqués et travaillaient là-dessus ? demanda Dufort.

— Oui, dit Maron. J'ai les noms des contacts américains. La première étape sera de vérifier s'il y a une correspondance ADN.

— Cela signifie-t-il que tu as prélevé de l'ADN sur le corps ? demanda Molly.

— Quelques prélèvements de routine, répondit Maron un peu sur la défensive.

— Tu avais un pressentiment à ce sujet, n'est-ce pas ? demanda Molly.

Maron haussa les épaules.

— Peut-être. J'essaie simplement de couvrir toutes les bases, comme on me l'a appris.

— Euh, où est Ryan maintenant ?

— Nagrand a toujours la garde du corps. Nous nous attendions à ce que la famille Tuck veuille le rapatrier aux États-Unis, mais maintenant... jusqu'à ce que nous découvrions qui il est réellement, je m'attends à ce qu'il reste à la morgue. Ce que nous pouvons faire ici, pendant que les Américains font leur part, c'est découvrir si l'un des invités avait un lien avec Ryan Tuck avant d'arriver à Castillac, soit le véritable Ryan Tuck, soit l'homme jusqu'ici non identifié.

— S'ils en avaient un, ils étaient vraiment doués pour le cacher, dit Molly.

— Je pense que j'étais présente quand ils se sont tous rencontrés. Tu te souviendras que c'est un groupe très sociable. Ils ont pratiquement emménagé dans mon salon dès le premier jour et ont fait la fête sans arrêt, du moins, jusqu'à la mort de Ryan. Je n'ai jamais remarqué le moindre petit truc bizarre lors de chaque présentation et durant le temps passé juste après leur rencontre. Je veux dire, bien sûr, le meurtrier pourrait être un bon acteur, et c'est vrai que je ne cherchais rien non plus. Mais... cela signifierait que *Ryan et le tueur* auraient dû être de bons acteurs.

— Et, nous supposons maintenant que la cible du tueur n'était pas « Ryan Tuck », mais l'homme qui se faisait passer pour lui...

— J'ai commencé à l'appeler Dédale, dit Molly.

— Hein ? dit Maron.

— Eh bien, ce n'est pas Ryan Tuck après tout. Il avait besoin d'un nouveau nom juste pour faciliter la conversation.

— D'accord, très bien. Donc, disons que le tueur apprend

d'une manière ou d'une autre que Dédale vient à La Baraque, le suit jusqu'ici, et en attendant de passer à l'action, fait semblant de ne pas le connaitre pour que personne ne voie qu'ils sont liés. Pourquoi diable Dédale ferait-il la même chose, surtout s'il avait probablement une idée que le tueur lui voulait du mal ? Pourquoi accepteraient-ils tous les deux simultanément de ne pas admettre qu'ils se connaissaient ? demanda Ben.

— Et... si le tueur avait réussi à suivre « Ryan Tuck » jusqu'ici, pour arriver et découvrir que la personne n'était pas Ryan Tuck du tout, mais un inconnu. Pourquoi ne pas le dénoncer, puisque le meurtre était de toute façon annulé ? demanda Molly.

— Parce que le meurtrier cachait son lien avec Tuck, il ne l'affichait pas, dit Maron.

— On peut supposer qu'il n'abandonnerait pas toute l'idée simplement parce que le plan de le tuer à Castillac n'avait pas fonctionné.

— Oui, désolée. C'est tellement compliqué !

Un long silence s'installa pendant que les trois détectives réfléchissaient à tout ce qu'ils ne savaient pas et essayaient de formuler des moyens de combler certaines des lacunes.

— Et qu'en est-il des autres pistes ? Constance m'a dit que Christophe parle dans toute la ville d'un homme en fédora, marchant dans la rue des Chênes la nuit du meurtre ?

— Fausse piste, dit Maron.

— Ou du moins, rien de plus à creuser.

— Je n'aime pas penser à cet homme, Dedalus, qui git à la morgue depuis tout ce temps, dit Molly.

— Que se passera-t-il si nous ne découvrons jamais qui il est vraiment ?

— Je ne suis pas sûr que Nagrand a déjà eu ce problème. Mais je suis certain qu'il existe un protocole quelque part, répondit Maron.

— Bon, d'accord. La situation peut sembler plus compliquée avec cet élément d'identité volée. Et je ne nierai pas qu'elle l'est.

Mais le mieux est de considérer cela comme une nouvelle information et de le voir comme un progrès. À moins que le tueur n'ait été trompé par l'usurpation d'identité, ce qui semble beaucoup moins probable, je pense que nous pouvons supposer que la cible du meurtre était bien Dedalus. Une fois que nous aurons un nom et un profil, je ne pense pas qu'il sera si difficile de le relier à l'un des invités. En attendant, Molly, ne leur dis rien de ce dernier développement. Pas avant que nous soyons prêts.

— Je suis d'accord sur le fait que la cible était Dedalus, dit Ben.

— Je ne les ai pas interrogés, bien sûr, mais, à mon avis, aucun d'entre eux n'a l'air d'un tueur à gages. Le motif du meurtre était probablement personnel, ce qui signifie que le meurtrier et la victime se connaissaient. Je sais, ajouta-t-il rapidement en se tournant vers Molly, tu as dit que tu n'avais rien remarqué entre Dedalus et les autres. Mais peut-être que chacun voulait garder l'association secrète pour différentes raisons. Et nous n'avons aucune idée de ce que Dedalus aurait pu faire pour essayer de se protéger. Peut-être que toute cette socialisation n'était qu'une stratégie : rester dans la foule autant que possible, rallier les autres à sa cause au cas où il y aurait une confrontation.

— Je comprends ton point de vue, dit Molly.

— C'est juste que... comme je l'ai déjà dit, les autres ne sont pas vraiment des gens faciles à vivre. Ils sont difficiles et certains sont même franchement désagréables. Mais en même temps, ils sont tous comme des gens que tu as connus toute ta vie, tu vois ? Agaçants, difficiles à supporter peut-être, imparfaits certainement... mais capables de meurtre ? C'est dur à croire.

— C'est souvent le cas, même quand on a des preuves, dit Ben.

Molly pensa aux affaires passées et hocha la tête d'un air penaud.

19

Le lendemain matin, les Bilsons partirent pour la ferme de Lela Vidal, pour un atelier de fabrication de fromage qui durait toute la journée. Constance profita de l'occasion pour ranger un peu le gite, bien que, sans Molly pour superviser son travail, il était peu probable que l'endroit finît beaucoup plus propre. Constance avait une façon de réarranger la saleté, lui disait parfois Molly, ce qui n'était pas exactement le but du ménage. Mais lentement, la jeune femme s'améliorait, sous la tutelle de Molly, dans l'art du balai-serpillère.

Constance avait une clé pour tous les gites et elle entra, espérant que les Bilsons se révèleraient être du genre ordonné. Elle fut rapidement déçue. Des tasses vides trainaient sur la table basse et des assiettes sales couvraient la table à manger. Un tas de vêtements était roulé en boule dans un coin du canapé, des magazines par terre, des sacs de chips vides sous les pieds... un vrai bazar. Avec un soupir (et un grognement), elle prit un sac sous l'évier et commença par ramasser les déchets au sol. Puis elle se dirigea vers la chambre pour récupérer les emballages de biscuits vides et les canettes de soda, et de là à la salle de bain pour plus du même genre.

Je ne suis pas maniaque de la propreté, pensa-t-elle, *mais c'est de la folie. Comment peuvent-ils supporter de vivre comme ça ?*

Une fois les déchets ramassés du sol de la salle de bain, elle décida de nettoyer puisqu'elle y était déjà. Un rapide coup de brosse aux toilettes, un coup de spray et d'éponge dans la douche. La zone autour du lavabo était encombrée de toutes sortes d'objets, et elle dut les déplacer pour essuyer la surface. Bouteilles de shampoing, maquillage, dentifrice, brosses à dents, peignes, produits capillaires. Constance n'avait pas rencontré les Bilsons, mais imaginait qu'ils devaient être très glamour, vu le nombre de produits qu'ils utilisaient pour se faire beaux. Elle examina de près un mascara et de la poudre pour le visage, intéressée par ces cosmétiques américains qu'on ne trouvait pas à Castillac.

Le dernier objet restant sur le comptoir était un petit étui en cuir, une trousse de rasage, du genre qui s'ouvrait quand on pressait les extrémités et se refermait quand on pressait dans l'autre sens. Pas la plus agile des femmes de ménage, Constance fit tomber la trousse au sol en sortant un chiffon, et elle s'ouvrit, déversant plusieurs seringues hypodermiques.

Constance fronça les sourcils. Elle s'accroupit et ramassa une des seringues. Elle semblait neuve, inutilisée. Elle regarda à l'intérieur de la trousse et trouva un petit morceau de tuyau en caoutchouc, une cuillère et un petit sac en plastique contenant une poudre blanche.

Nom d'une pipe, pensa-t-elle, en remettant rapidement tout dans la trousse. Elle donna un coup de chiffon au comptoir, remit tout en place sans chercher à y mettre de l'ordre, et courut vers la maison principale pour le dire à Molly.

20

Heureusement pour les Bilson, les autres participants à l'atelier de fabrication de fromage étaient britanniques. Par conséquent, Lela parlait anglais, bien que son accent fût prononcé et qu'ils ne comprissent pas toujours exactement ce qu'elle disait.

— Je ne comprends pas pourquoi les gens apprennent une autre langue et ne se donnent pas la peine d'apprendre à la prononcer correctement, marmonna Darcy entre ses dents, assez fort pour qu'une autre participante, Alice Bagley, l'entende.

— Désolée si elle utilise l'anglais à cause de moi, s'excusa la jeune Britannique.

— J'ai bien étudié le français à l'école, mais je suis vraiment nulle.

— Quoi ? Oh, je ne parle pas français non plus, dit Darcy, et Alice écarquilla légèrement les yeux, mais ne dit rien de plus.

— La première étape pour fabriquer du cabécou est de mélanger le lait du matin même avec celui du jour d'avant, et de porter la température à dix degrés.

— On le congèle ? chuchota Ira.

— Celsius, espèce d'âne, siffla Darcy.

— Maintenant, incorporez le petit-lait et la présure, et la fabrication du fromage est terminée pour la journée, dit Lela.

— Allons à l'étable et je vous parlerai des soins à apporter à votre troupeau. Tout le monde : ce sont bien des chèvres laitières, n'est-ce pas ? Pas des vaches ?

— En effet, pas *la vache*, dit Darcy.

— Darce, dit doucement Ira.

— Tais-toi, Ira, rétorqua-t-elle.

— Les chèvres, ce sont les animaux les plus amusants, dit Lela en tapotant le flanc d'une Alpine gestante.

— Elles ont la réputation d'être assez têtues. Leurs habitudes et leurs désirs peuvent sembler étranges quand on apprend à les connaitre. Par exemple, elles aiment beaucoup être en hauteur, donc si vous ne voulez pas les retrouver sur le toit de votre voiture, assurez-vous de bien faire attention à vos clôtures. Moi-même, j'utilise une clôture électrique portable. Elle est facile à déplacer et pas trop couteuse à faire fonctionner, car le voltage est bas. Si vous avez des zones sur votre propriété avec quelques difficultés — je veux dire, des plantes que vous préfèreriez voir disparaitre, comme le sumac vénéneux que vous avez aux États-Unis —, mettez les chèvres au travail et elles mangeront tout jusqu'au ras du sol.

— Doit-on s'inquiéter des plantes toxiques ? demanda Alice, qui s'était déplacée de l'autre côté du groupe, loin de Darcy.

— Oh oui ! dit Lela.

— En fait, il faudrait plusieurs jours pour passer en revue tous les dangers. Les gens pensent que les chèvres mangent n'importe quoi, n'est-ce pas ? Et elles sont utiles pour manger les plantes là où vous n'en voulez pas. Mais en même temps, vous devez apprendre ce qu'elles ne peuvent absolument pas manger. Les cerises sauvages, par exemple. Elles peuvent empoisonner une chèvre rapidement et mortellement. Certaines herbes, surtout après le gel, peuvent tuer une chèvre. J'ai préparé une liste pour vous et je vous suggère de passer du temps dans votre pâturage pour vous assurer de savoir ce qui y pousse.

— C'est une si grande responsabilité, dit Alice, et Lela acquiesça.

Le groupe fit une pause pour un déjeuner simple de pain, de saucisson et de fromage, fourni par Lela. Ira avait apporté des Cocas pour lui et Darcy ; la plupart des autres participants buvaient de l'eau en bouteille, et un homme plus âgé proposa de partager une bouteille de Pécharmant. Le groupe discuta aimablement de leurs troupeaux et de leurs ambitions fromagères, jusqu'à ce qu'une dispute éclate entre Darcy et Alice sur la supériorité des fromages de leurs pays respectifs.

— Vous avez le cheddar, je vous l'accorde, dit Darcy à la jeune Britannique.

— Mais allez, vous devez admettre que, dans l'ensemble, les Français vous battent à plate couture. Vos bleus n'arrivent même pas à la cheville des nôtres. Le Blue Wensleydale ? Laissez-moi rire.

Elle leva les yeux au ciel.

— Vous oubliez le Stilton, dit Alice, et le sourire narquois de Darcy s'estompa, car elle avait effectivement oublié le Stilton.

— Je ne comprends pas pourquoi vous devez en faire une compétition, dit une femme plus âgée de Liverpool.

— Le fromage, c'est le fromage. On aime le manger, on veut le fabriquer. C'est tout ce qui compte.

— Bien dit, approuva l'homme qui avait apporté le vin.

— Vous êtes sur la défensive parce que, eh bien, le fromage *américain* ? dit Alice.

— C'est plutôt embarrassant, n'est-ce pas ?

— Oh, taisez-vous, dit Darcy.

— Darce, dit Ira d'un ton d'avertissement.

— Toi aussi, tu peux te taire ! dit-elle en se levant brusquement, puis en prenant le bord de la table dans ses mains et en la retournant. Le fromage vola et atterrit sur le sol, les personnes de l'autre côté de la table furent éclaboussées par les boissons, mais au moins, personne ne fut blessé lorsque la lourde table tomba sur le côté.

— Pardon, dit Lela, qui avait vu ce qui s'était passé alors qu'elle entrait dans la pièce avec un plateau de fruits.

— Que pensez-vous faire ? Madame Bilson, j'ai bien peur que vous deviez partir. Je... Je ne comprends pas votre problème. Mais ceci... ceci n'est pas... elle essaya d'en dire plus, mais ne put trouver les mots en français, encore moins en anglais.

— Partez ! dit-elle en montrant la porte d'entrée du doigt.

Ira commença à essayer de la convaincre de les laisser rester, mais en voyant l'expression de Lela, il décida que les chances étaient trop minces pour s'en donner la peine.

— Viens, dit-il en prenant le bras de sa femme.

Darcy se dégagea brusquement et passa la porte avant lui, criant des obscénités au groupe et à Lela.

— Et votre fromage est totalement surestimé ! fut sa dernière tentative d'insulte, alors qu'Ira la rattrapa et que la porte claqua derrière eux.

MOLLY ÉTAIT ASSISE au bord de son lit, les coudes sur les genoux, essayant de décider si elle devait courir aux toilettes pour vomir. La nausée avait commencé quand elle avait pris son médicament ce matin-là — un liquide jaune fluorescent au gout infect — et son estomac s'était soulevé quand elle l'avait avalé. Depuis, elle avait eu des sueurs violentes, des picotements douloureux le long d'un bras, et avait oscillé toute la journée au bord du vomissement.

Constance frappa doucement à la porte de sa chambre.

— Molls ? Désolée de te déranger. Mais je peux te parler une seconde ?

— Entre.

— Oh là là, tu as l'air affreuse !

Molly hocha la tête.

— Je me sens encore plus mal que j'en ai l'air, si tu peux le croire.

— Je suis désolée ! On dirait que le Docteur Vernay avait raison quand il disait que les choses allaient empirer avant de s'améliorer, hein ? Au moins, il a eu raison jusqu'à présent et la maladie de Lyme est probablement le bon diagnostic ?

— Je ne suis pas vraiment capable de me réjouir de quoi que ce soit pour le moment, dit doucement Molly.

— Je comprends. Oh là là ! Je peux faire quelque chose ? Te préparer un bain peut-être ?

— En fait, ça me semble plutôt tentant, dit Molly.

— D'accord ! Constance se précipita dans la salle de bain et fit couler le bain, sortit une grande serviette moelleuse, et fut rapidement de retour aux côtés de Molly.

— Je ne sais pas si tu te sens trop mal pour une petite information que j'ai pour toi ?

— Quel genre d'information ? demanda Molly, levant les yeux du sol pour la première fois.

— Une information, pas du chocolat. Eh bien, tu sais que je nettoyais le cottage ce matin pendant que les Bilson sont à cette chose de fromage. Tu connais quelque chose à la gestion d'une laiterie ? Parce que je peux te dire qu'ils ne sont pas les bonnes personnes pour ce genre de travail. Il faut tout garder propre comme un sou neuf, tu sais ? L'hygiène est primordiale dans le monde des produits laitiers ! Et les Bilson, oh là là, ce sont de vrais cochons ! Des déchets, partout sur le sol comme s'ils ne savaient pas à quoi sert une poubelle !

— C'est ça, l'information ?

— Non, non ! Je veux dire, ce n'est pas sans rapport, mais j'ai quelque chose de mieux.

Constance voulait prolonger le suspense, mais elle voyait que Molly n'était pas d'humeur pour les jeux.

— J'ai trouvé un kit de seringues dans la salle de bain.

— Un quoi ?

— Un kit de seringues, Molly. Pour s'injecter de la drogue.

Molly passa une main dans ses cheveux.

— De la drogue ? Des seringues ? Tu me dis que les Bilson se droguent ?

— Eh bien, l'un d'eux le fait. De la came, je suppose.

Molly rit malgré elle.

— *De la came ?* Tu tires ton argot américain des films des années 70 ?

Elle gloussa puis se rallongea sur le lit.

— D'accord, de l'héroïne alors. Il y avait aussi un petit sachet dans le kit.

— Un sachet de came ? dit Molly, éclatant de rire.

— Tu ne penses pas que c'est grave ? Moi si, Molly ! Les gens qui font passer de la drogue à l'étranger sont des personnages louches, si tu veux mon avis.

— Tu penses que ça a un rapport avec le meurtre de Ryan ?

— Je ne sais pas... c'est toi la détective ! Je te donne juste une information que je trouve précieuse, et, toi, tu trouves ça hilarant pour je ne sais quelle raison. Ce ne sera plus drôle du tout quand tu auras une overdose sur les bras. Tu pourrais probablement être arrêtée pour avoir ce genre de choses sur ta propriété.

— D'accord, d'accord, je prends ça au *sérieux*, dit Molly, une vague de nausée mettant fin à son amusement.

— Mais écoute, les seringues peuvent servir à de nombreuses choses. Le diabète. L'infertilité. Même des injections de vitamines. Alors je ne tirerais pas de conclusions hâtives. Mais... merci de me l'avoir dit.

Constance alla vérifier la baignoire d'un air vexé et annonça qu'elle était prête.

— Je suppose que je vais voir si je peux entrer dans le pigeonnier ensuite. Mais il faudra encore une bonne heure dans le cottage pour le rendre habitable.

— Ne fouille pas dans leurs affaires, Constance, avertit Molly.

— On pourrait toutes les deux avoir de gros ennuis pour quelque chose comme ça.

— Je nettoyais juste la salle de bain, protesta Constance.

— La trousse de rasage est tombée par terre et les seringues se sont répandues. Ce n'est pas comme si je fouillais dans leurs affaires.

— Bien sûr, si tu remarques quoi que ce soit par hasard... chuchota Molly en lui faisant un clin d'œil.

Constance lui fit un clin d'œil en retour et partit finir le ménage au cottage pendant que Molly se déshabillait et se plongeait dans l'eau chaude. La baignoire était ancienne et immense, si longue qu'elle pouvait étendre ses jambes et s'immerger complètement.

Ainsi, l'un (ou les deux) des Bilson pouvait être un consommateur de drogue, songea-t-elle. Cela pourrait expliquer certains changements d'humeur. Bien que, pour être précise, l'humeur de Darcy semblât n'aller que dans une seule direction...

— MA CHÉRIE, dit Ira, alors que Darcy et lui montaient dans la voiture pour quitter la ferme de Lela Vidal.

— Ne commence pas, lança Darcy.

— Pour une fois, ne dis pas un mot, Ira. Je sais que j'ai tout gâché. Je le sais, d'accord? Mais cette stupide Alice Bagley m'a poussée à bout! Comment a-t-elle pu parler de fromage américain juste devant Lela Vidal? Pourquoi voulait-elle m'humilier comme ça?

— Je ne pense pas qu'elle...

— La *ferme*, Ira! Contente-toi de conduire. Parfois, j'aimerais avoir cette ferme toute seule, juste moi et les chèvres. Parce que les gens sont nuls.

Ira soupira.

— Est-ce que ça te remonterait le moral si je te disais certaines choses que j'ai découvertes sur les autres ?

— Tu veux dire les gens que tu croyais être tes nouveaux meilleurs amis ?

Ira soupira.

— On s'amusait tous bien, les premiers jours, toi y compris. Mais le meurtre change les choses, tu ne crois pas ?

— Je ne sais pas, est-ce le cas ? Ouais, d'accord, ça veut dire que l'un d'entre nous est un crétin violent et traitre. Mais c'est seulement un sur cinq, non ? Une seule personne est coupable, à moins que tu ne sois sur le point de me dire que tu as découvert un complot, Monsieur Google ?

— Eh bien, j'ai découvert quelque chose d'assez suspect. Choquant, même.

Il attendit, espérant qu'elle en demanderait plus, mais Darcy ne dit rien.

— Si tu sais te servir d'un ordinateur, ajouta-t-il, tu peux trouver à peu près tout sur n'importe qui... tant qu'ils ont passé du temps en ligne.

Toujours pas un mot de Darcy.

— Serais-tu surprise d'apprendre que quelqu'un à La Baraque connaissait Ryan d'avant ?

— Ben voyons, Ira. Je ne pensais pas qu'il avait convaincu quelqu'un de le tuer en quelques jours. Quelqu'un a dû le suivre ici.

— Tu n'en sais rien. *J'*aurais pu le tuer pour avoir flirté avec toi si éhontément.

— Mais tu ne l'as pas fait. Tu détestes la confrontation. En plus, tu es un lâche pleurnichard.

— Quelles douces paroles, dit Ira en secouant la tête.

— Écoute, Ryan et Ashley se connaissaient aux États-Unis. En fait, ils étaient en couple. Alors, mets ça dans ta pipe et fume-le.

Darcy fusilla Ira du regard.

— Ashley ? cracha-t-elle.

— Il n'aurait jamais...

— Oh, mais si. J'ai trouvé quelques articles dans un journal de Charleston. Ashley aime la haute société, je suppose. Son nom est partout sur internet, faisant du bénévolat pour tel ou tel comité de la Junior League, ou allant à telle ou telle soirée de charité chic. Et qui était son cavalier, à plus d'une occasion ? Nul autre que Ryan Tuck.

— Je n'y crois pas. Pourquoi n'ont-ils rien dit sur le fait qu'ils se connaissaient ?

— Je n'en ai aucune idée. Je suppose qu'ils avaient leurs raisons.

— Il y avait des photos ? Parce que je veux une photo ou ça n'est pas arrivé.

— Sois juste sur tes gardes, ma chérie. On sait qu'Ashley a gardé un gros secret pour elle. Qui sait ce qu'elle pourrait cacher d'autre ?

— Tu essaies de dire que tu as résolu le grand mystère tout seul ? Bon sang, Ira. Arrête d'essayer d'être un héros.

— Tu es vraiment de mauvaise humeur. Depuis quand tu prends la défense des gens ? Surtout des gens que tu n'as pas l'air d'apprécier beaucoup.

— Son meurtrier pourrait être n'importe lequel d'entre nous, Ira. Ça pourrait être *toi*. Ça pourrait même être moi, ajouta-t-elle, la voix tremblante.

Darcy tourna son visage vers la fenêtre et ne dit plus rien.

21

1985

— Qu'est-ce qui ne va *pas* chez toi ? dit Mme Bilson à son jeune fils Ira, qui se tenait là, agonisant, pendant que sa mère lisait son dernier bulletin scolaire peu impressionnant.

— Tu n'as certainement pas hérité de mon intelligence. Regarde ça, un « C », en histoire ! Tu n'as pas besoin d'être un génie pour réussir en histoire en CE2 ! Il suffit de dessiner quelques cartes, bon sang.

— Je ne suis pas doué en dessin, dit Ira, bien qu'il sût que cela ne ferait qu'accroitre le mépris de sa mère.

— Eh bien, pourquoi pas ? répliqua-t-elle sèchement.

— Je vais te dire pourquoi. Tout ce que tu fais, c'est rester dans ta chambre à ne rien faire, voilà pourquoi. Comment peux-tu espérer apprendre quoi que ce soit de cette façon ? Oh, ton père ne va pas être content de voir ça. Elle agita le papier devant son visage.

— Pas content du tout.

Ira regardait sa mère comme s'il l'écoutait, mais dans sa tête, il comptait les nombres premiers. Il était arrivé à 131 quand il remarqua qu'elle n'avait rien dit depuis quelques minutes, puis il se faufila dans sa chambre et ferma la porte. Pour son anniversaire, ses parents lui avaient offert une Nintendo, et il jeta son sac à dos par terre, se laissa tomber dans un pouf et commença à jouer à Super Mario Brothers. La musique de fond du jeu était comme un sédatif, calmant son corps des effets des paroles dures de sa mère.

Des heures passèrent.

Il faisait nuit et Ira se demandait si sa mère préparait le diner. Parfois elle le faisait, et parfois elle restait dans sa chambre avec la porte verrouillée. Ira n'avait aucune idée de ce qu'elle y faisait. Il n'aimait pas y penser. Son père passait de longues heures au bureau, et, généralement, Ira était au lit avant qu'il ne rentre à la maison. La plupart du temps, il n'y avait qu'Ira et sa mère, seuls face à leur misère mutuelle.

Il se faufila hors de sa chambre, à l'affut de tout signe qui lui indiquerait comment sa mère allait. Était-elle allée au bar dans la salle à manger? Ça sentait toujours bizarre là-bas, un mélange de doux et d'astringent, avec une couche de tabac, une odeur qui lui donnait la nausée.

— Ira? appela-t-elle depuis le salon.

Il prit une inspiration rapide et marcha vers elle.

— J'arrive, maman.

Mme Bilson était étalée sur le canapé, une jambe par-dessus le dossier.

— Je pense qu'il est temps de célébrer, dit-elle, en articulant mal ses mots.

— Appelle et commande de la nourriture chinoissse. Et assieds-toi avec moi et raconte-moi une hisstoire. Divertis-moi, petit homme.

— Que veux-tu que je fasse en premier, maman?

Mme Bilson prit une longue gorgée de son verre et essaya de concentrer son regard sur son fils.

— Fais tout, simplement, dit-elle.

— Je dois te dire comment tout faire?

Ira alla rapidement dans le couloir où se trouvait le téléphone et chercha dans un tiroir des menus de plats chinois à emporter. Il avait désormais appris qu'il valait mieux choisir lui-même ce qu'il voulait, en s'assurant de prendre des toasts aux crevettes parce que sa mère en était légèrement obsédée, et ne poser aucune question. Le restaurant chinois connaissait Ira et avait la Mastercard des Bilson enregistrée.

— D'accord, maman. Ils ont dit dans une demi-heure.

— Une demi-*heure* ? Ne comprennent-ils pas que nous *mourons* de faim ici ?

Elle jeta sa tête en arrière et rit. Ira rit aussi, mais ses yeux étaient vides.

— Maintenant, viens t'assoir, dit-elle, en faisant un geste vers une place sur le canapé à côté d'elle.

Il avança lentement. Il ne voulait pas s'assoir à côté d'elle.

— Ira !

— J'arrive, maman.

— Pourquoi ne vas-tu pas chercher ton livre d'histoire et me le lire ? Va le chercher et je vais juste rafraichir mon verre. Tu n'as aucune idée de la semaine que j'ai eue.

Ira monta à l'étage en courant, souhaitant pouvoir rester dans sa chambre jusqu'à l'arrivée de la nourriture, mais n'osant pas. De retour dans le salon, il s'assit dans un fauteuil en face de sa mère et commença à lire à haute voix à propos des Pèlerins.

— Tu comprends que ce n'est que de la propagande, ce livre, l'interrompit sa mère après quelques minutes.

— C'est quoi, la propogande ?

— Des mensonges. Des conneries. Ils essaient de faire croire que les Pèlerins étaient formidables, mais ils ne l'étaient pas vraiment. Personne ne dit la vérité de nos jours.

Mme Bilson laissa tomber sa tête et mit ses mains sur son visage. Ira savait que les larmes allaient venir. Avec Mme Bilson, les larmes, et la cruauté étaient toujours en chemin.

— Dois-je continuer à lire ?

— Non ! Tais-toi, Ira ! dit sa mère, bondissant du canapé et venant vers lui.

— Pourquoi dois-tu être si... pourquoi es-tu... qu'est-ce qui ne va *pas* chez toi ?

S'il vous plait, faites que le livreur arrive, pensa Ira. Quand elle était dans cet état, l'arrivée des toasts aux crevettes était son seul espoir.

22

Cet après-midi-là, lorsque tous les invités étaient retournés à La Baraque de leurs diverses aventures touristiques, ils erraient sur la propriété, sans but et mal à l'aise.

— Vous savez, j'ai réfléchi, dit Ira, en s'adressant à un groupe sur la terrasse.

— Je parie que tout le monde a réservé son séjour à La Baraque comme une sorte de chose pour la Saint-Valentin, non? Ou du moins, certains d'entre nous l'ont fait. Et avec tout ce qui s'est passé, la Saint-Valentin est passée sans que personne ne la mentionne.

— Parce que c'est une fête commerciale stupide dont tout le monde se fiche, marmonna Darcy.

— Donc, poursuivit Ira, je sais que c'est gênant, avec l'enquête et tout, mais je propose que nous fassions une fête de la Saint-Valentin tardive. Rien de chic, juste une façon de faire quelque chose de positif malgré tout ce bazar.

— Je n'arrive pas à croire que tu suggères qu'on fasse une *fête*, dit Ashley.

— Ryan est mort. L'un d'entre nous est un meurtrier. Franchement, ça me donne la chair de poule de continuer à rester ici. Qui sait lequel d'entre nous pourrait rôder après la tombée de la nuit, avec de mauvaises intentions ?

— Ash, dit Patty d'une voix basse.

— Eh bien, personne ne te force à rester. Tu pourrais faire tes valises et partir à tout moment, dit Darcy.

— Et avoir les gendarmes immédiatement à mes trousses ? Je ne crois pas, ricana Ashley.

— D'ailleurs, qui a l'excuse de rester en France une ou deux semaines de plus ? Je ne peux pas laisser passer ça.

— Je ne suis pas si inquiet non plus, dit Ira.

— Je veux dire, à moins que nous n'ayons affaire à un tueur en série, je ne vois pas en quoi l'un d'entre nous aurait quelque chose à craindre. Quel que soit le problème que le tueur avait avec Ryan, c'était entre eux.

Il prit soin de ne pas regarder dans la direction d'Ashley.

— Allez, qu'en dites-vous, tout le monde ? Une fête de la Saint-Valentin ? Qui est partant ?

— Moi, je suppose, dit Nathaniel.

— Évidemment, tout a changé et on ne peut pas revenir en arrière. Mais ça vaut le coup d'essayer. Ryan serait probablement pour. Et puis, quoi qu'en pense le Commandant Maron, je ne vois pas comment il peut affirmer à cent pour cent que le coupable est l'un d'entre nous. Des meurtres aléatoires *arrivent*, même dans des endroits aussi charmants que Castillac.

— C'est vrai, dit Darcy.

Elle observait chaque mouvement d'Ashley, essayant de décider si elle croyait que l'autre femme avait vraiment été avec Ryan aux États-Unis.

— Je me demandais si on devait demander un remboursement à Molly. Je veux dire, on n'a pas exactement payé tout cet argent pour finir suspects de meurtre avec, peut-être, nos vies en danger.

— Pas une mauvaise idée pour une fois, dit Ashley.

Constance sortait juste, après avoir mis de l'ordre dans la chambre de Ben, et entendit cette dernière remarque.

— Un remboursement ? cria-t-elle.

— Après tout ce que Molly a fait pour vous ? Elle aurait pu vous mettre tous dehors, vous savez. Vous pourriez être logés quelque part avec des draps qui grattent et des rats ! Mais elle est toujours accueillante. Pour *vous tous*. Contre l'avis de ses amis, je n'ai pas peur de le dire.

Et laissez-moi vous dire autre chose. Peut-être ne réalisez-vous pas que Molly est célèbre dans le village ? Qu'elle est l'une des plus grandes détectives de toute la France, connue aussi pour ses incroyables soirées culinaires ? En fait, nous avons un producteur de télévision qui vient la semaine prochaine pour parler de faire une émission de téléréalité ici, à La Baraque. C'est vrai, dit-elle, en voyant les yeux écarquillés des invités.

— Une émission de téléréalité, ici même. Des invités qui vont et viennent, de la couleur locale, le meurtre occasionnel, ce serait un succès fou !

— La télé ? dit Ashley, se redressant et posant pour une caméra invisible.

— Un remboursement est idiot, dit Nathaniel.

— Même si nos vacances ont pris un tournant inattendu, quelque chose que nous n'aurions évidemment jamais choisi, ce n'était guère la faute de Molly, ce qui s'est passé.

— Une autre chose, dit Constance, je suis sure qu'elle préfèrerait que je ne dise rien... mais je prends le volant ici à La Baraque maintenant, parce que Molly a été diagnostiquée avec la maladie de Lyme. Elle vient de commencer le traitement et, d'après tous les témoignages, ça peut être assez brutal. Alors s'il vous plait, ayez un peu de considération. Si vous voulez quitter La Baraque, et la France, c'est entre vous et le Commandant Maron. Mais si vous voulez demander un remboursement à Molly, il faudra d'abord me passer sur le corps.

Ira ricana, regardant la frêle Constance debout au milieu de la pièce dans une posture de défi, prête à affronter tous les assaillants. Il mesurait un mètre quatre-vingt-quinze et aurait pu soulever Constance d'une main aussi facilement qu'un chaton.

— Pas de remboursement, dit Patty, regardant le sol.

— De toute façon, je crois qu'on a signé une sorte de clause de non-responsabilité quand on a confirmé nos réservations. Et puisqu'on va rester un peu plus longtemps, je suis prête à essayer d'en tirer le meilleur parti. Je viendrai à la fête, Ira.

Les autres acceptèrent également d'y assister, avec des degrés d'enthousiasme variés. Constance hocha la tête avec approbation et dit au revoir, Bobo trottina vers Molly, et les invités furent laissés à eux-mêmes pour trouver quoi faire de leur temps.

ASHLEY ANNONÇA qu'elle avait un mal de tête lancinant et qu'elle allait au pigeonnier pour s'allonger. Darcy dit qu'elle allait faire une promenade dans les bois, seule. Ira retourna au cottage et s'installa pour une autre session de recherche sur Google.

Cela laissa Nathaniel et Patty, tous deux naturellement timides. Malgré avoir déjà passé une journée ensemble à voir les peintures rupestres à Montignac, ils se regardèrent maladroitement.

— Eh bien, vous... commença Patty, vous voulez faire quelque chose ?

— Et si on allait à Castillac et qu'on s'arrêtait dans un café ? dit Nathaniel.

— Je ne suis pas vraiment intéressé par plus de visites touristiques, pour être honnête. On dirait que les gens aiment aller dans des endroits célèbres juste pour pouvoir prendre une photo et dire qu'ils l'ont vu.

— Je vois ce que vous voulez dire, dit Patty.

— Ouais, d'accord. Je vais chercher mon manteau et je vous retrouve devant.

Nathaniel était grand et mince, portant un manteau en poil de chameau qui avait appartenu à son père et qui était trop grand pour lui. Patty ressemblait à un lutin à côté de lui, avec sa casquette vert vif et ses baskets, marchant d'un pas sautillant et arrivant à peine à la hauteur du coude de Nathaniel.

— Toute cette histoire est complètement dingue, lui dit-elle, avec un air confiant depuis qu'ils avaient un plan et étaient en route.

— D'abord, je pensais partir en voyage avec ma sœur de sororité, et que ce serait juste nous deux, à courir partout en mangeant beaucoup de cuisine française et en visitant un château ou deux. Et à la place, ça se transforme en une fête nonstop avec un groupe d'inconnus, avec un meurtre en prime.

Nathaniel rit.

— Je vous comprends. J'avais planifié ce voyage il y a longtemps, avant de me mettre en couple avec ma copine. Elle n'a pas pu se libérer du travail pour m'accompagner, alors, eh bien, je n'étais pas vraiment enthousiaste à l'idée d'être ici, vous voyez? Je ne voulais pas gaspiller mon argent et ne pas venir du tout. Mais je ne m'attendais certainement pas à quelque chose comme ça.

— Alors, juste entre nous, qui pensez-vous... ?

— Être le tueur? Je suis *tellement* content que vous posiez cette question. Je me demandais vraiment ce que tout le monde en pensait, mais personne n'a le courage de demander. Vous avez des qualités impressionnantes, Patty McMahon.

Patty haussa les épaules, mais ne put s'empêcher de rayonner.

Nathaniel enfonça ses mains sans gants dans ses poches.

— Eh bien, je dirais que je n'en sais rien. Qu'est-ce qui motive un tueur? La cupidité? La passion? Ashley semblait à moitié amoureuse de lui. Pareil pour Darcy. Peut-être que l'une d'elles a eu, genre, une crise de jalousie et a pété les plombs? Ou peut-être que c'est Ira qui l'a fait, pour la même raison?

— Ryan *était* plutôt un manipulateur. Je l'ai vu faire le tour, à balancer ses conneries à toutes les femmes. Dégoutant.

— Je parie que, *vous*, vous ne l'avez pas laissé s'en tirer comme ça.

— C'est exact, je ne l'ai pas fait ! Hé, voilà un endroit. Ça vous parait bien ?

Ils étaient arrivés au Café de la place, bien éclairée, au centre de Castillac, qui semblait plutôt accueillant en cette grise après-midi.

Pascal les accueillit à la porte.

— Bonjour ! dit-il, puis il continua en anglais :

— *You would like to sit near the fire ?*

Et il leur indiqua une table près d'un petit foyer au bout de la salle où brulaient quelques buches.

Patty hocha la tête de manière exagérée, ce qui était sa principale méthode de communication en France. Elle et Nathaniel s'assirent à une table près d'une fenêtre où ils pouvaient sentir la chaleur du feu.

— Beau gosse, le serveur, hein? dit Nathaniel, voyant Patty regarder Pascal avec une admiration non dissimulée.

— On peut dire ça, admit-elle, la voix montant dans les aigus.

— Alors, parlez-moi de votre vie chez vous, Patty, dit-il en souriant.

— Je sais que vous travaillez comme assistante-vétérinaire, c'est ça ?

— Ouaip, répondit-elle, les yeux rivés sur Pascal.

— J'aime vraiment beaucoup les animaux. Donc c'est ce que je fais toute la journée... prendre soin des chiens et des chats. Ma vétérinaire s'occupe des petits animaux ; elle ne soigne pas les chevaux ni rien.

— Vous n'avez jamais pensé à faire des études de vétérinaire ?

— Pas assez intelligente, dit Patty d'un ton factuel, bien que ce ne fût pas vrai.

— Bienvenue à Castillac, dit Pascal, arrivant à leur table, carnet à la main.

— Vous êtes les invités de Molly Sutton, n'est-ce pas ?

— Comment le savez-vous? demanda Patty, son expression rayonnante.

— Ah, je suis aussi un détective, mais pas à la hauteur de Molly, dit Pascal en riant, exhibant ses dents blanches et droites.

— Je ne vous ai jamais vus avant aujourd'hui. Ce n'est pas la saison touristique, et il n'y a pas grand-chose à voir ici à Castillac de toute façon. Donc, dit-il en tambourinant sur la table dans un rythme plein de suspense, j'en déduis que vous êtes les invités de Madame Sutton. « Guess » et « guest »... l'anglais n'est pas facile, dit-il en souriant à Patty. J'espère vraiment que vous ferez un long séjour.

Nathaniel regarda Patty pratiquement fondre dans une flaque de bonheur sous l'attention du beau serveur.

— La maison de Molly est pleine de monde cette semaine, et c'est super amusant. Je viens juste de rencontrer Nathaniel il y a quelques jours. Et je parie que vous avez entendu parler du meurtre ? gazouilla Patty.

— En effet, dit Pascal solennellement.

— Je suis vraiment désolé que cela se soit produit pendant votre séjour. Vous devez comprendre que la France n'est pas remplie de meurtriers !

— Personne ne semble penser que le tueur est du coin, dit Nathaniel.

— Le Commandant Maron a l'air plutôt sûr que c'est l'un des invités de Molly. On a un peu l'impression de vivre un épisode de série policière ou quelque chose comme ça !

Il fit quelques sons musicaux effrayants et agita ses mains, mais Pascal et Patty ne regardaient pas Nathaniel, mais se regardaient l'un l'autre.

— Votre anglais est *incroyable*, murmura Patty.

Nathaniel haussa les sourcils devant sa transformation d'une femme sceptique et bavarde en une adolescente aux yeux étoilés.

— Écoutez, pouvez-vous me dire où sont les toilettes pour dames ? dit-elle à Pascal.

— Nathaniel, commandez-moi simplement la même chose que vous.

Pascal indiqua la direction des toilettes, puis se retourna vers Nathaniel.

— Que puis-je vous servir? Votre amie..., elle est très attirante, dit Pascal avec un sourire malicieux.

— Ouais, Patty est géniale. Euh, deux cafés, je suppose. Et vous avez des biscuits, ou des pâtisseries ou quelque chose? Apportez-nous aussi une assiette de ça, s'il vous plait.

— Puis-je vous demander combien de temps vous comptez rester tous les deux?

Nathaniel haussa les épaules.

— On nous a demandé de rester plus longtemps, bien qu'ils ne puissent pas nous y forcer. Je devrai probablement partir à la fin de la semaine prochaine, mon patron ne me laissera pas rester en France indéfiniment. Avec un peu de chance, le Commandant Maron aura bouclé l'affaire d'ici là, ou, au moins, acceptera de nous laisser partir.

— Et... votre amie?

Pascal n'essaya pas de dissimuler son intérêt pour elle, mais semblait retenir son souffle, attendant la réponse de Nathaniel.

Nathaniel le fixa du regard.

— Vous voulez dire Patty? Aucune idée de ce qu'elle fait. Je ne l'ai pas entendue parler de ses projets. Mais, ajouta-t-il, se penchant vers Pascal et baissant la voix, elle doit sans doute rentrer bientôt pour continuer les traitements. On est tous juste reconnaissants qu'elle ait eu ce dernier voyage.

Les yeux de Pascal s'écarquillèrent.

— Que voulez-vous dire? chuchota-t-il.

— Le cancer, dit Nathaniel, secouant tristement la tête.

— Mais s'il vous plait, ne dites rien. Elle n'aime pas en parler, ce qui est compréhensible.

— Oh oui, dit Pascal.

— Je suis… tellement désolé d'entendre ça. Je vais vous apporter votre café tout de suite.

Il se faufila agilement entre les tables en direction de la cuisine, son magnifique visage attristé.

LORSQUE PATTY et Nathaniel retournèrent à La Baraque, Patty le remercia de l'avoir accompagnée au café, puis se rendit au pigeonnier pour voir comment allait Ashley.

Nathaniel resta dans la cour, essayant de décider quoi faire ensuite. Avec une soudaine certitude, il se dirigea vers l'entrée et frappa fort aux portes-fenêtres. Il resta un moment à écouter, mais n'entendit rien.

Il frappa à nouveau et entendit des pas trainants.

— Oui ? dit Molly en ouvrant la porte, sans avoir l'air d'être elle-même.

— Je ne veux pas m'imposer, j'espère que je ne vous dérange pas. Je voulais juste dire… J'ai peur que Constance ait divulgué aux autres que vous ne vous sentez pas bien. J'ai eu des amis qui ont eu la maladie de Lyme, et la guérison peut être vraiment difficile ! Quoi qu'il en soit, la dernière chose que je voulais, c'était vous faire sortir du lit. Retournez vous allonger et je vais vous apporter quelque chose à boire. Je suis sûr que votre médecin vous a dit de bien vous hydrater.

— Oh, vous êtes très gentil, dit Molly en retournant dans sa chambre.

— J'ai effectivement soif, alors merci.

Un instant plus tard, Nathaniel entra dans sa chambre avec un verre d'eau glacée.

— Ce n'est pas un problème du tout. Je sais qu'une amie m'a dit que le traitement contre la maladie de Lyme lui donnait un mauvais gout à tout. Est-ce que ça vous arrive aussi ?

— Oui ! C'est la chose la plus étrange. Même l'eau a un gout désagréable. Non, non, je suis contente que vous m'ayez apporté de l'eau et je devrais en boire beaucoup. Mais le gout me donne envie de vomir.

— Voudriez-vous boire autre chose que de l'eau ?

— D'une certaine manière, je ne pense pas que le Docteur Vernay serait très enthousiaste à l'idée que je boive un kir. Et pour être honnête, ça ne me semble pas très appétissant, ce qui est vraiment révélateur. Il y a peut-être du jus quelque part dans le garde-manger ? Regardez par terre, derrière le sac de riz.

Nathaniel disparut, puis revint rapidement avec un grand verre de jus d'abricot glacé.

— Oh, c'est vrai, maintenant je m'en souviens ! J'avais acheté une bouteille il y a un moment pour une recette que je n'ai jamais fini par faire.

Elle prit une petite gorgée, puis en avala une bonne partie.

— C'est bon ! Merci beaucoup, Nathaniel.

Elle posa le verre sur sa table de chevet et se laissa retomber sur les oreillers, épuisée par ce petit effort.

— Je suis désolée. Je ne sais pas pourquoi je m'excuse, mais voilà. Je déteste ça.

Il hocha la tête.

— N'importe qui le détesterait. Vous êtes tellement amusante et pleine d'énergie, ça doit être terriblement frustrant et contrariant d'être clouée au lit. Le médecin vous a dit quand vous pourriez vous sentir mieux ?

Molly haussa les épaules.

— Il dit que ça dépend de beaucoup de choses. Écoutez, ne parlons plus de maladie. Vous revenez juste du village ? Qu'est-ce que vous avez fait ?

— Patty et moi sommes allés dans ce café au centre du village et nous avons pris un café. C'est une belle promenade et je suis vraiment content d'avoir décidé de rester dans votre gite plutôt que de prendre une chambre d'hôtel, ça me donne l'occasion de me faire des amis. Et je m'inquiète un peu pour les femmes qui voyagent seules. Le serveur faisait les yeux doux à Patty, alors je l'ai fait sortir de là et je l'ai ramenée en sécurité.

— Quoi... Pascal ? Oh, je suis sure que c'était inoffensif, quoique ce fût. Écoutez, ça ne vous dérangerait pas de me distraire avec quelque chose de joyeux ? Parlez-moi de Miranda. Comment vous êtes-vous rencontrés ?

Nathaniel sourit.

— Eh bien, c'était une rencontre inhabituelle, c'est certain. Vous savez que je travaille dans un hôpital ? Je m'occupe de l'informatique, pas des soins directs ou quoi que ce soit, donc je n'ai pas de contact avec les patients. Mais il y avait cette femme qui avait été transférée d'un hôpital d'un autre État, et nous avions un mal fou à faire apparaitre ses dossiers dans notre base de données. Finalement, je suis allé la voir moi-même, me demandant si je pouvais avoir une idée de ce qui bloquait les choses, pensant que peut-être le personnel avait mal saisi les informations. Bref, je suis entré dans sa chambre, qui était remplie de fleurs de ses amis et de sa famille, et il y avait cette femme incroyablement belle...

— Oh là là ! Pourquoi était-elle à l'hôpital ? Elle va bien maintenant ?

— Oh oui, absolument. Elle avait un cancer, mais d'un type très rare que son premier hôpital n'était pas qualifié pour traiter. Une fois qu'elle est arrivée chez nous, ils s'en sont occupés et elle s'est bien rétablie.

— Avec beaucoup de visites de votre part ? dit Molly en souriant, se souvenant de la douce lettre qu'elle avait lue en fouinant dans sa chambre.

Nathaniel rougit, ce que Molly trouva charmant.

— C'est un peu bizarre, ou peut-être pas du tout, mais ma mère a eu un cancer quand j'étais enfant. Elle est morte quand j'avais huit ans. Donc, je ne sais pas, il y a une sorte de... compréhension, peut-être, des personnes malades, que j'ai apprise pendant cette période.

— Je suis vraiment désolée que vous ayez perdu votre mère, dit Molly, les yeux humides.

— Merci. Mais vraiment, c'était il y a toute une vie, et ce n'est plus douloureux. Je l'ai mentionné uniquement parce que, eh bien, tomber amoureux d'une patiente à l'hôpital pourrait sembler inhabituel.

— Vous avez déjà lu *L'Adieu aux armes* de Hemingway? Une infirmière et un patient. Bien que je ne puisse pas penser à des cas où la femme est patiente et le médecin tombe amoureux d'elle. C'est généralement l'inverse. Quoi qu'il en soit, je suis heureuse pour vous. Je suppose qu'on ne sait jamais où on trouvera l'amour, hein ?

Elle prit une autre gorgée de son jus.

— Vous avez été en contact avec elle depuis que votre arrivée ici? Que pense-t-elle de la façon dont ce voyage est devenu fou?

— Surtout par e-mail, avec quelques vraies lettres et cartes postales. Je... Je n'en ai parlé à personne, parce que, eh bien, nous ne sortons ensemble que depuis environ deux mois. Mais avant de partir, je lui ai demandé de m'épouser, et elle a dit oui.

Nathaniel regarda Molly avec des yeux brillants.

— Donc, nous ne nous parlons pas au téléphone pendant que je suis ici. Nous avons un mariage pour lequel il faut économiser.

— Eh bien, c'est absolument merveilleux, dit Molly.

— Félicitations! Parfois, on sait simplement quand quelque chose est juste, dit-elle, se demandant intérieurement pourquoi cela ne semblait jamais lui arriver.

— Exactement, acquiesça Nathaniel.

Le visage de Molly était pâle et ses taches de rousseur ressortaient encore plus que d'habitude. Elle ferma les yeux un moment et soupira profondément.

— Merci, Nathaniel. Je pense que je vais essayer de faire une petite sieste maintenant.

— Bien sûr, Molly. Si vous avez besoin de quoi que ce soit, appelez-moi.

Les pensées de Molly étaient éparpillées alors qu'elle s'assoupissait pour la troisième fois de la journée. Elle espérait seulement que cette phase du traitement passerait rapidement pour qu'elle pût reprendre le cours de sa vie et rejoindre activement Ben sur l'affaire de meurtre. Et où *était* Ben, d'ailleurs ? N'était-il pas censé emménager à La Baraque ? Elle ne se souvenait plus si cette conversation avait eu lieu hier ou la semaine d'avant.

La dernière chose qu'elle voulait était d'être clouée au lit. Et sur cette pensée, elle commença à ronfler.

23

1987

Les rideaux étaient tirés sur la fenêtre, plongeant la pièce dans une pénombre grise, à l'exception d'une fine bande de soleil qui traversait le lit où reposait une femme, se rapprochant inexorablement de son visage à mesure que le soleil avançait dans le ciel de l'après-midi.

— Nathaniel, dit-elle d'une voix douce.

— Ferme les rideaux, s'il te plait.

Le garçon se leva et se dirigea vers la fenêtre. Il ne regarda pas dehors avec envie, malgré les nombreux après-midis passés à l'intérieur et les innombrables jeux manqués avec les enfants du quartier. Il avait décidé, de lui-même, de ne pas sortir, convaincu que s'il le faisait, s'il relâchait sa vigilance, ne serait-ce qu'un après-midi, une heure, sa mère mourrait.

Avec quelque difficulté, il parvint à tirer les deux pans du rideau au centre, et la bande de soleil disparut.

— Merci, Nathaniel. Viens ici, dit sa mère en tendant la main.

Il s'assit à côté d'elle, composant une expression comme s'il regardait quelque chose d'heureux plutôt que le visage émacié de sa mère, pesant désormais moins de 45 kilos, son corps ravagé par la maladie. Elle ne dit rien, mais prit sa main dans les siennes et la serra, fermant les yeux. Elle faisait cela tous les jours. Parfois, Nathaniel attendait une demi-heure ou plus avant qu'elle ne s'endorme ou ne change de position et ne lâche sa main.

Il ne lâchait jamais. Ne s'éloignait jamais d'elle.

Bien sûr, on l'obligeait à aller à l'école tous les jours. Son père s'en chargeait, et, comme la maladie de sa mère durait depuis de nombreux mois, il s'y était en quelque sorte habitué et ne pleurait plus quand on lui disait qu'il était temps de partir. Il n'avait que huit ans, alors pour lui, ces mois représentaient une grande partie de sa vie. Le soir, au lit, quand il était l'heure de dormir, il essayait de se souvenir comment les choses étaient avant qu'elle ne tombe malade. Il était surpris du peu de souvenirs qu'il arrivait à saisir.

Pendant la semaine de travail, M Beech rentrait tous les jours ponctuellement à 19 h. Il préparait des hamburgers et du maïs en conserve pour Nathaniel et lui, il disait sévèrement à son fils de boire son lait, de ramasser ses chaussures dans le salon et de faire correctement ses devoirs. Une longue liste d'ordres, mais jamais de conversation. Il ne demandait jamais à Nathaniel quels genres de livres il aimait, ou s'il en avait assez du maïs en conserve. Il ne disait jamais à quel point c'était difficile pour eux tous de voir sa mère s'enfoncer plus profondément dans la maladie vers la mort.

Il ne riait jamais, n'étreignait jamais son fils, ni ne parvenait à voir au-delà de sa propre tristesse, même pour un instant.

24

Le lendemain matin, mardi, Molly se sentait beaucoup plus humaine. Avec précaution, elle se leva et s'habilla, prépara du café, nourrit Bobo. Tout cela représentait plus d'activité qu'elle n'en avait l'habitude les jours d'avant, mais cela ne semblait pas trop difficile.

— Bonjour Molls, dit Constance en entrant par la porte d'entrée, portant une grande marmite.

— Bonjour, Constance. Merci beaucoup de t'être occupée des choses comme tu l'as fait. Qu'est-ce que c'est que ça?

— Je viens de le trouver posé sur le perron en arrivant. On dirait que ça vient de Monsieur Nugent.

Molly déplia une note et reconnut l'écriture soignée d'Edmond Nugent. Il était le propriétaire et unique boulanger de son endroit préféré dans toute la France, la Pâtisserie Bujold, et il devait se demander où diable sa cliente la plus assidue avait bien pu disparaitre.

« Ma très chère Molly,

J'entends dire que tu n'es pas au mieux de ta forme.

Je te prie de boire autant de soupe que possible.

Quel que soit le problème, cela t'aidera.

Avec toute mon affection,

Edmond »

Molly souleva le couvercle et jeta un coup d'œil à l'intérieur. L'odeur alléchante du bouillon de poulet emplit ses narines.

— Tu sais, je crois que je vais en prendre un bol tout de suite. Tu en veux ? demanda Molly à Constance.

Avant qu'elle ne puisse répondre, on frappa rapidement à la porte. Molly alla ouvrir et trouva Maron dehors.

— Bonjour Molly. Content de vous voir debout. Le traitement contre la maladie de Lyme n'est pas si terrible après tout ?

— Pas pour le moment, dit-elle.

— Que se passe-t-il ? Et où est Ben ?

— Je vais t'expliquer, dit-il.

— Je peux entrer ?

— Oh, bien sûr, désolée. Tu veux du café ? Ou de la soupe ?

— Du café, merci.

Constance s'était éclipsée dès qu'elle avait vu qui c'était. Molly et Maron s'assirent devant le poêle à bois et sirotèrent leur café.

— Ben a fait quelque chose pour moi, un peu sous le manteau. Il sera là bientôt.

— Sous le manteau ?

— Je veux dire officieusement. Sais-tu que Paul-Henri n'arrête pas de parler de te mettre sur la liste des suspects pour le meurtre de Ryan ? Ou Dedalus, comme tu l'avais nommé.

Molly rit.

— Je suppose que ce n'est pas drôle. Qu'ai-je fait pour lui donner une si mauvaise opinion de moi ?

— Oh, je ne pense pas qu'il croit réellement que tu l'as fait. C'est juste qu'il est tellement à cheval sur la procédure. Dans son esprit, toute personne ayant eu un contact avec Dedalus pendant les quelques jours où il était à Castillac devrait être sur cette liste. Quand j'ai demandé pourquoi la propriétaire d'un gite voudrait soudainement tuer l'un de ses clients qu'elle n'avait jamais rencontrés, il a suggéré que tu pourrais avoir un passé avec lui et l'avoir attiré en France pour séjourner dans une chambre de luxe afin de pouvoir l'étrangler à loisir.

— Ah, une sorte de Veuve Noire aubergiste ? dit Molly.

— Précisément, dit Maron, avec un rare sourire.

— Je préfèrerais connaitre l'identité de Dedalus avant de dire quoi que ce soit aux invités, mais ce n'est pas un monde parfait, tu sais ? Je ne peux pas rester assis ici à ne rien faire pendant que les Américains travaillent là-dessus. Je ne sais pas s'ils trainent les pieds ou s'ils sont incompétents, mais je suis impatient de voir des progrès.

— Cela ne fait que quelques jours.

— Néanmoins. Je veux les convoquer ici dans quelques minutes et leur parler du fait que Ryan n'était pas vraiment Ryan, et j'aimerais que tu sois là aussi, à observer et écouter. Tous agiront surpris, bien sûr. Quatre seront légitimement choqués, et un fera semblant. J'espère qu'entre toi, moi et Ben, nous pourrons repérer lequel.

— Pas Paul-Henri ?

— Malheureusement, le chien de Madame Vargas s'est encore échappé, donc il est occupé ailleurs.

— Yves ! J'adore ce chien.

— Oui. Bon. Peux-tu rassembler les invités ? Comme je l'ai dit, j'attends Ben d'une minute à l'autre, et ça ne me dérange pas que tout le monde arrive ici en avance, se demandant ce qui se passe, mais devant attendre pour le savoir. Toute pression supplémentaire devrait nous être utile. Tu te sens assez bien pour cette entreprise ?

Molly acquiesça.

— Bien sûr. Avant que je ne le fasse, cependant, il y a quelque chose que je voulais te dire.

Son visage prit une légère teinte rose lorsqu'elle avoua avoir fouiné dans les quartiers de ses invités.

— ... donc, bien sûr, une fois que je l'ai vue, j'ai lu la lettre. Elle était adressée à sa petite amie restée au pays. Deux choses intéressantes à ce sujet : il dit qu'il est « à peu près sûr » que le mobile était la jalousie amoureuse, ce qui correspond à l'une de nos théories ; et qu'il pense savoir qui l'a fait, mais n'a encore rien dit.

— Hmm. Tu n'as pas pris la lettre par hasard ? Ou pris une photo ?

— Merde. Je ne l'ai pas prise, pour des raisons évidentes, mais j'avais mon téléphone avec moi et j'aurais pu prendre une photo. Ça ne m'est tout simplement pas venu à l'esprit. C'était il y a quelques jours maintenant, la lettre a probablement été envoyée depuis longtemps.

— Dommage.

— Oui. Eh bien, tu pourrais peut-être faire pression sur Nathaniel pour savoir qui il soupçonne et pourquoi, et au moins, nous pourrons le rayer de notre propre liste.

— Ne sois pas trop hâtive, Molly.

— C'est clair comme de l'eau de roche dans la lettre qu'il ne l'a pas fait, Gilles.

— Eh bien, que t'attendais-tu à ce qu'il dise à sa petite amie ? « L'acte est accompli et je te verrai bientôt » ? Peu probable. C'est toujours toi la première à dire qu'il ne faut jamais présumer, Molly.

— Mais... commença-t-elle à argumenter, mais ne se sentait pas en état.

Elle mènerait cette bataille un autre jour.

— D'accord alors, nous pourrons en reparler plus tard si tu veux bien. Je vais aller frapper à quelques portes et je reviens tout de suite. Je ne suis pas sure que tout le monde soit encore là, mais il est encore tôt...

Pendant que Molly était partie, Maron se leva et fit le tour du salon. Il évita le chat roux, qui lui avait arraché un morceau de mollet lors d'une visite l'été dernier. Il jeta un coup d'œil aux livres sur l'étagère, ouvrit un tiroir, remarqua les anciennes bouteilles de médicaments en verre alignées sur le rebord de la fenêtre de la cuisine.

Ashley arriva la première.

— Eh bien bonjour, Offi-si-ay, dit-elle, en forçant un accent qu'elle avait tiré de films, mais pas français.

— Je veux vous dire, puisque nous sommes seuls... Je suis vraiment si contente que vous soyez en charge.

Elle le regarda sous ses cils lourdement maquillés.

— J'espère pouvoir être votre meilleur témoin.

Maron ne savait que penser de tout cela.

— Oui. Eh bien, si vous pouvez me donner des informations utiles, je serai ravi de les entendre. Vous est-il venu quelque chose à l'esprit depuis notre dernière rencontre, quelque chose dont vous vous seriez souvenue ou que vous auriez oublié de me dire ?

— Eh bien, je suis sure que vous savez que Darcy Bilson avait jeté son dévolu sur Ryan ? Oh oui. Elle a dit à Patty — Patty est mon amie d'université, nous voyageons ensemble — elle a dit à Patty qu'elle voulait Ryan. Je veux dire qu'elle le voulait *charnellement*. Une femme mariée, dire une chose pareille à une parfaite inconnue ! Je ne dis pas qu'elle est coupable, Off-i-cier Maron, mais je sais que quand certaines personnes n'obtiennent pas ce qu'elles veulent, elles peuvent devenir un peu folles. Ou *complètement*.

— Vous insinuez que, selon vous, le meurtrier de Ryan est Darcy Bilson ?

— Oui monsieur, c'est ce que je fais. Ou ce que je ferais si j'étais du genre à parier, ce que je ne suis pas, parce que Maman m'a toujours dit que parier était vulgaire, et ma maman avait raison sur à peu près tout.

Ashley ricana intérieurement à cette pensée, car elle s'était enfuie de chez elle à seize ans, en grande partie, pour échapper à sa mère.

Patty entra ensuite, suivie peu après par les autres.

— Nous avons de la chance, Gilles, dit Molly.

— Tout le monde est présent. Merci à tous, je sais que ce sont les vacances les plus étranges que vous ayez jamais eues. Je peux vous dire que la gendarmerie de Castillac s'est distinguée à maintes reprises pendant mon séjour ici, et j'espère qu'ils seront bientôt en mesure de procéder à une arrestation et de mettre toute cette histoire derrière nous. Je sais que vous êtes impatients de rentrer chez vous.

— Pas vraiment ! s'exclama Patty.

— Je veux dire, mon travail me manque et tout ça, mais vous savez, c'est la première fois que je suis dans un pays étranger, et c'est vraiment cool. En plus, je pourrais manger ces croissants aux amandes toute la journée.

— Une fille qui cherche à conquérir mon cœur, dit Molly.

Son esprit était plus clair qu'il ne l'avait été depuis des jours, et elle remarqua que Patty, au moins, semblait remarquablement sereine. Soit elle était une sociopathe de pierre incapable de ressentir de la culpabilité, soit elle était innocente et ne savait rien de ce qui s'était passé.

— Veuillez vous mettre à l'aise, dit Maron.

— J'ai des nouvelles concernant l'affaire que vous méritez tous de connaitre. Ryan Tuck, l'homme que vous connaissiez sous le nom de « Ryan Tuck », était un imposteur. À ce stade, nous ne connaissons pas sa véritable identité. Il existe bien un Ryan Tuck, et le passeport est valide, mais cet homme est actuellement à Cincinnati, dans l'Ohio, et n'a jamais visité la France de sa vie.

Molly observa attentivement. Tous les cinq étaient immobiles, les yeux écarquillés, figés pendant quelques instants. Elle ne put s'empêcher de se demander si Maron n'avait pas tort, et si le meurtrier n'était pas quelqu'un sans aucun lien avec La Baraque. Puis tout le monde se mit à parler en même temps.

— Pas possible !

— Quoi ?

— Je savais qu'il y avait quelque chose de louche chez lui, dit Ira.

— Beau parleur, dit Patty.

Darcy et Nathaniel s'étaient levés, la bouche ouverte et les yeux écarquillés de surprise.

— Alors qui était-il ? demanda Darcy.

— Comme je l'ai dit, poursuivit Maron, nous ne le savons pas encore. Mais peut-être que l'un d'entre vous le sait ?

Ashley baissa les yeux vers le sol, ses mains s'agitant sur ses genoux. Patty l'observait avec curiosité, tout comme Ira.

— Quelqu'un ? demanda Maron.

— Donc, ce que ça veut dire, c'est… qu'on ne sait pas si le meurtrier voulait tuer Ryan, ou cet autre type, dit Ira.

Maron hocha la tête.

— Peut-être…, excusez-moi si ce n'est pas légal ou quelque chose comme ça, mais peut-être que je pourrais aider avec ça ? Je suis informaticien, vous vous souvenez. Peut-être que je pourrais faire une recherche et voir ce que je peux trouver ?

— Je suis sure que la police a ses propres informaticiens, Nathaniel, dit Ashley.

Il haussa les épaules.

— Ouais, c'est vrai, désolé Commandant, je ne voulais pas vous insulter. J'essayais juste d'aider.

— Merci pour l'offre, dit Maron.

— Molly, pourrais-tu servir quelque chose à manger et à boire aux invités ? Peut-être au moins du café ?

— Bien sûr ! dit Molly, comprenant que Maron voulait les garder dans la pièce.

Elle alla chercher sa tablette, cherchant une recette facile de sablés qu'elle avait déjà faite, et se mit au travail dans la cuisine.

— Vous avez besoin d'aide ? lui demanda Ashley.

— Je ne suis pas un as en cuisine, mais honnêtement, je vais devenir folle si je reste plantée là-bas. Je n'arrive pas à oublier le fait que l'une de ces personnes est un meurtrier, comme certains semblent pouvoir le faire.

— Et vous ne devriez pas, dit doucement Molly, feignant de supposer qu'évidemment, Ashley elle-même était au-dessus de tout soupçon.

Elle sortit la farine, le beurre et le sucre, et donna à Ashley un verre doseur en lui indiquant la quantité de sucre à mesurer, se rappelant qu'elle n'avait pas le droit de manger de biscuits pendant qu'elle prenait des antibiotiques.

— Alors Ashley, continua Molly à voix basse, juste par curiosité, qui pensez-vous que c'est ?

Ashley s'arrêta net et regarda Molly avec des yeux humides.

— Je...

Molly retint son souffle.

Mais Ashley rompit le contact visuel et se remit à mesurer le sucre.

— Il me manque, c'est tout. Ryan et moi avions vraiment connecté, comme vous l'avez surement remarqué. Et qu'il nous soit arraché comme ça...

— Je comprends. J'avais de l'affection pour lui aussi. Bon, voici le beurre. Prenez le dos de cette cuillère en bois et mélangez le tout.

Molly regarda vers le salon. Ira se tenait devant le poêle à bois, comme il aimait le faire, les bras croisés sur sa large poitrine, observant sa femme et jetant des coups d'œil à Ashley. Darcy faisait les cent pas, les mains dans les cheveux et les yeux rivés au sol. Nathaniel et Patty étaient assis l'un à côté de l'autre sur le canapé, parlant à voix basse.

L'une de ces personnes avait-elle vraiment tué Dedalus ? Molly n'arrivait toujours pas à se faire à cette idée. Elle savait très bien que les affaires se résolvaient avec des preuves et un raisonnement logique, pas avec des émotions et de vagues impressions. Néanmoins, elle n'avait pas le *sentiment* d'être dans la même pièce qu'un tueur de sang-froid, et il était difficile de se débarrasser de cette impression.

Une fois de plus, son regard parcourut la pièce, observant chaque invité à tour de rôle, se demandant ce qui se cachait sous les masques publics qu'ils portaient. Elle se versa un autre verre de jus d'abricot et se prépara à se mêler à eux, prête à écouter discrètement, ses sens aussi affutés que possible.

25

Tôt mercredi matin, Patty réussit à tirer Ashley du lit et à la faire monter dans une voiture de location. Le trajet jusqu'à Rocamadour allait prendre un certain temps, et elle voulait être première en ligne à l'Écoparc pour voir le spectacle mettant en scène des faucons et des rapaces volant librement au-dessus de la vallée.

Ashley était affalée sur le siège passager, lunettes de soleil sur le nez.

— A-t-on le droit de prendre un petit-déjeuner? demanda-t-elle d'un ton grincheux. Ou cette marche forcée ne s'arrête-t-elle pour rien de toute la journée?

— Très drôle, dit Patty.

— Écoute, j'ai accepté de venir à Castillac uniquement parce que tu m'as promis qu'on pourrait visiter cet Écoparc. Sinon, je n'aurais jamais voulu passer mon tout premier voyage à l'étranger dans un petit village où il ne se passe jamais rien.

— Je ne qualifierais pas vraiment ce voyage de sans incident.

— Bon, d'accord, mais maintenant quoi? On est coincées à La Baraque avec les mêmes personnes, dont l'une pourrait bien être un tueur, sans rien à faire. Je pensais que le but de voyager était de sortir dans le monde et de voir des choses ?! Mais tout ce que j'ai fait ici, c'est marcher jusqu'au village ennuyeux et boire un café.

— En parlant de ça, que penses-tu de ce Nathaniel ? Il est plutôt mignon, tu ne trouves pas ? Des étincelles entre vous ?

— Nan. Pas mon genre. En plus, il a une petite amie sérieuse. Mais, dit Patty en serrant sa prise sur le volant et en affichant un large sourire, j'ai rencontré quelqu'un. Un serveur au Café de la place. Ne te fais pas d'idées d'y aller, Ash ! Sérieusement ! C'est *mon* territoire pour les prochains jours, tu m'entends ?

— Bon sang, Patty, tu crois que je passe mon temps à essayer de voler les hommes de mes amies ?

Patty haussa les épaules.

— Il s'appelle Pascal. Et il est tellement magnifique que j'en avais le souffle coupé.

— Hum hum. Et tu penses avoir une chance avec lui ? Tu ne parles même pas un mot de frawn-say.

— Qui s'en soucie ? Son anglais est magnifique. Je ne sais pas, peut-être que c'était juste le charme français ? Mais il semblait vraiment intéressé, dit Patty.

— Du moins, au début. Les pourboires ne sont pas autorisés au café, donc je ne pense pas qu'il essayait juste de me soutirer un centime de plus. Mais...

Ashley attendit.

— Mais quoi ?

— Je ne sais pas. Il est passé de chaleureux et intéressé à une sorte d'évitement. C'était un peu bizarre. Quand je suis allée le remercier et lui dire au revoir, il m'a regardée tout triste. Comme s'il avait perdu son meilleur ami.

— Alors peut-être qu'il a reçu de mauvaises nouvelles. Tout ne tourne pas toujours autour de toi, tu sais.

— Vraiment ? dit Patty d'un ton sarcastique.

— Je pensais que tout tournait en fait autour de toi.

— Je pense que je devrais aller vérifier ce Pascal. S'il est aussi beau que tu le dis, je détesterais qu'il soit gâché dans un endroit comme Castillac.

— Ash !

— Tu viens de dire qu'il t'évitait. Pourquoi je n'aurais pas le droit de tenter ma chance ? Peut-être qu'il préfère les blondes.

Patty serra les dents et ne dit rien, mais ses oreilles devinrent rouge vif et elle plissa les yeux sur la route avec une expression sombre.

Les deux amies restèrent silencieuses. Elles étaient sur une autoroute, et la conduite était facile. Bientôt, elles accélérèrent sur une longue montée jusqu'au parking tout en haut, où se trouvait l'Écoparc. Elles se garèrent et achetèrent des billets.

— Les oiseaux ne sont-ils pas un peu sales ? dit Ashley.

— Je veux dire, ils peuvent être jolis et tout, mais beaucoup d'entre eux ne portent-ils pas des maladies et tout ça ?

— Pourquoi parles-tu quand tu n'as aucune idée de ce dont tu parles ? Tu as l'air d'une vraie écervelée.

— Heureusement que j'ai d'autres atouts, dit Ashley en ébouriffant ses cheveux et en prenant la pose.

Patty leva les yeux au ciel.

— Allez, je veux avoir de bonnes places.

Mais pour le spectacle de l'Écoparc, il n'y avait pas de mauvaises places. Sur une falaise surplombant la vallée, quelques rangées de sièges entouraient un espace ouvert, avec le précipice d'un côté. Des dresseurs arrivèrent avec d'énormes rapaces sur leurs bras, et avec des sifflets et des friandises lancées en l'air, le spectacle commença. D'énormes aigles s'envolèrent, planant sur les courants d'air. Des faucons plongeaient pour attraper leurs proies et revenaient sur les avant-bras rembourrés de leurs dresseurs. Un homme fit le tour avec un vautour et le laissa grimper sur les membres du public qui acceptaient.

— Oh, mon Dieu, souffla Patty, alors que le vautour se tenait sur sa tête.

— C'est *tellement* cool !

Ashley ne cacha pas son dégout.

— Ça va durer encore longtemps ? J'ai tellement faim que ce n'est même pas drôle. Et j'aimerais voir l'église qui s'accroche au flanc de la falaise là-bas.

— Merci, dit Patty à l'homme au vautour, qui hocha la tête et lui fit un clin d'œil.

— Les rapaces sont les meilleurs.

— Je croyais que tu n'aimais que les chiots et les chatons ? Depuis quand t'intéresses-tu à un tas de machines à tuer volantes et puantes ?

— Ils ne sont pas puants. Et ce n'est pas parce que je travaille avec des chiens et des chats dans mon métier que je n'apprécie pas les autres animaux. J'aime *tous* les animaux, Ashley. Beaucoup plus que certaines personnes, ajouta-t-elle à voix basse.

Quand le spectacle fut terminé, elles descendirent le sentier vers le minuscule village, accroché au flanc d'une haute falaise. C'était à couper le souffle, et impossible de ne pas s'émerveiller du travail qui avait rendu cet endroit possible. Comment avaient-ils réussi l'ingénierie, ou même à faire monter les matériaux si haut ? L'exploit n'était pas simplement d'avoir construit des bâtiments dans cet endroit des plus inimaginables, c'était que les bâtiments étaient si beaux. Lumineux sous le soleil, délicats et pourtant puissants.

Patty et Ashley flânèrent dans les rues étroites, achetèrent des cartes postales et des glaces, et finirent par arriver à l'église. Patty la traversa rapidement, espérant avoir le temps de faire une autre visite rapide à l'Écoparc sur le chemin du retour, mais Ashley alluma des bougies. Puis elle entra dans un banc, s'agenouilla sur un prie-Dieu en velours poussiéreux et ferma les yeux pour prier.

Patty l'observa. Il lui vint à l'esprit, pour la première fois, que son amie était en quelque sorte l'incarnation humaine d'un rapace : toujours affamée, toujours prête à arracher tout ce qu'elle voulait à n'importe qui.

Finalement, Ashley se leva et elles remontèrent les longues

marches jusqu'au parking. Il faisait déjà sombre et l'Écoparc fermait. Près du sommet se trouvait un palier où l'on pouvait s'arrêter pour reprendre son souffle et admirer la vue, et Ashley, haletante, alla jusqu'au bord et s'appuya sur la rambarde basse.

Patty se tenait derrière elle. Elle observa les sandales dorées de son amie, les pires chaussures possibles pour toute la marche qu'elles avaient prévue de faire. Elle observa ses cheveux coiffés, son habitude de toujours poser, comme si le monde était toujours en train de se bousculer avec des caméras pour capturer tout ce qu'elle faisait. Elle pensa à Pascal et à son sourire éblouissant.

Elle s'approcha de sa vieille amie et posa ses deux paumes sur son dos. Étant donné la position d'Ashley, elle réalisa qu'il serait facile de la pousser. Si facile. Et tellement, tellement satisfaisant.

26

1990

Patty avait un plan. Elle était ravie d'avoir reçu sa première invitation à une fête avec les élèves populaires de sa classe au collège Jackson, mais il n'y avait aucune chance que sa mère l'autorise à y aller. Ça ne valait même pas la peine de demander. Ce dont Patty avait besoin, c'était une distraction, quelque chose qui mettrait sa mère dans tous ses états assez longtemps pour qu'elle puisse s'éclipser sans être remarquée.

C'est là qu'intervenait son petit frère, Dwayne.

Dwayne, le pauvre, n'était pas aussi malin que Patty — personne dans la famille ne l'était, c'était certain — et elle l'utilisait souvent à ses propres fins. Il était envoyé au magasin pour acheter des bonbons qu'ils n'étaient pas censés manger, des cartes avec lesquelles ils n'étaient pas censés jouer, des magazines qu'ils n'étaient pas censés lire. Quand la contrebande était découverte (ce qui arrivait presque toujours), c'était Dwayne qui en faisait les frais, car Patty l'avait convaincu qu'il était inutile qu'ils soient tous les deux punis. Alors il prenait la fessée, il était privé de dessins animés, et même mis à l'écart à table, et, bien qu'il protestât contre l'injustice auprès de Patty, il ne la dénonçait jamais.

Dans sa ferveur religieuse, Mme McMahon croyait que presque tout ce qui était amusant était l'œuvre du diable, d'où le fait que la plupart de ce qu'une élève de quatrième voulait faire n'étaient pas autorisés. Pas de musique rock, pas d'émissions de télévision non approuvées, pas de danse, et certainement pas de fréquentation non supervisée avec des garçons... et ce que Patty McMahon voulait faire, de toutes ses forces, c'était fréquenter Bobby Selden, quelque part — n'importe où — en privé.

— Écoute, chuchota-t-elle à Dwayne.

— Il suffit que tu prennes la radio du garage et que tu la montes au grenier. Il y a une prise là-haut, j'ai vérifié. Personne ne l'entendra là-haut.

— Si elle l'entend, je suis mort.

— Elle ne l'entendra pas ! En plus, l'escalier du grenier est raide et étroit. Si tu l'entends arriver, tu n'as qu'à l'éteindre et la cacher dans une de ces vieilles malles. Le temps qu'elle arrive là-haut, tu pourras être allongé en train de lire une bande dessinée.

— Mais ça va m'attirer des ennuis ! Tu sais qu'elle déteste les BD.

— Exactement, Dwayne, dit lentement Patty.

— C'est tout l'intérêt. Lui donner quelque chose de petit pour se fâcher, et elle oubliera le plus gros. Tu vois ? Elle criera pour la BD, mais ne te punira probablement même pas. Mais la radio, oh là là.

— Je sais. Elle ne me laisserait plus jamais sortir de la maison.

— Ouais. Alors, ne te fais pas prendre. Tu es plus malin qu'elle, Dwayne !

— Tu crois ? demanda-t-il avec espoir.

— Tu peux me croire.

Le plan fonctionna, d'une certaine manière. Mme McMahon hurlait dans le grenier suffisamment longtemps pour donner à Patty le temps de s'éclipser avec son sac à dos rempli de vêtements empruntés et non autorisés. Elle courut jusqu'à l'arrêt de bus et se rendit en ville, se changeant dans les toilettes de la pharmacie, et arriva à la fête avec les élèves populaires.

En guise de punition, Dwayne dut passer deux heures à prier en rentrant de l'école tous les jours pendant une semaine, et ne parla pas à Patty pendant des jours. Mais elle s'en fichait. La fête avait été une grande déception, et elle était passée à son prochain objectif : terminer le lycée avec une moyenne suffisamment élevée pour obtenir une bourse à Auburn. N'importe quoi pour s'éloigner de la maison.

27

— Je suis tellement content que tu ailles mieux. Tu es magnifique, tu sais ça ?

Ben prit la main de Molly alors qu'ils s'engageaient sur le sentier dans les bois qui partait de la prairie de La Baraque.

— Flatteur. Continue.

— Et tu te sens vraiment mieux ? Tu ne fais pas semblant juste pour éviter que les gens te maternent à mort ?

— Constance me rend dingue. Au moins, maintenant je sais que ce n'est pas vrai que tout le monde en France est un bon cuisinier.

— Je croyais que Lawrence s'occupait des repas. Tu as souffert de la faim pendant mon absence ?

— Lawrence a fait livrer des repas presque tous les jours. Mais il a une affaire en cours en Bretagne, alors il fait des allers-retours. Honnêtement, tout semble si fragmenté, avec Franny et Nico toujours absents aussi. Et toi ! Où as-tu disparu dernièrement ?

— J'espère que tu ne te sens pas négligée. Tu m'as manqué.

— Je me débrouille très bien, dit Molly, avec une légère pointe de défense qui la fit grimacer.

— Mais allez, raconte-moi.

— Maron rencontre quelques obstacles avec l'ambassade. Tu comprends comment c'est, personne ne le connait là-bas, donc c'est compréhensible qu'ils soient nerveux à propos d'un Américain assassiné ici, et des potentielles retombées diplomatiques. Bref, je connais des gens à Paris, des gens dans les forces de l'ordre, alors je suis monté les rencontrer en personne. De nos jours, il faut faire attention à ce qu'on écrit dans les e-mails ou dit au téléphone, ce qui signifiait que mes amis voulaient tous parler dans des cafés ou en marchant, où c'est plus sûr.

— Bon sang, tu es devenu tout cape et épée !

Ben rit, et ce son fit disparaitre toute la tension dans le corps de Molly.

— Pas du tout, dit-il.

— Mais ils m'ont dit que l'identité de Dedalus a été confirmée. C'était un homme nommé Jim Pyke, Américain, du Maryland.

— Pas de l'Ohio, d'où vient Ryan Tuck ?

— Non.

— Mais ils devaient se connaitre, non ? Comment, autrement Pyke... ou je ne sais pas, peut-être que l'identité de quelqu'un d'autre est quelque chose qu'on peut acheter en ligne de nos jours, comme des chaussures ?

— Tu connais le dark web ?

— Non. C'est comme un marché noir ?

— Exactement. Un marché noir en ligne. Et tu peux obtenir à peu près tout ce que tu veux dessus, tout comme dans l'ancien marché noir en personne.

Ils marchèrent un moment, réfléchissant à cela.

— Alors, tu as découvert quelque chose sur ce Jim Pyke ? Quelque chose qui le relie à quelqu'un que nous connaissons ?

— Pas pour l'instant.

— Comment ont-ils découvert son identité ? J'ai encore du mal à saisir que l'homme que j'ai appris à connaitre, l'homme qui lançait des bâtons à Bobo, était quelqu'un d'autre. Je suppose qu'il avait un casier judiciaire ?

— Oui. Pyke était un escroc, et pas très doué. Il s'était fait prendre plusieurs fois et avait fait de la prison deux fois. On a de la chance sur ce point, qu'il a été dans le système pénitentiaire américain, parce que ça signifie qu'ils avaient ses empreintes. Récemment, il avait réussi à obtenir un emploi dans une association caritative, une sorte de projet éducatif pour les enfants pauvres. Apparemment, Pyke l'a vidée de son argent puis s'est enfui, après s'être d'abord arrangé afin de se faire passer pour Ryan Tuck, bien sûr. Aucun lien entre les deux hommes pour autant qu'on sache, sauf qu'aucun des deux n'était quelqu'un dont on voudrait être ami.

— N'était-ce pas Nathaniel qui a dit que, Ryan, je veux dire Dedalus... attends, *Pyke*, Jim Pyke. J'ai tellement de mal à garder les noms en ordre ! Tu te souviens, Pyke a dit à Patty qu'il avait fait quelque chose de mal, quelque chose pour lequel il avait des ennuis.

— Détourner de l'argent d'une association caritative correspondrait certainement.

Molly hocha la tête.

— C'est bizarre. Si tu m'avais donné une liste de qualités et demandé de cocher celles que je pensais que Pyke avait, j'aurais coché « générosité » sans hésiter. On dirait que je me suis complètement trompée sur lui.

Sagement, Ben ne fit aucun commentaire, mais passa son bras autour des épaules de Molly et la serra contre lui. Les bois ne montraient encore aucun signe de printemps et le ciel était gris.

— C'est juste après le prochain virage, dit doucement Molly.

— Là où tu l'as trouvé ?

— Oui.

Ils marchèrent rapidement jusqu'à l'endroit. La zone semblait encore perturbée : les feuilles étaient piétinées, et quelques petites branches s'étaient cassées et gisaient sur le sol.

— Quel arbre ? demanda Ben, et Molly le pointa du doigt.

— Il serait facile à grimper, avec ces grosses branches basses, dit-elle.

— Je suppose qu'après que Pyke a été étranglé, le tueur a glissé le nœud coulant sur sa tête, a lancé la corde par-dessus la branche, et l'a hissé jusqu'à ce que ses pieds ne touchent plus le sol.

— Et qu'a dit Nagrand quand il est arrivé ici ? Pensait-il que Pyke avait mis le nœud lui-même, puis avait sauté de la branche ?

— Je ne saurais dire. L'endroit grouillait de l'équipe médicolégale et Maron était là. Je ne pouvais pas vraiment poser une tonne de questions sans devenir une nuisance.

Ben hocha lentement la tête.

— Merci de m'avoir montré le site. Je ne peux qu'espérer que la découverte de la véritable victime aide à faire avancer l'enquête, parce que sinon ? Nous sommes enfoncés jusqu'au cou.

Molly s'assit brusquement sur un tronc, essayant en vain de repousser ses cheveux de son visage.

— Ça va ?

— Non. Je veux dire oui. Dans l'ensemble. J'oublie juste que je dois y aller doucement. La fatigue me surprend et boum ! Je veux juste être au lit, même si je me sentais bien deux secondes avant.

— C'est facile à arranger, dit-il en la soulevant dans ses bras.

Elle laissa sa tête reposer contre sa large poitrine et ne put s'empêcher de sourire tandis qu'il trottait sur le chemin vers la maison.

BEN INSTALLA MOLLY dans son lit avec sa tablette et un grand verre de jus d'abricot, puis monta dans sa chambre pour passer quelques appels, pensant qu'il devait vraiment passer plus de temps à La Baraque. Elle était encore fragile, et, bien sûr, il y avait la question d'un des invités étant potentiellement dangereux. Bien qu'il fût toujours possible que l'homme mystérieux de Paul-Henri fût finalement responsable du meurtre.

C'est un homme tellement décent, pensait Molly en ouvrant un roman sans commencer à le lire. Elle se sentait si fatiguée, et ses pensées tourbillonnaient dans sa tête, à nouveau en désordre. Le Dr Vernay lui avait dit de s'attendre à ce schéma : se sentir plus mal juste après avoir pris le médicament, puis, progressivement, un peu mieux, puis redescendre avant que la prochaine dose ne soit due. Avec le temps, avait-il dit, les mauvaises phases seraient moins pénibles et plus courtes, et les bonnes phases s'amélioreraient et dureraient plus longtemps.

S'il vous plait, ayez raison, Docteur Vernay, murmura-t-elle en laissant ses yeux se fermer.

— Hé, Molly ?

Ses yeux s'ouvrirent brusquement.

— Oh, salut Nathaniel. Me voilà encore au lit. J'imagine que j'en ai un peu trop fait. Mais j'espère qu'après une sieste, je serai de nouveau debout et disponible. Tout va bien ?

— Oh oui ! Je passais juste voir si vous aviez besoin de quelque chose.

— Je ne crois pas. Enfin, si vous pouviez fermer ces rideaux, ce serait formidable. Mes yeux sont vraiment sensibles à la lumière en ce moment.

Nathaniel traversa la pièce et s'affaira avec les rideaux pendant que Molly l'observait. Elle voulait lui poser des questions sur les autres invités, mais ne trouvait pas l'énergie de formuler les mots.

— D'accord, j'y vais. Appelez-moi si vous avez besoin de quelque chose.

Molly hocha la tête et Nathaniel partit, fermant doucement la porte de la chambre derrière lui.

J'aimerais que ces invités me laissent un peu tranquille, pensa-t-elle. *Mais Nathaniel est un gentil gamin. Perdre sa mère a dû être terrible*. Et puis, dans un éclair (comme les bonnes idées semblent souvent venir), elle se demanda si elle pouvait envoyer un billet d'avion à Miranda pour qu'elle puisse rejoindre Nathaniel à La Baraque, comme moyen de le remercier pour sa gentillesse. Molly avait définitivement découvert sa prodigalité intérieure après être devenue riche en décembre ; l'idée de dépenser pour un billet d'avion pour une femme qu'elle n'avait jamais rencontrée l'amusait.

Son ordinateur portable était sur une petite table à côté de la fenêtre. Molly envisagea de se lever et d'acheter le billet sur le champ, mais réalisa qu'elle aurait eu besoin du nom de famille de Miranda et probablement de son adresse et de son e-mail aussi. Ses paupières devenaient de plus en plus lourdes. Elle se redressa et but une gorgée de jus, essayant de trouver un moyen d'obtenir ces détails sans demander à Nathaniel et gâcher la surprise, mais elle n'arrivait pas à se concentrer, et glissa lentement sous l'épaisse couette pour s'endormir à nouveau.

28

Maron et Monsour prirent la petite voiture de police pour se rendre à La Baraque. Maron avait appelé à l'avance pour demander à Molly de rassembler à nouveau les invités afin qu'il annonçât la véritable identité de la victime du meurtre.

— Il me semble que le simple fait d'observer leurs visages lorsque nous leur annoncerons la nouvelle n'est pas exactement un outil de détection avancé, dit Paul-Henri alors qu'ils cahotaient sur une portion de route qui avait besoin d'être réparée.

— Ne pouvons-nous pas simplement les faire venir et les interroger ?

— Nous pouvons les faire venir, oui. Mais nous ne voulons pas leur donner le temps d'organiser leurs pensées et de se mettre sur la défensive. Je veux les voir en groupe, observer qui regarde qui, qui est surpris par la nouvelle et qui ne l'est pas. Cette première réaction pourrait nous indiquer sur qui nous concentrer. Les forces de l'ordre à Paris et aux États-Unis travaillent pour trouver le lien entre Pyke et l'un de ces touristes. Il existe et il *sera* trouvé. C'est seulement le manque de temps qui m'inquiète. Bientôt, ils rentreront chez eux, et, légalement, il n'y a rien que je puisse faire pour les en empêcher.

— Je suppose que même s'ils rentrent chez eux, cela ne signifie pas que le meurtrier reste en liberté, n'est-ce pas ? Si nous trouvons le lien le mois prochain, ou l'année prochaine, le coupable pourra être arrêté à ce moment-là, je suppose ?

— Cela laisse beaucoup de temps pour se cacher et commencer une nouvelle vie ailleurs.

— Je pensais que ce serait difficile de nos jours, avec la technologie de reconnaissance faciale et l'espionnage généralisé par à peu près tout le monde.

Maron soupira.

— Écoute, Paul-Henri, essaie juste de rester positif, d'accord ? Je comprends qu'il y a de nombreuses façons dont cette enquête peut mal tourner, mais ça ne sert à rien de s'appesantir là-dessus. Lors de cette réunion, je vais parler de Pyke à tout le monde. Tu devras observer attentivement. Je suis particulièrement intéressé par les réactions d'Ira et Darcy Bilson. Je ne sais pas si tu as entendu les ragots, mais Darcy aurait apparemment piqué une crise à la ferme de Lela Vidal l'autre jour. Elle est instable et je veux qu'on la surveille.

— Et son mari ?

— Eh bien, il est suffisamment costaud pour avoir géré les difficultés physiques du meurtre sans problème, pour commencer. Et sous cet extérieur jovial, je pense que c'est un homme en colère. En colère contre le monde, et surtout contre sa femme.

— Je l'ai vu se comporter assez docilement avec elle.

— Ça s'appelle être impassible, Paul-Henri. D'autres ont rapporté que Darcy a des sauts d'humeur, comme je l'ai dit, et il fait des heures supplémentaires pour l'empêcher de péter les plombs. Peut-être que cette fois, avec sa femme qui flirtait avec un autre homme sous son nez, devant tout le monde, peut-être que c'est *lui* qui a pété les plombs.

— Peut-être, dit Monsour.

— Je n'ai pas eu l'occasion de te le dire : je me suis renseigné dans le village sur l'homme que Christophe a vu la nuit du meurtre. J'ai eu une confirmation.

— Quelqu'un d'autre a vu cette personne ?

— Oui. Malcolm Barstow.

Maron éclata de rire.

— Malcolm ! Ce garçon ment comme nous respirons. Je peux te promettre que si Malcolm a dit avoir vu un étranger en manteau noir, il a une raison intéressée de le dire. Il veut probablement qu'on l'accuse de quelque chose que Malcolm a fait.

Monsour renifla et ne répondit pas.

Ils s'engagèrent dans l'allée de La Baraque et se dirigèrent vers la porte d'entrée tandis que Bobo sauta sur Monsour, laissant des empreintes boueuses sur son pantalon.

— Bon sang, marmonna Monsour, essayant d'essuyer la boue, pendant que Maron réprimait un ricanement.

La porte d'entrée s'ouvrit avant qu'ils n'aient eu le temps de frapper.

— Bonjour Gilles, Paul-Henri, dit Ben, leur faisant signe d'entrer.

— J'ai bien peur que Molly ne se repose, mais j'ai fait en sorte que tous les invités soient dans le salon.

Ils avaient tous l'air méfiants. Nathaniel et Patty étaient assis l'un à côté de l'autre sur le canapé ; Ira se tenait devant le poêle à bois ; Darcy attendait à l'écart du groupe, mais, pour une fois, ne faisait pas le poirier. Ashley était recroquevillée dans un fauteuil avec une couverture remontée autour d'elle.

— Bien, merci d'être venus. J'apprécie votre patience dans cette affaire qui s'éternise. Et je veux que vous sachiez que nous faisons tout notre possible pour mener l'enquête à une conclusion rapide. Nous avons fait quelques progrès.

Tous les yeux étaient rivés sur le Commandant. Ben et Paul-Henri observaient attentivement les invités.

— La victime du meurtre était un homme nommé James Pyke,

connu sous le nom de Jim. Il venait de Frederick, dans le Maryland, et n'avait jamais visité la France avant ce voyage.

— On dirait qu'il a choisi le mauvais endroit pour des vacances, marmonna Patty, et Darcy lui lança un regard noir.

Vêtue d'un peignoir et les cheveux en bataille, Molly apparut et se glissa dans la cuisine pour se faire une tasse de thé vert. Se sentant un peu mieux après la sieste, elle alla dans le garde-manger pour chercher le thé sans que personne ne remarque sa présence.

— Alors, est-ce que quelqu'un connait ou a un lien avec Jim Pyke ? demanda Maron, mais il pouvait voir, à leurs expressions fermées, qu'il n'obtiendrait rien.

Les touristes haussèrent les épaules ou secouèrent la tête. Ashley restait figée, un sourire artificiel sur son visage lourdement maquillé. Patty et Nathaniel parlaient tranquillement d'aller de nouveau au Café de la place dès que Maron les laisserait partir. Les Bilson dérivèrent vers le bord du salon, aussi loin de Maron qu'ils pouvaient l'être, sans partir complètement, et parlaient à voix basse.

— Je te l'avais dit, dit Ira.

— D'accord, d'accord, tu avais raison et j'avais tort. Content maintenant ?

— Tu vas lui dire ?

— À quoi ça servirait ? Ils savent déjà qui c'est maintenant.

Molly se tenait dans le garde-manger, écoutant. Elle tendait l'oreille, se penchant vers l'ouverture de la porte du garde-manger, mais sans risquer de faire un pas et d'être entendue. Donc, si elle interprétait correctement, les Bilson savaient qui était Jim Pyke. Pourquoi n'avaient-ils rien dit ? Comment exactement le connaissaient-ils ? Et qu'est-ce que cela signifiait ?

29

L'ambiance à La Baraque avait été, de façon compréhensible, étrange depuis le meurtre de Pyke. Tour à tour euphoriques, effrayés et ennuyés, ce jeudi soir, les invités firent un dernier effort pour s'amuser et retrouver les quelques jours heureux de socialisation qu'ils avaient vécus à leur arrivée. La fête de la Saint-Valentin était de retour, quelques jours après le 14 février, mais attendue avec impatience, du moins, par Ira, à qui était venue l'idée.

Ne voulant pas déranger Molly, Ira avait demandé de l'aide à Constance et Ben pour la nourriture. Constance, connaissant ses limites, avait apporté quelques plats du traiteur : une tarte aux noix du Périgord qui rappellerait à Ashley la tarte aux noix de pécan du Sud, et un petit sachet de pruneaux fourrés au foie gras. Ben avait installé un gril derrière la maison et faisait cuire des magrets de canard, saignants, qu'il tranchait finement pour qu'ils pussent absorber une grande quantité de la sauce au poivre qu'il faisait mijoter sur la cuisinière.

À un moment donné, Molly était sortie dans la cuisine pour voir comment les choses se passaient, avait approuvé d'un regard que Ben portait l'un de ses tabliers, et était retournée se coucher, avec l'intention de rejoindre la fête une fois qu'elle serait lancée.

Ira s'était rendu à Bergerac pour acheter du champagne à bon prix, et Ashley avait contribué avec quelques bougies « pour rendre l'atmosphère moins lugubre ».

— Je me sens mal de n'avoir rien fait pour aider, dit Nathaniel à Ira alors que tout le monde arrivait.

— Eh, tenez, dit Ira en lui tendant une bouteille de champagne non ouverte.

Le visage de Nathaniel vira au rose.

— Vous ne savez pas comment faire ? À votre âge ?

Ira secoua la tête.

— Ne vous inquiétez pas. Je n'ai pas non plus grandi en buvant ce truc. D'abord, enlevez cette chose métallique du dessus, voilà, comme ça. Maintenant, mettez un torchon sur le bouchon, tenez, et tournez doucement la bouteille. La bouteille, pas le haut. C'est ça. Préparez-toi...

Le pop bruyant fit sursauter Darcy et accourir Ashley.

— Ah, ça c'est de la musique pour mes oreilles ! dit-elle, son accent du Sud encore plus prononcé que d'habitude.

— Sil voo play et mair-see ! rit-elle, tendant un verre vide pour attraper un peu de la mousse qui coulait du goulot.

Patty leva les yeux au ciel.

— Je ne parle pas français, mais, même moi, je peux vous dire : elle non plus, dit-elle à Darcy, qui hocha la tête avant de se frayer un chemin, tendant un verre.

— S'il vous plait, tout le monde doit gouter un pruneau au foie gras... surtout si vous n'en avez jamais mangé, dit Constance en français.

Aucun des invités ne comprit les mots, mais, comme elle tendait une assiette de pruneaux joliment disposés en faisant un geste vers eux, ils saisirent le message.

— Le foie, c'est dégoutant, dit Ashley, tout en souriant et hochant la tête vers Constance.

— Je mangerai ça quand les poules auront des dents.

Prenant un deuxième, Darcy adressa un rare sourire à Constance et dit :

— C'est probablement la chose la plus délicieuse que j'aie jamais mangée. À part le fromage.

Une fois que tout le monde eut fini un premier verre de champagne, l'ambiance de la fête s'améliora considérablement. Ben avait réussi à trouver une vieille chaine hifi et passait des classiques français avec beaucoup d'accordéon, et il fit danser Constance pendant quelques minutes jusqu'à ce qu'elle rie trop pour continuer. Patty et Ashley se tenaient près du comptoir de la cuisine en mangeant un cabécou que Darcy avait apporté.

— Je ne peux m'empêcher de penser à ce que mon arrière-arrière-grand-père aurait pensé de tout ça. Il était français, vous savez, dit Ashley.

— Franco-canadien ?

— Non, idiote, français de Paris. Vous me connaissez sous le nom d'Ashley Gander, mais notre nom se prononçait autrefois Gahn-DAY, vous savez.

Patty commença à rire et un morceau de fromage passa par le mauvais tuyau. Toussant, elle se dirigea vers la cuisine pour prendre de l'eau, Ashley la suivant.

— Eh bien, on dirait que plus personne ne parle du meurtre maintenant, dit Ashley, se penchant près de l'oreille de Patty pour parler.

— Je veux dire, à part les flics. Mais et nous ? Notre opinion ne compte pas ?

— Euh, non ? Pourquoi devrait-elle compter ? dit Patty, une fois la toux passée.

— Ce n'est pas comme si c'était décidé par un vote.

Patty pensait parfois qu'Ashley était plus bête qu'un tas de cailloux.

— Je vais juste dire, dit Ashley, entre toi et moi et ne va pas le répéter, que *je* pense que le meurtrier est Nathaniel.

— Quoi ? C'est la personne la plus gentille ici !

— Exactement ! Il est trop gentil. Tu sais bien que ces gens trop gentils sont les pires de tous.

Patty secoua la tête.

— Non, je ne *sais* pas ça. En fait, il est assis là-bas tout seul et je vais aller lui parler.

— Garde-le loin de ton cou, c'est tout ce que je dis.

— Oh, je t'en prie, dit Patty, en levant les yeux au ciel de manière dramatique, laissant Ashley dans la cuisine.

En passant, Darcy lui proposa plus de fromage.

— Une autre sorte, dit-elle.

— C'est un Bleu des Causses, du département voisin. Il va vous renverser !

— Vous ne pouvez pas la fermer avec votre fromage ? lança Patty.

Ira jeta un coup d'œil, ainsi qu'Ashley.

— Qu'est-ce qui vous met tant sur les nerfs, d'ailleurs ? demanda Darcy.

— Eh bien, dit Patty, changeant d'expression et goutant un peu de fromage sur un cracker, je dois admettre que c'est un fromage sérieusement délicieux. Alors, écoute, je suis curieuse et je fais un petit sondage. Par qui pensez-*vous que* Ryan a été tué ?

— Vous voulez dire Pyke ?

— Exact. Ouais, Pyke.

Darcy haussa les épaules et regarda le sol.

— Je crains que ce ne soit Ash, chuchota Patty, et la tête de Darcy se releva brusquement.

— Pourquoi dites-vous ça ?

— Elle n'est plus elle-même depuis qu'on est arrivées ici. Pas dans son état normal. Et la nuit dernière, elle parlait dans son sommeil. Elle n'arrêtait pas de gémir et de dire « Je suis désolée ! » En le trainant comme une sorte de fantôme, vous voyez ? « Je suis désoléééée. »

— C'est tout ce que vous avez? Juste qu'elle agit bizarrement et parle dans son sommeil?

Nathaniel s'approcha et invita Patty à danser, et elle haussa les épaules vers Darcy avant d'aller au centre de la pièce et de laisser Nathaniel la guider dans une sorte de jitterbug.

— Où avez-vous appris à danser comme ça? dit-elle à son oreille, pendant un moment lent.

— Mon père m'a fait prendre des cours de danse après la mort de ma mère, dit-il.

— Cool.

— Non, pas vraiment. Il voulait juste que je sois hors de la maison et se fichait du comment ou du pourquoi. J'ai aussi eu des cours de tuba.

Patty éclata de rire à l'image d'un jeune Nathaniel déconcerté, soufflant dans un tuba. Ils allèrent chercher un autre verre de champagne. Ashley et Ira dansaient, Darcy lançait des regards noirs et mangeait plus de fromage, et la fête se poursuivit tant bien que mal, toute la gaité et l'innocence de leurs premières rencontres ayant disparu, malgré leurs efforts pour les retrouver. Ben rôdait, apportant des verres frais ou remplaçant une boite de crackers comme prétexte pour écouter sans vergogne (bien que son anglais ne fût pas tout à fait à la hauteur). Finalement, il s'éclipsa pour retrouver Molly et voir comment elle allait.

— Pas mal, dit-elle, déjà debout et habillée d'un jean bleu et d'un haut soyeux.

— Laisse-moi juste mettre mes cheveux en chignon et je sors. Tu as entendu quelque chose d'intéressant? Quelqu'un qui se comporte mal?

— C'est une sacrée équipe là-bas, dit Ben de son ton typiquement sec.

— Pour une fête de la Saint-Valentin, il y a plutôt une pénurie d'amour, je dirais. Aucun d'entre eux ne semble beaucoup s'apprécier.

— Je sais, dit Molly en tordant ses cheveux et en les épinglant.

— Avant le meurtre, c'était une grande famille heureuse. Enfin, pas tout à fait, plutôt une grande famille grincheuse et plaintive. Mais une famille quand même. Allez, donne-moi des détails. De quoi parlent-ils ?

— Eh, surtout de fromage. Je n'ai rien pour l'instant. Tu te sens vraiment mieux ? Alors, viens, envoyons la championne de l'espionnage sur le terrain !

Quand Molly entra dans la pièce, les invités applaudirent, bien que leurs expressions semblassent plus éméchées que réellement heureuses de la voir. Molly fit le tour, parlant une minute ou deux avec chaque invité, puis s'assit sur le canapé à côté de Nathaniel.

— Je suis sure que c'est un peu triste d'être à une fête de la Saint-Valentin sans ta valentine, dit Molly, semblant plus énergique qu'elle ne l'était réellement.

Nathaniel secoua la tête.

— C'est vrai, c'est sûr. Mais je passe un bon moment. Vous avez raté Patty et moi sur la piste de danse, ajouta-t-il timidement.

— Très désolée d'avoir manqué ça ! Peut-être que vous ferez un bis ?

Il sourit et hocha la tête, sur le point de raconter à Molly tous les cours que son père l'avait obligé à prendre, mais elle l'interrompit pour lui demander le nom de famille de Miranda.

— Je demande seulement parce que j'ai un ami, ici dans le village, qui a une boutique d'antiquités. Enfin, plutôt une brocante, mais parfois il a de jolies choses. Bref, il y a des tonnes de vieilles pièces avec des initiales inscrites dessus, de l'argenterie aux assiettes. Et donc, je ne sais pas si j'aurai l'occasion d'y aller bientôt, mais... Miranda prévoit-elle de prendre ton nom, tu sais ? Si c'est le cas, je pourrais peut-être trouver quelque chose avec ses nouvelles initiales. Un cadeau original et intéressant de votre voyage.

— Oh, Molly, c'est vraiment attentionné de votre part, dit-il en la regardant chaleureusement.

— Son nom de famille est Cunningham. Elle va prendre mon nom, je lui ai dit que ça m'était égal, et elle sera donc Miranda Cunningham Beech.

— Très majestueux, dit Molly avec un sourire.

— D'accord, si je passe chez Lapin, je garderai un œil ouvert pour MCB. Je ne promets rien, mais on ne sait jamais.

— Merci, Molly. Je peux vous apporter à boire, ou une assiette de quelque chose à manger ?

À ce moment-là, Ben arriva aux côtés de Molly avec un autre verre de jus d'abricot (elle en avait vraiment marre désormais).

— Merci, Nathaniel, ça va.

Il hocha la tête et partit retrouver Patty.

— Quelque chose ? chuchota Ben.

Molly lui fit signe de la suivre et s'éloigna suffisamment dans le couloir pour qu'ils pussent parler sans être entendus.

— Je me suis rendu compte que j'avais oublié de te dire quelque chose d'hier. Je jure que la maladie a transformé mon cerveau en une tranche de gruyère. Bref, quand Maron était là pour parler de Pyke au groupe, j'ai surpris une conversation entre les Bilson. Il semblait assez clair qu'ils connaissaient déjà la véritable identité de Pyke.

— Qu'ont-ils dit ?

— Ira disait « Je te l'avais dit », et Darcy... quelque chose comme... « ça ne sert à rien de leur dire maintenant, ils savent déjà qui c'est ».

— Intéressant.

— En effet.

Molly continua.

— Eh bien, en l'absence de preuves médicolégales ou autres venant de Maron ou de l'ambassade, voici comment ça se présente. Nathaniel est hors de cause à cause de la lettre. Patty est hors de cause parce qu'elle est toute petite, trop petite pour avoir maitrisé Pyke, même avec l'effet de surprise. Ça nous laisse Ashley et les Bilson. Parmi ces trois-là, je penche un peu pour Ira. Il est grand et fort, peut-être bouillonnant de ressentiment d'être marié à quelqu'un d'aussi difficile que Darcy. Il savait que Ryan était en réalité Pyke, mais n'a rien dit. De plus, je crois que j'ai aussi oublié de te parler de ça : Constance a trouvé un kit de seringues dans le cottage.

— Un quoi ?

— Je sais ! Je lui ai dit que ça pouvait servir à un million de choses et être parfaitement normal. Mais Constance était convaincue que c'était pour l'héroïne. Elle a dit qu'elle avait même vu un petit sachet. Je sais qu'être toxicomane ne fait pas de lui un meurtrier, mais ça signifie qu'il est hors de contrôle, tu comprends ? C'est dommage que Maron n'ait pas pu fouiller les chambres de tout le monde.

— Je suppose qu'il n'en a pas besoin, dit Ben d'un ton pince-sans-rire.

Molly lui donna un coup de coude.

— C'est ma propriété, après tout, dit-elle, puis, l'air inquiet, dit :

— Est-ce que je pourrais avoir des ennuis ? Tu crois que j'ai enfreint la loi ?

— Avec ton fouinage ? Eh, Constance faisait le ménage, non ? Et tu pourrais toujours dire que tu vérifiais que tout était en ordre. À moins que tu n'aies fait des choses, comme déchirer les coutures du manteau de quelqu'un à la recherche de poches cachées ?

— Aucun déchirement de couture n'a eu lieu.

Ben l'embrassa sur le sommet de la tête.

— Bien. Tu échapperas donc à une arrestation.

— Et toi ? Des idées sur l'identité du tueur ?

— J'essaie de ne pas faire de suppositions, répondit-il, la taquinant avec ses propres mots.

— Pour l'instant, les cinq sont dans la course, d'après ce que j'ai pu voir.

— Il se passe beaucoup de choses sous la surface que nous ne connaissons pas encore.

Ben hocha la tête.

— Et malheureusement, nous manquons de temps. Je m'attends à ce qu'ils rentrent chez eux dans quelques jours. Maron ne peut rien faire pour les retenir, et les autorités à Paris et dans l'Ohio — et maintenant dans le Maryland — n'ont rien trouvé.

— Tu sais quoi ? Cette affaire me déprime. C'est déjà assez pénible d'avoir passé la dernière semaine à dormir la plupart du temps. Comment sommes-nous censés résoudre cette histoire sans aucune preuve ? Je vais prendre un kir.

— Le docteur n'a pas... commença Ben, mais il haussa les épaules et alla le lui préparer.

Darcy et Nathaniel étaient partis. Patty et Ashley se disputaient sur ce qu'il fallait faire le lendemain. Ira, plus qu'un peu éméché, avait coincé Constance dans la cuisine.

— Je vous ai parlé de la laiterie ? On veut un grand troupeau de chèvres, comme celui de Lela Vidal. On va faire le meilleur fromage, dit-il en prenant Constance par les épaules de sorte qu'elle se retrouva dos au réfrigérateur.

— Un fromage primé. Cette salle de traite sera couverte de rubans bleus !

Il baissa les yeux vers le sol, les larmes aux yeux. Constance envisagea de s'échapper, mais quelque chose chez cet homme suscitait la pitié.

— Ma chère, dit-il d'une voix basse, je suis inquiet. Je peux vous le dire parce qu'après notre sortie d'ici, je ne vous reverrai plus jamais. En plus, je ne pense pas que vous comprenez l'anglais, n'est-ce pas ?

Constance haussa les épaules, ne saisissant que son ton, mais pas ses mots. Il se tenait trop près et elle essaya de s'écarter, mais il la dominait et posa sa main contre le mur à côté d'elle. Elle prit une profonde inspiration et attendit qu'il finisse de parler.

— C'est ma femme, dit-il, la voix se brisant.

— Je suis inquiet... Je pense qu'elle pourrait avoir... vous devez comprendre, cette femme est impulsive. Elle ne le fait pas exprès, vous savez ? Je...

— Monsieur Bilson ! dit Ben en entrant dans la cuisine.

— Avez-vous vu la crème de cassis ?

Ira s'éloigna de Constance et s'essuya les yeux.

— Non. Je me suis cantonné au champagne toute la soirée. Quand on est à Rome, il faut faire comme les Romains, c'est ce que je dis toujours.

Il contourna Ben et commença à rassembler les assiettes sales pour les empiler sur le comptoir.

Avec un geste d'au revoir, Constance se précipita chez elle auprès de Thomas, laissant seulement Molly, Ben et Ira, ainsi qu'une pièce ravagée par une fête morose.

— Où sont passés tous les autres ? demanda Molly.

— Je n'aime pas vous voir coincé avec tout le nettoyage, Ira.

— Ça ne me dérange pas, dit-il en déambulant dans la pièce avec un plateau, ramassant les verres sales.

Oh que si, ça te dérange, pensa Molly, mais elle garda cela pour elle.

30

Le lendemain matin de la fête, Molly avançait lentement. Elle s'installa à son bureau avec une tasse de café, impatiente de s'occuper de sa correspondance. Elle n'avait pas vérifié ses e-mails depuis des jours et espérait ne pas avoir une foule de clients potentiels qui se sentaient déjà négligés par son silence. Il y avait plusieurs demandes. Méthodiquement, elle les parcourut, répondant aux questions sur Castillac et le Périgord en général, la météo et la nourriture.

C'était un travail tellement agréable d'aider les gens à planifier leurs vacances. Pour la centième fois, elle se sentit reconnaissante d'être là-bas, d'avoir son entreprise et sa vie à Castillac. Même avec ces stupides tiques. Et si seulement elle pouvait se rétablir suffisamment pour commencer cette nouvelle aventure avec Ben, la vie serait vraiment presque parfaite. L'idée qu'ils échouaient complètement jusque-là sur leur toute première affaire (non officielle) titillait à la surface de sa conscience, mais, jusque-là, elle réussit à la repousser avec succès.

Sa boite de réception enfin vide, elle cliqua distraitement sur le web, lisant des articles et des blogs sur divers sujets, perdant la notion du temps. Alors qu'elle s'apprêtait à aller finir de nettoyer la cuisine de la veille, elle se souvint de son idée surprise pour Nathaniel : acheter un billet d'avion pour Miranda Cunningham. Il avait été si gentil avec elle, et l'idée de soutenir leur jeune amour lui plaisait : tout comme sa nouvelle capacité à dépenser une si grosse somme d'argent plus ou moins sur un coup de tête. *Mais il est probablement trop tard pour un tel geste*, pensa-t-elle. Tous les invités, y compris Nathaniel, seraient probablement partis d'ici le milieu de la semaine, et cela ne valait pas la peine de faire un si long voyage pour seulement quelques jours.

Curieuse de voir à quoi ressemblait Miranda, elle tapa « Miranda Cunningham » dans le moteur de recherche et cliqua sur « Entrée ». Les premières entrées étaient d'étranges sortes d'hybrides, présentant du texte français avec des noms anglo-saxons. L'ensemble suivant était des publicités proposant de trouver le numéro de téléphone, l'adresse et le casier judiciaire d'une Miranda Cunningham, moyennant une petite somme.

Et puis, sur la page suivante, elle vit « Miranda Cunningham — Avis de décès ».

Le cœur dans la gorge, Molly cliqua et commença à lire.

31

Miranda était morte trois mois auparavant d'un gliosarcome. Elle laissait derrière elle sa mère. Pas de frères ni sœurs.

Eh bien, ce doit être une autre Miranda Cunningham, pensa Molly. Elle tapa « gliosarcome » dans le moteur de recherche, cherchant le nombre de cas par an, mais apparemment c'était si rare que les chercheurs peinaient à en trouver suffisamment pour l'étudier.

Donc. Statistiquement, il serait pratiquement impossible que deux personnes portant le même nom soient récemment décédées de la même maladie rare. Pas besoin d'être forte en maths pour le comprendre.

Eh bien. Ce pauvre garçon au cœur brisé. Nathaniel avait tellement voulu croire que sa bienaimée était encore là, juste pour un peu plus longtemps, pensa Molly. Elle était partagée entre la sympathie et la compréhension que son fantasme dépassait les limites du raisonnable. Mais en même temps, elle comprenait que les gens voyageaient parfois pour reconstruire leur réalité, d'une manière ou d'une autre. Certains prétendaient être plus sauvages qu'à la maison, prenaient plus de risques, se libéraient du *moi* que tout le monde connaissait. Et dans le cas de Nathaniel, garder Miranda en vie quelques jours de plus.

La mort. Qui ne veut pas la combattre ?

C'est si difficile de lâcher prise, pensa-t-elle, tout en reconnaissant que, dans sa propre vie, elle n'avait pas vraiment eu à faire face à ce genre de perte jusque-là. La mort de ses parents avait certes été difficile, mais leur relation avait été tiède, et elle n'avait jamais douté qu'avec le temps, elle surmonterait le chagrin. Ça avait été triste, et bien sûr, ils lui manquaient encore. Mais la perte n'avait pas été ce que Nathaniel affrontait, la mort de sa bienaimée, alors qu'il était encore enivré par elle.

Molly se leva du bureau et se sentit un peu étourdie, alors elle posa ses mains sur la surface jusqu'à ce que la sensation passât. Elle avait besoin de sortir de la maison, de prendre l'air et de changer de décor. Elle envoya un message à Lawrence pour lui demander de la rejoindre Chez Papa pour un déjeuner précoce, et il ne tarda pas à répondre avec un émoji sourire.

En moins d'une demi-heure, les deux amis étaient assis sur leurs tabourets habituels, se souriant l'un à l'autre.

— Je suis tellement content de voir ton visage constellé de taches de rousseur, dit Lawrence.

— Et terriblement désolé d'avoir été si absent. Cette affaire en Bretagne...

— N'y pense plus, dit Molly.

— Crois-moi, j'ai eu beaucoup de compagnie. Plus que suffisante. Et j'ai adoré la nourriture que tu m'as envoyée. Le traiteur fait vraiment du bon travail avec la tourte au poulet, n'est-ce pas ?

— Oui. J'en mange si souvent que c'est un miracle que je puisse encore passer par la porte.

Molly sourit. Elle était si heureuse d'avoir le genre d'ami avec qui on pouvait ne pas se voir pendant un moment, et reprendre exactement là où on s'était arrêté comme si l'un d'eux était simplement allé dans une autre pièce pendant quelques minutes.

— Alors, dis-moi, avec autant de détails que tu veux : comment te sens-tu ?

Molly soupira.

— Pas terrible, pour être honnête. C'est variable. Parfois, je me sens presque comme avant, et parfois je suis juste écrasée par l'épuisement. Et mon cerveau ne fonctionne pas correctement.

— Tu es juste vieille.

— Tu es tellement hilarant, dit Molly en lui lançant un regard noir.

— Tu sais que je te taquine. Et qu'en est-il de l'affaire de meurtre ? Surement que ça t'a donné une raison de vivre ?

— Eh bien, oui et non. C'est frustrant d'avoir l'impression de faire la sieste pendant des moments importants. Et je suis...

Elle posa sa main sur le bras de Lawrence, remarquant le fin tissu de sa veste de sport.

— ... je suis vraiment reconnaissante d'avoir des amis comme toi, des gens solides dans ma vie. Je sais que tout le monde a probablement des secrets, ou plutôt des épisodes de leur passé qu'ils ne voudraient pas voir diffusés au monde entier. Mais ce groupe qui séjourne à La Baraque... j'ai l'impression qu'il y a tellement de choses cachées, tu vois ? Comme s'ils portaient des déguisements et que le reste d'entre nous n'avait aucune idée de qui ils sont vraiment.

— Tu parles de l'usurpation d'identité ?

— Eh bien, c'en fait partie, c'est sûr. Je veux dire, j'aimais vraiment bien le gars que je pensais être Ryan, mais qui s'est avéré être Jim. Ça m'a secouée de m'être fait avoir comme ça. Et Ben me dit qu'il... Jim, je veux dire... était un petit escroc qui a été en prison deux fois. Et pourtant, j'étais là, toute naïve, à lui donner des gougères et à rire de ses blagues en pensant qu'il était juste doux et mignon. Je l'ai même laissé m'embrasser, bon sang.

Lawrence se mordit l'intérieur de la joue pour s'empêcher d'avoir l'air amusé. Puis il céda.

— Écoute, Molly, combien de temps as-tu connu cet homme...

un jour ou deux ? Je n'ai absolument aucun doute que s'il avait réussi à vivre toute la semaine, tu aurais eu une idée plus claire de sa vraie nature. Ou peut-être qu'il détournait de l'argent pour des raisons autres que son propre enrichissement? Peut-être que sa sœur bienaimée a des frais médicaux exorbitants et qu'il essayait de réunir de l'argent pour l'aider.

— Tu devrais faire des films, avec une imagination pareille. Mais j'apprécie que tu essaies de me faire déculpabiliser. Quoi qu'il en soit, je veux juste m'assurer que tu sais à quel point j'apprécie ton amitié... et celle du reste de l'équipe aussi : Nico et Frances, et même Lapin et Nugent. Vous me rendez tous fou de temps en temps, mais j'ai confiance en vous. J'ai confiance en vous tous avec ma vie.

— Et j'ose dire que tu ne peux pas en dire autant de tes invités.

Molly secoua la tête.

— Non. Bon, mangeons! J'ai soudain très envie d'une assiette de frites. Peu importe ce qu'on prend d'autre, mais commençons par ça, d'accord?

Elle fit signe au barman, regrettant vivement Nico, et demanda à Lawrence de lui raconter toutes les nouvelles qu'elle avait manquées.

— Tu peux commencer par la petite amie de Lapin.

— Jalouse?

Molly lui donna une tape sur l'épaule et rit.

— Allez, je sais que tu as des potins. Crache le morceau!

32

Les ouvriers arrivèrent quelques semaines plus tôt que prévu, ce qui était une excellente nouvelle pour Molly. Elle avait à cœur d'installer une piscine naturelle à La Baraque, et le pactole de décembre l'avait rendu possible. La fin de l'hiver ayant été plutôt douce, l'excavatrice s'engagea dans l'allée, prête à commencer.

Molly offrit une tasse de café au conducteur pendant qu'ils attendaient l'arrivée du concepteur de piscine. Elle lui demanda quels autres projets il avait réalisés et comment ils s'étaient déroulés, et se réjouit que les travaux commençassent enfin. À l'extrémité du pré, derrière La Baraque, se trouvait une petite source. La plupart du temps, elle n'était pas assez importante pour former un ruisseau, plutôt un endroit boueux où l'on risquait de se mouiller les chaussettes. Avec un peu de chance, l'avis du concepteur selon lequel la source d'eau serait suffisante s'avèrerait correct. Plusieurs systèmes de filtration naturelle seraient mis en place, ainsi qu'une pompe solaire. Le fond serait recouvert d'un épais tapis de caoutchouc, et des plantes aquatiques seraient installées tout autour.

Ce n'était guère la saison pour se baigner, mais Molly était tout de même euphorique à cette perspective. Le concepteur arriva enfin avec un autre ouvrier, et le chantier démarra officiellement.

Malheureusement, c'était un jour de traitement pour Molly, et, une fois passée l'excitation immédiate de voir le godet de la machine mordre la terre, Molly eut mal au ventre. Son bras picotait et elle savait qu'elle devait être au lit. « Bon sang de bonsoir », marmonna-t-elle entre ses dents, invitant Bobo à la suivre dans sa chambre tandis qu'elle enfilait un pyjama en flanelle et retournait se coucher.

Elle s'endormit, rêvant de cascades bleues et de fleurs, mais aussi d'une jeune femme effrayante, immobile sur un lit, le visage plus pâle que pâle.

Quelqu'un frappait doucement.

— Qui est-ce? dit-elle, à peine consciente, mais désireuse d'échapper au rêve.

— Hé, dit Nathaniel.

— Je vous dérange? Désolé, je vous verrai plus tard.

— Non, non, ne pars pas, dit Molly, luttant pour s'assoir et se réveiller complètement.

— Il y a quelque chose dont je veux vous parler.

— Tout ce que vous voudrez! dit-il avec un sourire.

Molly lui fit signe de s'assoir dans le fauteuil crapaud près de la fenêtre.

— C'est un peu délicat, dit Molly.

— Mais j'ai découvert quelque chose que je veux partager avec vous, pas pour vous accuser, mais je... je veux que vous sachiez que vous n'avez pas à souffrir seul de votre chagrin.

Elle se demanda si cela suffirait à lui faire comprendre ce qu'elle allait dire.

Il semblait curieux, et un peu sur ses gardes.

— J'étais désolée que vous soyez coincé ici, à La Baraque, tout ce temps, séparé de votre fiancée, dit-elle.

— On pourrait dire qu'être coincé en France n'est pas la pire des choses, et bien sûr je suis d'accord avec ça. Mais je me souviens aussi de ce que c'est d'être jeune et amoureux, et... alors, j'ai eu l'idée d'envoyer un billet d'avion à Miranda pour qu'elle puisse vous rejoindre.

Les joues de Nathaniel devinrent très roses, mais il ne dit rien.

— Et... je suis désolée si cela semble être une violation de votre vie privée, Nathaniel, et sachez que mes intentions sont uniquement bonnes. Mais en essayant de gérer cette surprise, j'ai fini par découvrir que Miranda était décédée.

Nathaniel prit une longue inspiration par le nez. Il y eut un long silence inconfortable.

— Dis simplement « morte », Molly. Elle est morte.

— Oui. Elle est morte. Je suis vraiment désolée.

Il enfouit son visage dans ses mains.

— Les gens agissent comme si dire le mot « mourir » allait faire venir la Mort en personne à leur porte ou quelque chose comme ça. Utilisez simplement le mot, appelez ça comme ça l'est. Il n'y a rien que quiconque puisse dire qui rendra les choses pires.

Nathaniel retira ses mains de son visage et Molly put voir une profonde angoisse sur ses traits.

— C'est vraiment embarrassant, dit-il.

— Je ne peux pas... il n'y a aucun moyen d'excuser ce que j'ai fait. C'est juste que la douleur était si intense, et elle me manquait tellement.

— Je crois que je comprends.

— Je pensais que je pouvais juste avoir quelques semaines de plus, vous savez, pendant que j'étais en voyage, pour la garder vivante dans mon cœur.

Ses yeux étaient humides et Molly commença à avoir les larmes aux yeux.

— Ça doit être une perte dont vous avez l'impression que vous ne vous remettrez jamais.

Nathaniel acquiesça, incapable de parler. Molly lui prit la main et la serra, et les larmes coulèrent pour tous les deux.

Avec effort, Nathaniel se reprit.

— Je ne sais pas si quelqu'un vous l'a dit... nous sommes tous... les invités... en train de nous préparer à rentrer chez nous. Ce n'est pas que nous n'ayons pas vraiment apprécié d'être ici, à La Baraque, et je veux vous remercier infiniment pour votre générosité et votre hospitalité. Mais mon patron à l'hôpital n'est pas le gars le plus compréhensif, et j'ai peur de perdre mon emploi si je ne rentre pas. Et les autres, je suis sûr qu'ils vous le feront savoir, partiront aussi dans les prochains jours.

Molly acquiesça, cachant son anxiété à l'idée que sa chance d'attraper le tueur lui filait entre les doigts.

— Et s'il vous plait..., laissez-moi m'excuser encore de ne pas avoir été honnête avec vous. J'espère que vous comprenez que c'était ma propre faiblesse qui m'a conduit à faire semblant, pas que j'essayais de vous tromper ou quoi que ce soit de ce genre.

— Oui, Nathaniel. Mais j'espère que vous pourrez rentrer chez vous et affronter votre tristesse maintenant. Tous ces sentiments — qui ne sont pas des faiblesses, pas du tout — vont vous attendre, vous savez ? Il n'y a pas vraiment de moyen de les faire disparaitre, sauf en les ressentant.

— Merci, Molly, dit-il, serrant une dernière fois la main de Molly avant de partir.

— Appelez si vous avez besoin de quoi que ce soit.

Elle resta au lit, caressant Bobo de temps en temps, mais regardant surtout par la fenêtre, attendant que les picotements dans son bras s'atténuent et que son esprit s'éclaircisse.

ALORS QUE LE soleil commençait à décliner, les ouvriers garèrent l'excavatrice sur le côté et admirèrent le trou, puis allèrent parler à Molly du programme de la semaine suivante et de ce qu'ils espéraient accomplir si le temps le permettait.

— Eh bien, tout cela a l'air merveilleux, dit-elle, réussissant à sourire.

Elle était assise près du poêle à bois, feuilletant un magazine.

— Les gars, je vous rejoins dans une seconde, dit Marc, l'homme en charge, et les deux autres hommes comprirent qu'on les congédiait et sortirent par les portes-fenêtres.

Molly attendit, s'attendant à être interrogée sur le moment où ils seraient payés ou sur un détail de la piscine qu'elle n'avait pas prévu.

— Ce n'est probablement rien, dit Marc.

— Mais s'il y a une chose que j'ai apprise dans ma vie, c'est de ne pas ignorer quand quelque chose attire ton attention, vous voyez ?

Molly attendit, n'ayant aucune idée de ce dont il parlait.

— Donc, vous savez, on a travaillé dur toute la journée. On a fait une pause en milieu d'après-midi. Un coup à boire dans nos thermos, s'assoir, se détendre quelques minutes. Et l'un des touristes, un grand gars, je le vois sortir des bois un peu vers le cottage. Et tout de suite, j'ai remarqué quelque chose de... un peu furtif. Comme s'il regardait si quelqu'un était dans les parages, si quelqu'un le voyait. Il portait une petite pelle.

— Un grand type aux cheveux blonds ébouriffés ? Un gros gars ?

— C'est bien lui, oui. Je l'ai gardé à l'œil. Il regardait partout autour de lui et nos regards se sont croisés, juste un instant. Puis il s'est précipité vers cette petite remise où je suppose que vous gardez le matériel de jardinage ? Il y est entré pendant quelques instants et quand il est ressorti, il n'avait plus la pelle.

— Comme c'est étrange, dit Molly.

— Il arrive parfois que mes invités me demandent d'emprunter ceci ou cela : du ruban adhésif, un ruban ou un ustensile de cuisine. Mais personne ne m'a jamais demandé une pelle.

— J'ai eu l'impression qu'il l'a prise sans demander. Comme je vous le dis, il avait l'air... coupable.

Molly hocha la tête.

— Merci, Marc. J'apprécie vraiment que vous me le disiez. Je ne peux pas avoir l'œil sur tout le monde en permanence.

— Non, madame.

Après son départ, Molly se rendit directement à la remise de jardinage. Ce n'était pas aussi bien rangé qu'elle l'aurait souhaité : un sac de terreau se déversait sur le sol, et plusieurs outils étaient posés sur une table de rempotage au lieu d'être accrochés à leurs crochets respectifs sur le mur. La petite pelle (*faite*, pensait-elle, *pour creuser des trous pour les bulbes*) se trouvait dans la remise quand elle avait acheté La Baraque ; elle ne pensait pas l'avoir déjà utilisée. Elle était appuyée contre le mur et Molly la ramassa. Le bord tranchant de la lame était couvert de terre sombre et riche, celle que l'on trouverait dans la forêt si l'on retirait le tapis de feuilles.

Elle n'avait aucune idée de ce qu'Ira Bilson voulait enterrer dans la forêt, mais elle avait l'intention de le découvrir. Elle envoya rapidement un message à Ben pour lui faire savoir où elle allait. Puis elle siffla Bobo, enfila une casquette et descendit la longueur du pré en direction de la piscine, au cas où quelqu'un du cottage serait en train de surveiller. Après avoir observé un moment le trou brut pour la piscine, elle s'éloigna de la forêt et se dirigea vers le vieux bâtiment en ruine dont elle avait parlé à Pierre Gault pour le reconstruire. *Cela semble remonter à une éternité*, pensa Molly.

Elle ne se laissa cependant pas aller à de vieux souvenirs, mais réfléchit longuement à Ira Bilson et à la pelle. Aurait-il pu enterrer le garrot, sachant qu'il se désintègrerait rapidement (s'il s'agissait d'une corde en coton, comme elle l'avait toujours imaginé) ? Ou peut-être enterrait-il du matériel de drogue, en prévision du voyage de retour et de l'inspection à la douane ?

Finalement, après s'être assurée qu'elle n'était pas suivie, elle pénétra dans la forêt. Prenant une profonde inspiration, elle s'arrêta un court instant pour tout absorber : les branches sans feuilles bougeant à peine au-dessus d'elle, l'épaisse litière de feuilles, le calme. Elle ferma les yeux et put entendre un petit animal trottiner à proximité, ainsi que le pépiement d'un oiseau qu'elle ne pouvait identifier. Bobo s'était, depuis longtemps, élancé à la poursuite de quelque chose, et Molly avançait donc seule, scrutant de gauche à droite, à la recherche de toute perturbation sur le sol de la forêt. Elle n'était pas une personne ayant une longue expérience en matière de foresterie, mais elle supposait que si elle avait la chance de tomber sur l'endroit où Ira avait utilisé la pelle, elle serait capable de le repérer.

Et elle ne se trompa pas.

33

Alors qu'une Molly déçue émergeait de la forêt pour entrer dans la prairie de La Baraque, la voiture de police de Castillac s'engageait dans l'allée, et Maron en sortit rapidement tandis que Ben sortait de la maison pour l'accueillir. Avait-il des nouvelles ? Ses muscles lui faisaient mal après cette courte marche, son bras picotait encore, et Dieu sait que son cerveau était embrouillé. Mais Molly n'allait pas manquer une réunion sur l'affaire du meurtre, quoi qu'il arrive.

— J'espère... j'espère que ma dépendance envers toi ne provoque pas de ressentiment, dit Maron à Ben alors qu'ils se dirigeaient vers la maison.

— J'apprécie ta franchise, répondit Ben, légèrement surpris et satisfait de la manière directe dont son ancien protégé s'adressait à lui.

— Ce n'est pas un problème, et j'espère sincèrement que nous pourrons continuer à travailler ensemble une fois que Molly et moi aurons lancé notre agence de détectives privés.

— Je suppose que vous n'auriez pas d'ouverture avec cette affaire. Il semble que personne ne soit vraiment intéressé à trouver le meurtrier de Pyke, à part nous.

— La bureaucratie…, c'est toujours une déception, comme tu le sais surement. Et l'homme n'avait pas de famille.

— N'est-il pas un peu étrange que quelqu'un d'aussi charismatique que Pyke — du moins, selon tout le monde à La Baraque — n'ait pas un groupe d'amis chez lui qui s'indignent de cette situation ? Je m'attendais à moitié à trouver une foule en colère devant la gendarmerie au fur et à mesure que les jours passaient sans progrès. Au lieu de cela, rien que le silence. Quoi qu'il en soit, j'ai quelques nouvelles. Pas aussi substantielles qu'on pourrait le souhaiter, mais c'est déjà quelque chose.

Ils entrèrent dans le salon au moment où Molly passait par les portes-fenêtres. Ils se saluèrent et Molly s'effondra avec gratitude dans un fauteuil, épuisée. La journée avait été longue.

— Bon, alors, dit Maron, prenant les choses en main.

— J'ai quelques informations de fond à partager avec vous. J'ai parfois l'impression que les forces de l'ordre à Paris en savent plus qu'elles ne le disent, mais, bon, je ne peux pas faire grand-chose à ce sujet. Donc. Concentrons-nous pour l'instant sur le couple, Ira et Darcy Bilson. Il s'avère qu'ils ont tous les deux un casier judiciaire aux États-Unis. Darcy a été condamnée pour vol à l'étalage dans plusieurs États. Elle n'a jamais fait de prison, mais a dû effectuer ce qu'ils appellent des « travaux d'intérêt général ». Ira Bilson est allé en prison pour une affaire de drogue. Une fois là-bas, il a été puni à plusieurs reprises pour avoir commis des actes de violence contre d'autres détenus.

— Cela signifie-t-il qu'il s'est battu ? Ou parles-tu de violence préméditée ? demanda Molly.

— Je peux vérifier cela.

— Ce serait utile de le savoir, dit Ben.

— Le vol à l'étalage ou la drogue n'ont pas nécessairement grand-chose à voir avec le meurtre, mais, si Ira a comploté pour blesser quelqu'un en prison, ce serait plus pertinent.

— Quand même, leur comportement et leurs antécédents montrent un mépris pour la loi.

— Je ne suis pas en désaccord. Bien que, tout ce que nous puissions faire soit d'utiliser ces faits pour construire une image plus complète du type de personnes qu'ils sont. Nous ne pouvons pas les considérer comme des preuves dans notre affaire.

— Bien sûr que non, répliqua Maron sèchement.

— J'espérais avoir quelque chose à ajouter à notre dossier Bilson, dit Molly.

— Je fais installer une piscine, au bout de la prairie. Un des ouvriers a vu Ira sortir de la forêt avec l'air de quelqu'un qui avait fait quelque chose de louche. Il avait une petite pelle avec lui. Alors je me suis faufilée dans la forêt et j'ai cherché pour voir si je pouvais trouver ce qu'il avait enterré, puisque j'ai vérifié la pelle et elle avait effectivement de la terre fraiche dessus.

Maron et Ben se penchèrent en avant, les sourcils levés.

— Oh, ne me regardez pas comme ça, dit Molly, agitant la main vers eux.

— Ne vous faites pas d'illusions. J'ai trouvé l'endroit assez facilement. Il n'a pas fait beaucoup d'efforts pour le cacher. Eh bien, aucun effort, en fait. J'ai creusé avec mes mains et j'ai trouvé un tas d'emballages alimentaires.

— Des emballages alimentaires ?

— Barres chocolatées, chips, bonbons gélifiés... de la malbouffe. Ça semble un peu bizarre, mais après tout, nous ne sommes pas mariés à Darcy. Je l'ai entendue dire des choses méchantes à Ira à propos de son poids. Dernièrement, il est resté à l'intérieur quand Darcy sortait, et je suppose qu'il est descendu à l'épicerie pour acheter des encas quand elle ne regardait pas. Peut-être qu'il a pensé qu'en se débarrassant des preuves de cette façon, il éviterait certaines de ses piques.

Ben se contenta de secouer la tête.

— Certains mariages sont un mystère total pour moi.

— As-tu regardé à l'intérieur des emballages? demanda Maron.

— Oui, Gilles. Je me voyais en train de trouver le garrot caché dans un sachet de Haribo. Pas de chance. Bien sûr, n'hésite pas à envoyer un expert de la police scientifique si tu veux, mais j'ai tout examiné soigneusement. Ce n'était que des déchets.

— Dommage. Eh bien, je vais quand même interroger Ira. Il est dans le gite ? Je repasserai si je découvre quelque chose qui vaut la peine d'être partagé.

Maron sortit et Ben mit de l'eau à chauffer pour le thé.

— Eh bien, c'était intéressant, même si pas terriblement utile. Maintenant, retourne te coucher, dit-il.

— Je t'apporterai le thé vert dès qu'il sera prêt. Le Docteur Vernay a-t-il dit que tu devais prendre autre chose ?

Molly soupira et ne fit aucun geste pour se lever.

— Je suis tellement fatiguée d'être malade, dit-elle.

— Je comprends.

Il fit une pause, puis demanda :

— Penses-tu que ce soit Ira ?

— J'aimerais le savoir. Je te dirai, cependant, que je pensais avoir cerné les Bilson. Il y a un type de personnes chez moi, aux États-Unis, des citadins qui décident qu'ils veulent devenir agriculteurs ou mener une sorte de vie à la campagne, mais ils ont toujours un tempérament de citadin.

— Tu veux dire difficile ?

— Exact. « Irritable », comme on dit en anglais. Un peu sur la défensive, peut-être un peu agressif. Prompt à s'offenser. Mais pas des voleurs drogués, tu vois ? Quoi qu'il en soit, je les admirais d'avoir ce rêve d'un troupeau de chèvres et de faire du bon fromage. C'est bien d'avoir des ambitions, et celle-là me semblait bonne.

— Ça ne correspond pas vraiment à leur passé criminel, n'est-ce pas ?

— Non. Mais je suppose que je suis juste superficielle et que je porte un jugement hâtif. Les gens peuvent changer, n'est-ce pas ? Il n'y a aucune raison pour qu'une ancienne voleuse à l'étalage ne puisse pas être une très bonne chevrière.

Ben haussa les épaules.

— On pourrait penser que j'aurais appris, maintenant, que les gens ne sont pas toujours ce qu'ils semblent être en surface. Ryan...

— Pyke.

— Oui, je veux dire Pyke. Le charmant escroc en série.

Molly secoua lentement la tête.

— Peut-être que je devrais commencer à vérifier les antécédents de mes invités avant d'accepter des réservations, dit-elle en riant, mais c'était un rire d'incrédulité plutôt que de gaité.

MOLLY AVAIT OUBLIÉ qu'elle avait rendez-vous avec le Dr Vernay jusqu'à ce que Lawrence arrive pour l'emmener.

— Oh, bon sang ! dit-elle en ouvrant la porte.

— J'avais complètement oublié ! Peux-tu attendre deux minutes que je...

Elle pointa ses cheveux, qui ressemblaient un peu à ceux de Méduse avec des serpents roux et bouclés qui volaient dans tous les sens.

— Je suis un peu en avance, dit Lawrence.

— As-tu tes notes prêtes ?

— Mes notes ?

— Ne me souviens-je pas que le Docteur Vernay t'avait demandé de tenir un registre de tes symptômes au jour le jour ?

— Oh.

— Molly !

— Je sais. C'est juste que... maintenant que tu en parles, je me souviens qu'il me l'a dit. Mais ça m'est complètement sorti de la tête dès que j'ai quitté son cabinet. Je n'ai même pas fait une seule entrée.

— Oh, ne t'inquiète pas, il ne te criera pas dessus trop longtemps.

— Lawrence !

— Je plaisante, ma chérie, je plaisante.

Ils arrivèrent au cabinet du Dr Vernay avec quelques minutes d'avance.

— Bonjour, Molly ! dit Robinette, l'épouse du docteur.

— Ah, je vois que vous ne vous sentez pas bien. Je vais prévenir le docteur que vous êtes là.

— Est-ce qu'elle est obligée de dire des choses comme ça ? chuchota Molly à Lawrence après que Robinette fût passée dans l'autre pièce.

— J'ai l'air si mal en point ?

Lawrence prit un moment pour examiner son amie.

— Tu es, incroyablement, encore plus pâle que d'habitude. Tu as des cernes sombres sous les yeux que tu n'as pas normalement. Tes cheveux...

— Laisse tomber !

— Alors, parle-moi de l'affaire. Quels progrès as-tu faits ?

Molly haussa les épaules.

— Plus ou moins zéro. Je pense que nous sommes tous à peu près d'accord pour dire que c'est probablement Ira Bilson qui a tué Pyke, par jalousie. Bien qu'on pût penser qu'il serait heureux qu'un autre homme puisse lui enlever sa femme.

Lawrence ricana.

— Pas une femme charmante ?

— *Loin* d'être charmante. Quoi qu'il en soit, Bilson a fait de la prison et a un passé de violence. Mais bien sûr, rien de tout cela n'est une preuve. Sans l'arme du crime ou une quelconque preuve médicolégale, nous n'avons aucun moyen de l'inculper, ni même de le garder plus longtemps ici en France.

— Est-ce que ce sera finalement l'affaire qui t'échappera ?

— Oh, ne dis pas ça comme ça. Ce n'est pas comme si j'avais une carrière illustre. Et qui sait, peut-être que quelque chose finira par se révéler, et nous pourrons le poursuivre à ce moment-là.

— Ou peut-être que le tueur s'avèrera être quelqu'un d'autre.

Molly tourna brusquement son regard vers lui.

— Tu sais quelque chose ?

— Non, non. Je réfléchis simplement à voix haute, chérie.

L'examen avec le Dr Vernay se passa assez bien. Il donna à Molly un petit carnet pour noter ses symptômes et ne lui cria pas dessus du tout. Elle fut également reconnaissante d'entendre qu'il jugeait que sa guérison progressait comme il l'avait prévu.

— Portez-vous bien ! Ces cernes disparaitront sans aucun doute ! dit Robinette en guise d'au revoir, et Molly réussit à sourire et à faire un signe de la main, sans dire ce qu'elle pensait.

34

Ben préparait des omelettes et une salade verte pour le diner de Molly et lui. Il déboucha un assez bon vin rouge, se sentant un peu coupable puisque Molly s'abstenait d'alcool pendant sa convalescence (à l'exception de ce petit écart avec un kir). Bobo trottinait entre la chambre et la cuisine, perturbée que ses deux humains ne soient pas dans la même pièce.

Un coup rapide à la porte-fenêtre, et Maron entra.

— Mon Dieu, marmonna-t-il.

— Je viens de finir avec Ira Bilson. Il avait beaucoup plus à dire que je ne l'avais prévu.

— Je vais voir si Molly peut nous rejoindre, dit Ben, glissant rapidement la deuxième omelette sur une assiette et se précipitant dans la chambre.

Il revint avec une Molly échevelée, mais consciente.

— Je rêvais justement de l'affaire, dit-elle, les joues rouges.

— C'est peut-être le troisième rêve que je fais à propos de cette femme allongée sur le dos, avec une peau vraiment pâle. Non, ce n'est pas moi, dit-elle en réponse à l'expression interrogative de Ben.

— Je ne sais pas pourquoi je continue à rêver d'une femme morte alors que c'est un homme qui a été étranglé.

Maron ne s'intéressait pas aux rêves de Molly.

— J'ai mis la pression sur Bilson, dit-il.

— Ce qui, à ma surprise, ne l'a pas étonné. « Quand on a un casier judiciaire et que quelqu'un se fait assassiner, on sait que les flics vont venir nous voir », c'est ce qu'il m'a dit. Il se doutait qu'on finirait par le soupçonner tôt ou tard. Alors, pour sa propre défense, il a passé son temps à chercher des informations compromettantes sur tous les autres invités.

— Quelle ressource, dit Ben.

— J'ai hâte d'entendre ce qu'il a trouvé. Mais d'abord, Gilles, tu as faim ? Tu veux que Ben te fasse une omelette ? Il est très doué pour ça.

— J'en suis sûr. Non, merci. Je veux vous dire ce qu'Ira m'a raconté et rentrer chez moi. Allez-y, mangez pendant qu'on parle, ça ne me dérange pas.

Molly et Ben s'assirent sur des tabourets au comptoir et attaquèrent leur diner. Molly regarda le vin avec envie, mais ne céda pas.

— C'est assez incroyable, ce qu'on peut trouver en ligne si on sait chercher, dit Maron.

— Bien sûr, nous devrons faire quelques vérifications, mais, à première vue, il semble que Bilson sache se servir d'un ordinateur. Il pourrait tout inventer, mais j'en doute, et il fait honte aux « experts » aux États-Unis et à Paris.

Bon, pour la plus grosse bombe, commençons par Ashley Gander. Apparemment, elle n'a jamais vraiment fréquenté l'université d'Auburn. Non seulement elle n'a pas de diplôme, mais elle n'y a jamais été admise. Lors de mon entretien avec elle, elle m'a dit qu'elle avait rencontré Patty McMahon alors qu'elles étaient, ce qu'on appelle, des « sœurs de sororité » à l'université d'Auburn en Alabama. Vous comprendrez mieux que moi, Molly, c'est un truc américain, cette sororité ?

— Oui, une sororité est un club que les étudiantes rejoignent. Il y en a généralement plusieurs dans une université. Elles peuvent être plus ou moins difficiles d'accès. Beaucoup de fêtes et de rituels. Mais il faut être inscrite à l'université pour en faire partie, pour autant que je sache. On ne peut pas simplement débarquer de nulle part.

— Eh bien, soit elle et Patty mentent sur la façon dont elles se sont rencontrées — ce qui semble être un mensonge curieux, car qui s'en soucierait ? — soit Ashley a réussi à intégrer la sororité en prétendant être étudiante. Ira était catégorique sur le fait qu'elle n'a jamais eu aucun lien réel avec Auburn.

— Donc, une menteuse de haut vol. La marque d'une sociopathe, soit dit en passant, dit Ben.

— Oh, et ce n'est pas tout, dit Maron, s'autorisant un large sourire.

— Bilson a trouvé des preuves qu'il m'a montrées sur son ordinateur portable, qu'Ashley Gander était autrefois la petite amie de Ryan Tuck.

Ben et Molly restèrent stupéfaits.

— Petite amie ? croassa-t-elle finalement.

— Pas de Pyke, mais de *Tuck* ? Mais...

Un long silence.

— Ça n'a aucun sens, dit Ben.

Silence, tandis que les trois détectives abordaient ce nouveau fait sous différents angles, essayant de l'intégrer dans un récit, n'importe lequel.

— Eh bien, dit lentement Molly.

— Peut-être qu'elle a découvert que Ryan venait ici, d'une manière ou d'une autre, et qu'elle voulait se remettre avec lui ? Ou le confronter ?

— Ou le tuer, marmonna Maron.

— Mais si elle voulait tuer Ryan, elle n'aurait pas continué et tué quelqu'un d'autre voyageant sous le nom de Ryan. Et juste pour ajouter une autre couche de bizarrerie : elle est *vraiment* tombée amoureuse de Pyke. Quelle est la probabilité que quelqu'un ait le béguin pour un homme qui se fait passer pour un ancien petit ami ?

Tout ce que Maron et Ben purent faire fut de secouer la tête.

— Ira a-t-il découvert qui a rompu avec qui ?

— Il ne l'a pas dit, mais tu as raison de poser la question. Je n'y ai pas pensé, dit Maron, penaud.

— Et pourquoi Ashley n'a-t-elle rien dit quand elle a vu que ce n'était pas le vrai Ryan Tuck ?

— Peut-être que le plan de le rencontrer était un secret, même pour Patty, et qu'accuser Pyke de se faire passer pour Ryan aurait révélé son plan ?

Molly hocha lentement la tête, réfléchissant.

— Wow. Je me demande... Je pense que Patty va être abasourdie d'entendre ça. Y a-t-il une chance qu'elle ait été dans le coup d'une manière ou d'une autre ? Mais quel serait son motif ?

— J'ai frappé à la porte d'Ashley avant de venir ici, mais il n'y a pas eu de réponse. Croyez-moi, je poserai certaines de ces questions dès que je la verrai. Maintenant, Patty McMahon. Oui, eh bien. Elle a ses propres problèmes. La mère de Patty, Rebecca McMahon, a été arrêtée pour maltraitance d'enfant il y a douze ans. Elle avait un bon avocat et a fini par s'en tirer grâce à une sorte de vice de procédure. Ira dit que c'était dans toutes les nouvelles locales à l'époque.

— Whoa. C'était Patty qu'elle maltraitait ?

— Selon Bilson, c'était un frère cadet. Il a été enfermé dans un placard pendant plusieurs mois parce qu'il avait été surpris en train de regarder quelque chose appelé un catalogue Victoria's Secret ?

Molly rit.

— C'est pour les sous-vêtements. Je ris parce que de nos jours, un catalogue de sous-vêtements est plutôt sage. Les mannequins portent des vêtements, même s'ils sont légers.

Elle mangea une bouchée d'omelette.

— Je ne ris pas de la maltraitance. Pauvre gamin. Tu sais ce qui lui est arrivé ? Ou si Patty était impliquée d'une manière ou d'une autre ?

— L'arrestation a eu lieu après que Patty soit partie à l'université. Bien que ce serait inattendu, pensez-vous que la mère ait été irréprochable avant cet incident ? Qui sait ce qu'elle a pu faire avant, sans se faire prendre. Elle a peut-être aussi maltraité Patty, pour autant qu'on sache.

— D'accord, on a une famille sérieusement dysfonctionnelle, une voleuse à l'étalage, un criminel et une menteuse de première classe. Et Nathaniel? Quelles horreurs cache-t-il? dit Molly, pas tout à fait sur le ton de la plaisanterie, redoutant ce que Maron pourrait dire.

— Bilson a dit qu'il s'était heurté à un mur avec Monsieur Beech. Il n'a presque trouvé aucune preuve de son existence, seulement son nom comme employé de l'hôpital où il m'a dit qu'il travaillait, donc au moins, ça se vérifie. Bilson a dit qu'il n'est pas inhabituel pour une personne travaillant dans l'informatique d'avoir une politique stricte en matière de confidentialité. C'est le reste d'entre nous qui laissons naïvement nos portes et fenêtres en ligne ouvertes à tout le monde, pour ainsi dire.

BEN PARTIT TÔT le lendemain matin, prenant le TGV pour Paris afin de rencontrer ses contacts, bien qu'ils n'eussent pas promis d'avoir des développements bouleversants à rapporter. Molly se prépara son petit-déjeuner, puis se blottit sous une couverture près du poêle à bois. Elle resta assise pendant quelques heures, pensant à Jim Pyke et aux secrets que tout le monde gardait. C'était profondément décourageant qu'un meurtre eût lieu pratiquement dans son jardin et que, jusque-là, elle eût été incapable de le résoudre. Pour la première fois, elle était sur le point de déclarer forfait et de passer à autre chose.

Une chose était certaine : elle n'appréciait pas ce premier gout de l'échec.

Tous les invités se préparaient à rentrer aux États-Unis dans les prochains jours. Maron avait espéré que l'un d'entre eux essaierait de s'enfuir plus tôt par peur d'être pris, mais cela ne s'était pas produit, et, quant à les retenir plus longtemps, il était impuissant en l'absence de preuves solides. D'une certaine manière, ils formaient maintenant un groupe aussi soudé qu'ils l'avaient été dans ces premiers jours innocents. Ce soir-là, ils allaient tous dans un restaurant chic à Bergerac pour célébrer la fin de leur séjour en France. Peut-être que l'un d'entre eux célébrait aussi le fait d'avoir réussi à commettre un meurtre sans être découvert.

Molly se demandait si l'un d'entre eux retournerait chez elle un jour. Et bien sûr, elle se demandait s'il était vraiment vrai que l'un des cinq avait finalement commis le meurtre. C'était douloureux de penser qu'elle ne le saurait peut-être jamais, que quelqu'un pourrait s'en tirer après avoir tué Ryan. Enfin, Jim. Son cerveau résistait encore violemment à accepter que l'homme qu'elle avait appris à connaitre, ou qu'elle pensait connaitre, était un imposteur.

D'accord, il *était* un escroc, et probablement un goujat. Mais Pyke avait lancé des bâtons à Bobo, et Molly ne l'avait pas oublié. Ni sa passion pour les gougères. Il n'était peut-être pas quelqu'un de bien en général, mais même ainsi, il n'avait pas été *complètement* mauvais. Il méritait, au moins, que justice soit faite et que son meurtrier soit attrapé et emprisonné. Et quel groupe hétéroclite les autres invités s'étaient révélés être ! Était-ce simplement un coup de malchance d'avoir eu autant de visiteurs avec des histoires sombres, tous présents la même semaine ? De l'extérieur, ils ressemblaient à n'importe quel groupe de touristes un peu désorientés. Les « rubans bleus » de février 2007, c'est certain.

Mais, peut-être, pensa-t-elle un peu plus généreusement, *peut-être que c'est juste l'humanité. Nous avons tous des défauts d'une sorte ou d'une autre, nous avons tous des chapitres de nos vies que nous préfèrerions que personne ne lise.*

Un léger coup sur la porte-fenêtre et Molly vit Nathaniel lui faire signe. Elle lui fit signe d'entrer.

— Salut Molly, dit-il.

— J'ai décidé de rester ici au lieu de sortir avec tout le monde ce soir, alors je voulais vous demander...

— Natha...

— Je sais, vous allez me dire d'y aller avec eux ! Mais écoutez, vous n'allez pas bien, et je ne me sentirais pas bien de vous laisser ici toute seule. Ben est absent, n'est-ce pas ?

— Oui, mais...

— Et ce n'est pas seulement ça. Je me sens un peu usé par ces vacances. Ça ne m'a pas vraiment aidé à surmonter la mort de Miranda après tout. Peut-être qu'on ne se remet pas simplement de la mort d'une fiancée. Donc, vous savez, je ne suis pas vraiment d'humeur à sortir de toute façon. Je ferai d'une pierre deux coups en étant disponible pour vous aider si vous en avez besoin. Vous pourrez avoir besoin d'un homme à la maison, vu comme vous vous sentez mal.

— Honnêtement, je ne vais pas si mal. Allez-y, amusez-vous ! Qui sait quand vous reviendrez en France, Nathaniel.

— Vous n'allez pas me convaincre, Molly, dit-il, les yeux brillants.

— Vous avez besoin de quelque chose maintenant ?

Il s'approcha, lui prenant les mains et la regardant intensément.

Elle sentit une légère odeur et sa tête se redressa brusquement. Qu'est-ce que c'était ? Un faible parfum de... ?

— Non, s'il vous plait, ne vous inquiétez pas pour moi.

— D'accord alors, je serai en train de lire dans ma chambre. Envoyez-moi juste un message, je suis à deux pas si vous avez besoin de moi.

Molly soupira, n'ayant pas du tout l'énergie d'argumenter.

— D'accord. J'espère que vous profiterez de votre soirée tranquille. Je ne pense pas avoir besoin de quoi que ce soit. Je vais bien, vraiment.

Nathaniel la salua et ressortit par les portes-fenêtres. Molly resta assise un moment de plus, essayant de se rappeler où elle avait senti cette odeur auparavant. C'était si fugace, si difficile à retenir. Elle se demanda si quelqu'un allait parler à Patty des mensonges d'Ashley, et si leur amitié y survivrait. Et les Bilson ? Auraient-ils un jour leur troupeau de chèvres ? Avec un sourire ironique, elle pensa qu'elle ne suggèrerait pas de réunion... si l'un d'entre eux voulait se revoir, qu'ils aillent en Provence la prochaine fois. Ou en Australie. Quelque part suffisamment loin de Castillac.

Le feu baissait, mais l'effort nécessaire pour aller chercher du bois dehors était décourageant, et Nathaniel était probablement déjà retourné dans sa chambre. Molly appela Bobo et retourna se coucher, remontant l'édredon jusqu'à son menton pour se réchauffer ainsi. Le chat roux entra et marcha sur son corps immobile, et peu après, elle s'endormit à nouveau.

35

Elle était allongée sur son téléphone quand il s'est mis à vibrer. Très lentement et avec beaucoup d'efforts, Molly s'arracha au sommeil, clignant fort des yeux et se léchant les lèvres sèches, réussissant à peine à répondre au téléphone à temps.

— Je suis content d'entendre que tu te reposes, dit Ben doucement.

— Je suis réveillée ! Vraiment, dit-elle, peu convaincante.

Elle pouvait entendre les bruits de la circulation parisienne en arrière-plan.

— Pourquoi les gens disent-ils toujours ça, dit Ben, et elle pouvait entendre le sourire dans sa voix.

— Ce n'est pas comme si dormir était un crime. Surtout quand le Docteur Vernay a dit d'en profiter autant que possible.

Molly émit un grognement, mais ne répondit pas.

— Bon, alors, j'ai eu deux réunions différentes sur deux bancs de parc différents, dit Ben.

— Le jardin du Luxembourg est vraiment charmant en cette saison. Austère, mais magnifique.

Molly se recoucha et ferma les yeux, essayant d'imaginer ce que Ben décrivait.

— J'ai bien peur que nous soyons coincés par des murs de briques dans toutes les directions, continua-t-il.

— Comme mon ami m'avait prévenu, il n'avait rien d'utile. Il travaillait sur la piste de Ryan Tuck, essayant de déterminer s'il était la véritable cible du meurtre. Un sacré numéro, ce Ryan.

Ben dit quelque chose d'incompréhensible que Molly ne put saisir.

— Ben ? Cette connexion est terrible. Qu'est-ce que tu viens de dire ?

— J'ai dit, apparemment son modus opérandi est de se déplacer dans tout le pays, s'en prenant à des femmes confiantes et leur escroquant leur argent, ou au moins, les convainquant de le soutenir financièrement pendant de longues périodes. Inévitablement, elles découvrent ce qu'il manigance et le jettent dehors. Ou le poursuivent en justice. Selon sa sœur, il retourne régulièrement dans sa ville natale et se cache pendant que le dernier tapage se calme. En ce moment, il vit dans une caravane sur la propriété de quelqu'un d'autre et n'a même pas de téléphone. Le gars semble avoir bien compris comment se rendre invisible.

— C'est un grand pays, dit Molly.

— En effet. Ben continua à parler, mais les parasites brouillaient la moitié de ses mots.

— La sœur n'arrêtait pas de répéter qu'il lui doit de l'argent-*xxxzzzxxpp*

— Quoi ? Tu as dit que Ryan doit de l'argent à sa sœur ?

— *xxxxzzz*... et il avait en fait reçu un legs, de l'argent d'assurance *xxxzzzxxx* Miranda Cunningh-*xxxzzzzz*-

Molly se réveilla complètement d'un coup.

— Quoi ? Répète ça ?

— *Xzzzz*

— Ben !

L'appel coupa. Frénétiquement, elle rappela immédiatement.

— Désolé ! dit-il.

— Notre connexion-*xxzzz*

— Tu as dit que Miranda Cunningham était une petite amie de Ryan Tuck ?

Molly bondit du lit, le cœur battant.

Mais l'appel coupa à nouveau, et la ligne était morte.

L'instant d'après, tout lui revint. C'était l'eau de Cologne de Nathaniel qu'elle avait sentie dans la chambre de Pyke le matin où il avait été tué.

Je suis la plus grande idiote du monde, pensa-t-elle. Et sa pensée suivante fut qu'elle fît mieux de se dépêcher d'aller chez son voisin tout de suite. Avant qu'elle ne pût se ressaisir, on frappa fermement à la porte de sa chambre.

— Une minute ! cria-t-elle, essayant de garder une voix assurée.

Devait-elle s'enfuir par la fenêtre ? *Calme-toi*, Molly, se dit-elle. *Il ne va pas te faire de mal.* Mais elle n'était pas calme. Les mensonges avaient été nombreux et elle s'était fait complètement berner. Mais enfin, elle commençait à voir la vérité, ou quelque chose qui s'en rapprochait.

Figée, elle regarda avec effroi la porte s'ouvrir lentement.

— Molls ? dit-il.

— Oh, regardez-vous, debout et hors du lit. J'espère que c'est un signe que vous vous sentez mieux !

Molly voulait éviter le contact visuel, comme s'il verrait qu'elle savait si leurs yeux se croisaient, mais elle comprit qu'il était impératif d'agir aussi naturellement que possible.

— Eh bien, je me sens *effectivement* mieux. J'aimerais juste...

— Quoi ? Vous voulez que je vous prépare un bain ? Que je vous fasse quelque chose à manger ?

— Vous êtes trop gentil, Nathaniel. Vous ferez un bon mari à une femme chanceuse un jour.

Mon Dieu, ne me frappez pas pour avoir menti à l'instant, pria-t-elle.

— J'ai peut-être mentionné... ce qui est drôle avec cette maladie, c'est qu'elle affecte mes papilles gustatives. Beaucoup de choses n'ont simplement pas le bon gout.

— Vous avez envie de quelque chose en particulier, c'est ça ? Vous n'êtes pas enceinte, par hasard ?

Elle savait qu'il essayait seulement de plaisanter avec elle, mais la remarque lui donna envie de le gifler.

— Non, pas enceinte, répondit-elle légèrement.

— Mais j'aimerais tellement avoir une boite de ces minitoasts qu'on ne trouve qu'en France. Vous en avez déjà eu ? Ils sont absolument délicieux. Surtout avec du fromage de chèvre, comme Darcy l'a peut-être mentionné.

Nathaniel rit.

— Je décroche généralement quand elle commence à parler de fromage. D'accord, où puis-je trouver ce toast magique ?

— L'épicerie du village en a toujours. Vous iriez vraiment ? Ça ne vous dérange pas ?

— J'ai laissé tomber le diner chic juste pour prendre soin de vous, dit-il.

— Bien sûr que j'irai. Ça me fait plaisir. Le magasin est juste en haut de la rue du Café de la place, j'ai bon ?

— C'est ça. Merci beaucoup ! J'apprécie vraiment.

Nathaniel sourit et s'inclina maladroitement, puis quitta la chambre. Molly saisit son téléphone et essaya d'appeler Ben à nouveau, mais que pouvait-il faire, si loin à Paris ?

Calme-toi, Molly, se dit-elle. *Il lui faudra au moins vingt minutes pour aller chercher ces toasts, et c'est s'il court tout le chemin aller-retour.* Elle eut un flash de Pyke, pendu dans la forêt, ses bras pendants. Molly frissonna.

Quand Nathaniel arrivera à l'épicerie, il verra qu'elle est fermée depuis des heures, et il se rendra compte que je l'ai envoyé sur une fausse piste.

Elle appela Maron et laissa un message quand il ne répondit pas, et mit son manteau. Elle n'était pas tout à fait paniquée grâce à la fenêtre de vingt minutes, mais, alors qu'elle essayait de rassembler ses affaires et de partir, elle fut handicapée par une incapacité à penser clairement.

Je devrais prendre un sac à main.

Où est mon téléphone ?

Ben a bien dit Miranda Cunningham, n'est-ce pas? La mauvaise connexion aurait-elle pu me faire entendre autre chose ?

De quoi d'autre ai-je besoin ?

Molly se tenait dans le couloir, essayant de réfléchir. Peu importait qu'elle prît un sac ou non, l'essentiel était de partir et de partir vite.

Mais à peine Molly avait-elle enfin saisi cette parcelle de vérité qu'elle entendit des pas juste devant la porte d'entrée.

— Oh, Molly, dit tristement Nathaniel en entrant.

— Je prenais la route pour aller au magasin quand je me suis rendu compte... c'est dimanche soir et tout sera fermé. N'est-ce pas ?

Avec une expression typique de biche prise dans les phares d'une voiture, Molly réussit à esquisser un sourire forcé.

— Oh, je suppose que vous avez raison. Parfois j'oublie que je ne vis plus à Boston, où il y a presque toujours un endroit ouvert. Et puis je suis tellement étourdie ces derniers temps.

Elle observa son visage. Pour la première fois, Molly se sentait mal à l'aise en présence de Nathaniel. Intensément mal à l'aise. Le jeune homme se pencha dans sa direction, vigilant, et elle eut l'impression qu'il voulait la submerger de ses sentiments, de toute l'émotion qu'il gardait en lui, une vague déferlante de douleur et d'angoisse.

Elle n'avait aucun plan. Tout ce qu'elle pouvait faire était de gagner du temps en essayant de trouver une solution.

— Et si on allait dans le salon un moment pour discuter ? Ça ne vous dérangerait pas d'apporter juste une brassée de bois ? C'est juste au coin de la maison. Vous voudriez une tasse de chocolat chaud ? Je pense que je peux trouver une boite de cacao quelque part, et hier, Monsieur Cherac, d'en bas de la route, m'a apporté du lait de ses fameuses vaches normandes.

— Merveilleux ! Si vous vous sentez capable de le préparer ?

— Bien sûr.

Elle jeta un coup d'œil et le vit se ronger sauvagement les cuticules.

— Vous aimiez le chocolat chaud quand vous étiez enfant ?

— On n'en avait presque jamais.

— Quoi ? Ça, c'est presque criminel. Je donnerai toujours du crédit à ma mère pour avoir fait un excellent travail en cuisine. Elle avait ces périodes de temps en temps, elle cuisinait de la nourriture russe pendant un mois, ou thaïlandaise. C'était avant qu'on puisse trouver de la nourriture thaïlandaise partout. Quel est ton type de cuisine préférée ?

Nathaniel semblait déconcerté par son bavardage. Il ne répondit pas, mais se leva du tabouret et commença à faire les cent pas.

— Vous devriez retourner au lit. Les autres vont bientôt revenir, dit-il.

— Oh non, un diner comme celui-là dure des heures. Vous n'en croiriez pas tous les plats, dit Molly, voulant qu'il fût à l'aise et priant aussi pour qu'ils reviennent bien plus tôt qu'elle n'osait l'espérer.

— Alors, il fait un peu froid ici, vous ne trouvez pas ? Ça ne vous dérangerait pas d'aller chercher le bois ?

Nathaniel sortit distraitement par les portes-fenêtres, et Molly sortit son téléphone portable et ouvrit ses contacts, cherchant le numéro du poste où Paul-Henri serait peut-être de service. Mais avant qu'elle ne pût le trouver, Nathaniel était de retour, la regardant étrangement. Était-il méfiant ? En colère ? Molly essaya de lire son expression, mais n'y parvint pas. Il était visiblement bouleversé. Et par-dessus tout, ses actions semblaient dangereusement imprévisibles.

Molly le regarda s'agenouiller près du poêle à bois et y enfoncer une nouvelle buche, puis une autre. Tranquillement, elle remua le lait pendant qu'il chauffait, puis fouetta de grosses cuillerées de cacao et de sucre pendant que Nathaniel mettait plus de buches dans le poêle et jouait avec l'entrée d'air. Quand le cacao fut chaud, Molly remplit deux tasses et les apporta.

— Voilà, dit-elle.

— Je vais juste... m'assoir un moment. Là.

— Vous ne devriez pas être debout. Je vous ai dit que vous devriez vous reposer.

Il se leva, lui tournant le dos et regarda par la fenêtre dans l'obscurité. Pendant un long moment, il ne dit rien, puis ses mots sortirent en rafale.

— Je veux juste que vous compreniez. Vous ne savez pas ce que c'est. Vous ne savez pas à quel point je veux aider, à quel point je veux arranger les choses.

Molly resta silencieuse.

— Et Miranda... elle vous ressemble tellement. Quand je l'ai rencontré ce jour-là, j'ai été complètement stupéfait par la ressemblance. Et ce n'était pas seulement la maladie, non plus. Elle avait une sorte de... de sérénité, je suppose, qui me rappelait vous. J'étais très attiré par elle à cause de ça. La sérénité — il rit durement — je n'en ai pas beaucoup dans ma vie. Pas depuis...

Molly retint son souffle. Elle suivit son exemple, baissant la tête comme si elle était trop fatiguée pour la tenir droite. Finalement, elle leva les yeux juste assez pour rencontrer les siens dans le reflet de la fenêtre.

— Oui, dit-elle faiblement.

— Vous prenez si bien soin de moi.

Nathaniel gardait le dos tourné. *Il doit faire ça pour maintenir la chimère*, pensa Molly. *S'il me regarde directement, il ne peut pas faire semblant, tout s'écroule...*

— Si vous voulez bien me parler, Nathaniel, dit-elle, espérant trouver quelque chose que sa mère aurait pu lui dire.

— Parlez-moi de votre vie. Je n'ai pas la force d'avoir une vraie conversation, mais j'aimerais beaucoup entendre parler de *vous*.

Sans regarder son visage, il se retourna et lui tendit une couverture. Elle l'enroula autour d'elle et s'installa dans le fauteuil, ayant l'air aussi faible et fragile qu'elle le pouvait, et en même temps, d'une certaine manière, maternelle. Molly se permit un petit gémissement, s'imaginant torturée par la douleur d'un terrible cancer.

— J'ai continué à rendre visite à Miranda, même après que le problème administratif ait été réglé depuis longtemps. Elle était très belle, vous savez. Il peut y avoir une beauté dans la maladie. Je veux que vous le sachiez.

— Merci, mon cher, murmura Molly.

— Certains jours, elle était trop malade pour me voir, et je détestais être renvoyé comme ça. L'infirmière m'avait dit de ne pas le prendre personnellement, mais c'est un peu difficile quand être avec quelqu'un est si important pour soi. Quand c'est toute notre vie, vraiment.

— Vous aimez Miranda.

— Oui ! C'est la chose la plus importante dans tout ça. C'est ce essentiellement ça que je veux que vous compreniez. Tout est par amour pour elle.

Il adressa un rapide sourire à Molly puis détourna à nouveau le regard.

— Les jours où elle allait mieux, je m'échappais de mon bureau et je restais assis avec elle pendant des heures. Elle parlait et parlait. J'ai entendu toute l'histoire de sa vie, comment c'était avant qu'elle ne tombe malade.

Il se retourna soudainement et lança un regard noir à Molly.

— Elle m'a parlé de Ryan Tuck, dit-il, les mots dégoulinants de mépris.

Quand il prononça le nom de Ryan, Molly sentit un frisson mortel parcourir son corps malgré le poêle à bois rugissant. Elle n'osa pas dire un mot.

— Ryan Tuck, c'était que du plaisir et des jeux, avec *son* argent à elle, jusqu'au diagnostic du cancer. Puis il s'est enfui. Vous pouvez y croire ? Votre petite amie tombe désespérément malade de quelque chose qui peut la tuer, et vous choisissez ce moment-là pour la laisser tomber ? Et le truc fou, le truc vraiment fou ?

Le menton de Nathaniel tomba sur sa poitrine. Molly entendit un son gargouillant, étouffé alors qu'il essayait de s'empêcher de craquer.

— Il lui manquait quand même ? dit doucement Molly.

— Oui. Il lui manquait quand même. Je n'arrivais pas à y *croire*. Je lui ai dit qu'elle valait cent Ryan Tuck, qu'elle était bien trop bien pour quelqu'un comme lui. Mais vous savez, ça ne lui a apporté aucun réconfort du tout. C'était mieux si on parlait d'autre chose.

Un long moment passa en silence. Molly resta immobile dans le fauteuil, tendant l'oreille pour entendre le taxi de Christophe dans l'allée ramenant les autres invités.

— Je pense que le poêle pourrait prendre une autre buche, dit-elle, craignant ce à quoi il pouvait penser et voulant le garder occupé.

— Tout ce que tu voudras, maman, dit Nathaniel.

— Tu sais que je ferai n'importe quoi.

Molly se figea. Il ne semblait pas avoir remarqué son lapsus. *Peut-être que j'ai une chance*, pensa-t-elle.

— Mais tu as arrangé les choses, n'est-ce pas ? dit-elle, rendant sa voix faible et fragile.

— Eh bien, j'ai essayé. J'ai vraiment essayé ! Tuck est un petit sournois et, après qu'il se soit enfui, personne n'a pu le retrouver. Mais moi, si ! Ou du moins, j'ai découvert qu'un certain Ryan Tuck s'était inscrit pour une semaine de vacances ici, à La Baraque. Vous avez ce petit espace de discussion sur votre site web, où les clients peuvent laisser des commentaires et des questions ? Pendant des semaines, je n'ai trouvé aucune présence en ligne. J'ai fait des recherches massives, j'ai utilisé toutes les astuces possibles pour essayer de le trouver, et j'ai fini par tomber sur votre site internet. J'étais assez fier de moi pour ça.

— Sauf que la personne qui a laissé ce message était Jim Pyke.

Et ce n'est que lorsque le gendarme a informé tout le monde que l'homme qui était venu à La Baraque n'était pas vraiment Ryan Tuck...

— Comment étais-je censé le savoir ? dit-il d'un ton affligé.

— J'essayais seulement de venger la mort de Miranda. Elle... Je ne dirais pas qu'elle est morte d'un cœur brisé, car le cancer l'a tuée, c'est certain. Mais elle est morte *avec* le cœur brisé, ça, je peux le dire. Et Ryan Tuck, il l'a pratiquement poussée dans la tombe en l'abandonnant comme il l'a fait.

— Tu l'as défendue.

— Qui d'autre était de son côté ? Personne. Pas une seule autre personne n'est jamais venue à l'hôpital, et elle y est restée pendant six semaines entières.

— Je suis vraiment désolée, Nathaniel, dit Molly avec précaution.

Elle jeta un coup d'œil furtif à son téléphone pour voir l'heure. Les autres ne seraient probablement pas de retour avant une heure. Ben était surement encore dans le TGV, ou même en train de passer une autre nuit à Paris.

Molly décida de prendre le plus grand risque de sa jeune carrière d'enquêtrice.

— Dois-je appeler le gendarme ? demanda-t-elle, aussi simplement que si elle lui demandait s'il voulait du ketchup sur son hamburger.

— Autant le faire, dit Nathaniel, la voix brisée.

Le jeune homme abaissa son corps élancé sur le bras du fauteuil où Molly était assise, l'entoura de ses bras et sanglota dans son cou.

ÉPILOGUE

— Attends, attends, attends, disait Lawrence à Molly pardessus le brouhaha de Chez Papa.

— Tu veux dire que ce type pensait vraiment que tu étais sa mère décédée ? Comment diable as-tu réussi ce coup-là ?

— Ce n'était pas exactement comme ça. Je veux dire, si tu m'avais pointée du doigt et que tu lui avais demandé franchement si j'étais sa mère, je suis presque sure qu'il aurait répondu « non, comment osez-vous, c'est Molly ». C'était plutôt comme si... Nathaniel vivait dans une sorte d'espace émotionnel trouble où les contours et les limites devenaient parfois flous. Est-ce que ça a un sens ?

— Pas vraiment, intervint Ben, prenant une gorgée d'un grand verre de vin rouge avant de le reposer sur le bar.

— Il t'a bien appelée « Maman », non ?

— Oui, mais... écoute, il parlait à sa mère *à travers* moi, en quelque sorte. Je l'ai aidé à se sentir proche d'elle à nouveau, presque comme si elle n'était pas complètement partie. Je sais, ça semble fou. *C'est* fou. Mais pour moi en tout cas, ça a une sorte de sens. Ses rêves de ce qu'il souhaitait voir arriver se confondaient parfois avec ce qui se passait réellement.

— Et il n'a jamais été le petit ami de cette Miranda Cunningham ? demanda Lawrence.

— Exact, dit Ben.

— Il travaillait à l'hôpital, et des infirmières ont témoigné qu'il lui rendait beaucoup visite. Mais Miranda était gravement malade. Mourante, en fait. Difficilement en état de commencer une relation, même si elle l'avait voulu.

— Et il est venu jusqu'en France pour se venger en son nom. Voilà ce que j'appelle de la chevalerie, dit Lawrence.

— Je pense que, dans sa tête, ça s'est mélangé avec l'idée de sauver sa mère d'une certaine façon, dit Molly.

— On était tellement focalisés sur Jim Pyke comme victime potentielle, dit Ben à Lawrence, mais le pauvre Monsieur Beech l'a tué en pensant qu'il était Ryan Tuck.

— Tout tournait autour de Tuck, au final. Une des invitées, Ashley Gander, avait été avec Tuck il y a quelques années. Ils avaient apparemment une relation tumultueuse et se sont séparés, mais Ashley a récemment rompu avec quelqu'un d'autre et s'est demandé ce que Tuck devenait. Elle l'a trouvé dans la section commentaires de mon site internet aussi, comme Nathaniel l'avait fait. Alors elle a réservé, et a ensuite convaincu sa vieille amie Patty de venir pour cacher le fait qu'elle le traquait.

— Ça a dû être un sacré choc de trouver un autre homme utilisant le nom de Tuck.

— Eh, une chose à propos d'Ashley ? Elle s'adapte vite, rit Molly.

— Comment les autres invités ont-ils réagi à la nouvelle concernant Nathaniel ? demanda Ben.

Molly rit.

— C'était un zoo, comme tu peux l'imaginer. Ira était profondément soulagé, et pour une bonne raison, puisque nous avions tous peint une cible sur lui. Ashley se pavanait en clamant qu'elle l'avait su depuis le début et pourquoi personne ne l'avait écoutée. Darcy, à son crédit, semblait heureuse pour Ira. La seule qui n'a pas accueilli la nouvelle avec joie était Patty, qui avait passé plus de temps seule avec Nathaniel que quiconque et le considérait comme un ami, je crois. Quoi qu'il en soit, ils sont tous partis maintenant. Les Bilson ont raté une correspondance à Orly donc ils sont toujours en France, mais les autres sont de retour sains et saufs aux bons vieux États-Unis maintenant.

— Ouf, dit Lawrence.

— Tu l'as dit ! dit Molly.

— Je pensais... dit Ben à son intention, peut-être qu'on devrait partir en petites vacances, juste tous les deux ? Peut-être dans un mois, quand tu auras fini tes traitements contre la maladie de Lyme et que tu te sentiras mieux ?

— Où ? demanda Molly, adorant l'idée.

— Les Maldives ? dit Lawrence.

— Le Maroc est toujours agréable.

— Que dirais-tu de l'Italie ? demanda Ben, n'ayant pas envisagé l'Italie avant ce moment-là.

— Parfait, dit Molly.

— Mais n'attendons pas un mois. Je me sens bien, vraiment. En fait, dès que j'aurai fini mon kir, je vais rentrer à la maison et faire mes bagages. Prenons le prochain vol.

Lawrence et Ben éclatèrent de rire et commandèrent une autre tournée. Molly était de retour, le tueur avait été attrapé, et au moins, pour à ce moment, tout allait bien dans le village de Castillac.

FIN

AUSSI PAR NELL GODDIN

La troisième fille (les mystères de Molly Sutton 1)
La reine de la chance (les mystères de Molly Sutton 2)
Le prisonnier de Castillac (les mystères de Molly Sutton 3)
L'amour assassin (les mystères de Molly Sutton 4)
Le meurtre du château (les mystères de Molly Sutton 5)
Vacances mortelle (les mystères de Molly Sutton 6)
Un meurtre officiel (les mystères de Molly Sutton 7)
Ténèbres fatales (les mystères de Molly Sutton 8)
Pas d'honneur chez les voleurs (les mystères de Molly Sutton 9)
Œil pour oeil (les mystères de Molly Sutton 10)
L'oubli doux-amer (les mystères de Molly Sutton 11)
Sept morts sur un rang (les mystères de Molly Sutton 12)
Madame Tessier, la femme qui savait tout (les mystères de Molly Sutton 13)

GLOSSAIRE

gangbusters ... à toute allure
spiky ... susceptible

REMERCIEMENTS

Mille mercis à Tommy Glass pour son impeccable peaufinage des mots et son soutien pour l'intrigue, ainsi qu'à Nancy Kelley pour ses précieuses observations et son honnêteté sans faille.

Également un grand merci à Michelle Lowery, qui est la meilleure correctrice qui soit.

À PROPOS DE L'AUTEURE

Nell Goddin a travaillé comme journaliste radio, tutrice pour les SAT, chef cuisinière spécialisée en omelettes et boulangère. Elle a essayé d'être serveuse, mais a été licenciée deux fois.

Nell a grandi à Richmond, en Virginie, et a vécu en Nouvelle-Angleterre, à New York et en France. Actuellement, elle est de retour en Virginie avec ses adolescents et beaucoup trop d'animaux de compagnie. Elle est diplômée du Dartmouth College et de l'Université Columbia.

Milton Keynes UK
Ingram Content Group UK Ltd.
UKHW031022011224
451693UK00004B/525

9 781949 841343